「ノエル・バルナバスよ。
聖王国の聖女の名において、
汝に聖王国の『勇者』の称号を与える」

「――『†§†《光よ》』――っ!!」
ノエルが構えた剣から巨大な光の柱が立ち上る。
それと同時にリュドリックが、銀色の光を放つ剣を
ノエルの逆側から振りかぶった。

THE DEVIL PRINCESS 3

contents

［第一部］ゆるいアクマの物語

第三章✦獣の花嫁

挿絵・海鵜げそ　デザイン・浜崎正隆（浜デ）

［第一部］

ゆるいアクマの物語

第三章✦獣の花嫁

プロローグ

荒れていた。大地も、空も、人の心でさえも……。

このすべてが荒れ果てた土地は〝人〟が住むのに適さない。だからこそ、遙《はる》か昔から各国の王たちはその地を流刑地と定め、『開拓』の名の下に大勢の人材を送り込んできた。

罪を犯した者と、罪を犯した名目で捕らえられた者がこの地へ送られたが、それ以上に多かったのが、異種族との間に生まれた人の子であった。

エルフやドワーフのように人に近い亜人種との子は比較的受け入れられてきたが、人とは明らかに違う異形の者たちは、当時の人間の無知ゆえに忌避《きひ》の対象となった。

獣の風貌を残す者や鱗《うろこ》の肌を持つ者。角を生やした者や爬虫類の特徴を持つ者たち。彼らの親のどちらかは人間であり、たとえ〝人外〟の血を引いていても人の心を持っていた。

だが、それでも人間たちは彼らを厭《いと》い、人ではない〝獣〟として辺境の地へと追いやった。

荒れ果てた大地で生きるために、彼らは同じ境遇であった〝仲間〟を襲い、殺し、奪い、犯し、〝獣〟たちの血が交わり、新たな種族が生まれる……。

灰色の肌に白い瞳――。様々な人外の特徴を残した彼らは、人間への恨みから自らを善と敵対する者――『魔族《エビルレース》』と名乗るようになる。

人外の血を受け継ぐ魔族は、肉体も魔力も人間より強く、荒廃した地で生きるために他を思いやる心を忘れていった。争いに明け暮れる彼らの流した血は大地を穢《けが》し、発生した瘴気《しょうき》は天に昇って太陽の恩恵さえ遮り、さらに大地を荒廃させていった。

そんな者たちでも信じるものがあるとすれば、それは〝強さ〟だった。

強き者は弱き者を従え、強き者同士が戦い、勢力を広げて次第に数を増していき、いつしか一つの〝国〟となった。

そんな荒れ果てた国を古びた城から見下ろし、その男は微かに溜息《ためいき》を吐く。

「この国は、もう限界だ……」

強き者は弱き者を守ることなく虐げ、弱き者はそれを当然のように受け止め、諦める。

強者は種族全体を想うことはなく、弱者がいなくなれば国は強くなると思い込んでいた。

このままでは、あと百年も経たずに魔族という種は衰退して滅びていく。

男は荒んだ城下から目を逸らすように踵《きびす》を返し、王城の廊下を独り歩く。

その背中はこの魔族国の中心にいながら孤独だった。

（……強い力がいる）

魔族たちの認識を変えるのは不可能だ。奪うことしか知らない彼らに何かを生み出す喜びを伝えることは、動物に倫理を教えるように困難を極めた。

魔族は強さしか信じない。

ならば、力をもって従わせるしかない。

強者も弱者も、まとめて従わせる強大な〝力〟がいる。

男は城の地下へ向かう。その場所には古《いにしえ》の流刑者が造ったという神を祀《まつ》る祭壇があり、さらにそこには新たに巨大な召喚魔法陣が造られていた。

大きさだけでも、聖王国の悪魔召喚事件で造られた魔法陣の数倍はある。それだけに消費魔力も桁違いに大きく、百名を超える魔族の魔術師が昼夜問わず、かれこれ十年近く魔力を注いでいる。

(だが、まだ足りない)

男が必要とするある存在を呼び出すには、さらに数年は魔力を注ぐ必要があった。

魔族の古い伝説にはこうある。

永い時を経た〝大悪魔《アークデーモン》〟の中から稀《まれ》に伝説級の悪魔が出現する。

魔界の神である〝支配者級《マスタークラス》〟の悪魔が……。

定命の者では理解することのできない、世界を滅ぼしかねない超常の存在。

破滅を司る大いなる力。

それを呼び出すことができれば、その大いなる力で魔族を纏《まと》めることができる。

だが、もしも使役することに失敗すれば、その日がこの世界の滅亡の日となるだろう。


「滞りなく進んでおるか?」

「はっ！」

男が召喚魔法陣に魔力を注ぎ込む者たちに声を掛けると、監督をしていた大柄な魔族がその前で跪《ひざまず》く。

「現状では規定最低量の八割程かと。現在の魔力蓄積量でも、大悪魔級なら数体は召喚可能かと考えますが……」

「お前の言いたいことも分かる」

確かに存在するかも定かではない伝説級の存在に縋《すが》るよりも、たった一体解き放つだけで人族の国家に多大な損害を与える大悪魔のほうが確実だろう。

その大悪魔級ですらよほど念入りに準備を調えなければ、魔族国が滅びることになる。

そんな繊細な準備を任されている彼も、強さを求める魔族の矜持《きょうじ》から、大悪魔を倒すために現れるであろう人族の〝勇者〟と矛を交えることを望んでいる。

だが、それではダメなのだ。

ただ人族を滅ぼし、奪うだけでは問題の先送りにしかならない。

「………」

男は疲れていた。人族の領地を奪えば豊かになり、魔族も争うことなく穏やかに過ごせるであろうという、淡い期待はとうに捨てた。

生み出すことの喜びを知らない魔族たちは、すべてを浪費して滅びの道を歩むだろう。

一度すべての枠組みを壊さなければいけない。人族、魔族、その他の枠組みをすべて壊して、大いなる恐怖の下で数世代をかけて生き残らせる者を選別する。

この世界に住む生物の淘汰《とうた》……。それが唯一滅び掛けている魔族を救う道だった。

男は魔族という種に期待すること自体を諦めていた。

「……作業はこのまま続けよ。計画に変更はない」

男は鋭く言い放つと、魔族で随一と言われる己の魔力を召喚魔法陣へと注ぎ始める。

そんな男の様子に、彼を幼い頃から見ていた大柄な魔族は寂しげに俯《うつむ》き、新たに決意した顔でそっと頭を下げた。

「その勅命《ちょくめい》、この命に懸けて……〝魔王《エビルロード》〟様」

魔族に崇める神はない。魔族の中で最強の存在である〝魔王〟こそが神である。

実際には魔族の王はあくまで魔族王であり、大悪魔に代表される、国家を滅ぼす力を持つ《天災級》ではないが、それでも魔族にとって魔族王こそが魔王であった。

魔族に崇める神はない。だがあえて神に祈る。

魔王の願いを聞き届けてくれる悪魔の神に心から祈る。

いつか魔族を憂う心優しき魔王の心に、平穏が訪れることを……。


その頃、とある〝ゆるい悪魔〟は、実験と称して魔術学園の汎用召喚魔法陣に大量の魔力を注ぎ込んでしまい、何故か向こう側から押し寄せるように召喚された大量のワカメをどうしようかと、従者たちとワカメを乾燥させながらその使い道に頭を悩ませていた。

第一話　闇夜の夜会

星空に剣のように細くなった月が浮かんでいました。

香り高い薔薇《ばら》に囲まれた夜の庭園では、ティーテーブルの上に小さなランプが灯るだけで、隣の人の表情さえ見えません。

ですが、そんな些細《ささい》なこと、闇に生きる者たちは誰も気にはしないでしょう。

そっとお茶を飲む音も、白磁のティーカップに茶を注ぐ音も、息づかいさえも聞こえない……そこにいた者たちは、そんな月夜の茶会を静かに楽しんでいた……。

ガチャン――。

そう……この〝私〟以外は。

「ユールシア様っ、カチャカチャ音を立てないで！」

ついに我慢しきれなくなったのか、こめかみに青筋立てながら目を瞑《つぶ》ってお茶を飲んでいた、銀髪美少女ミレーヌちゃんが勢いよく立ち上がる。

「だって……暗いから」

そうなのです。暗黒の眷属《けんぞく》である悪魔なのに、私の視力は一般人と変わらないのです。

こんなところで人間属性の弊害がっ！

ランプの灯りで本を読んでも目は疲れないし、視力も落ちないし、魔力も視《み》えるけど、暗視とか邪眼とか、乙女チックな能力はさっぱり無いのですよ。

最近は季節柄、目の乾燥がねぇ……。

ガチャン、と私がティーカップを戻すと同時に、目測を誤って飛んでいった受け皿をメイド悪魔のティナが受け止め、何事もなかったかのようにそっとカップの下に戻す。

「がさつすぎますわ、ユールシア様っ！　貴族でしょ⁉　悪魔でしょ⁉」

「えぇ～～……そんな、夢見る少女みたいなことを言われても……」

どうやらミレーヌちゃんには、『貴族はこうあるべき』という理想というか、信念みたいなものがあるらしいのです。

本当に真面目な子！　どうして吸血鬼なんてやっているの？

前から気になっていたけど、彼女は『闇の世界に生きる私』的なものに酔っているような気配がするのです。割とマジで。

「ミレーヌ……『右目がうずく』とか『封印された左腕が』とか、言ったことありません？」

「なによ、それ⁉」

おっと、どうやら重症化はしてないようです。

あれは……辛いわよ。（経験者）

まぁ、それはさておき、私とミレーヌはあの〝オトモダチ〟となった夜から、定期的に私たちだ

けの『月夜の茶会』を行っているのです。

ミレーヌも聖王国からの疑いを逸らすために、参加者を全員帰す茶会は定期的に行っていますけど、私たちの茶会に〝人間〟はいない。私たちの茶会は、聖王国に巣くう〝高位人外〟の集まりですからね。

ちなみに人間を呼ぶ茶会と違って、私たちの茶会は少々華やかさに欠ける。

まぁ、数が少なくなったとはいえ、ミレーヌ専属の美麗な侍女や執事もいるし、うちの人間みを海の向こうに投げ捨てた従者たちもいるけれど、この子たち、本気で侍従に徹すると闇に紛れて居るか居ないのか分からなくなるのですよ。

私とミレーヌがいる時点でド派手だろうという噂《うわさ》もありますが……。

「まぁまぁ、ミレーヌもそう怒らないで。ミネラルを摂ったほうが良いわよ？　ワカメ食べる？」

「いらないわよ！」

そうね。私もいらないわ。でも、大量にあるから処分しないといけないのよ。個人的に食べ物を粗末にするのは農家さんに申し訳ない気分になるの。海の幸だけど。

あの『輝きに闇をもたらす……なんたらの会』の会員の皆様にも、基本無料で配ってはいるのですけど、いまいちと言いますか反響がない。磯臭《いそくさ》いから。

「あの海草……だったかしら？　ユールシア様が乾燥させた物を馬車一台分も送ってくださいましたけど、食後にお腹《なか》が膨らんで大変な目に遭いましたわ……」

「…………」

食ったんかい。吸血鬼のくせに。

私の後ろでもそれを届けたノア以外は驚いた顔をしていました。

……ねぇ、ファニーちゃん？　唐突に道化師《クラウン》の仮面になったのは何故かしら？　まさか笑いを堪えているのではないのよね？　あなた、本気で悪魔化したときでも顔半分しか仮面にしなかったのにどうして全部仮面にしているのよ？

なんという悪魔の生活の知恵。

しかし、ミレーヌちゃんは素直すぎて本気で可愛いわ……。

「おっしゃる事はごもっとも……でもね」

やぶ蛇になりそうなので、私は話を逸らすためにチンッとティーカップを指で弾く。

「良い茶葉なのは分かりますけど、飲むのが〝私たち〟……ではねぇ」

「……それもそうね」

私の言いたいことが分かったのか、ミレーヌも怒りの矛を収めてそっと座り直した。

よし、勝った。……じゃなくて。

私たち人外は人間の食べ物を美味《おい》しいと感じません。それは悪魔よりも人に近い吸血鬼でさえも例外ではなく、私たちが人間の物を食すのは擬態行動に過ぎません。

どうして人間の食べ物を不味《まず》く感じるのか？　そして、吸血鬼はどうして血を求めるか、ミレーヌたち吸血鬼はその理由にさえ気づいていなかったのです。

「そこで！」

ででん、と後ろでニアが剣の鞘《さや》を叩《たた》いて合いの手を入れる。

「……なによ、突然胡散くさいわね」

「まぁまぁ、ミレーヌちゃん。そんなあなたにお勧めの物があるのですよ」

「え〜〜〜……」

乾燥ワカメのせいでエライ目に遭ったミレーヌが警戒するような目を向ける。

「へい、ノア」

ぽすん、と私が指を鳴らすと、執事悪魔のノアが緩やかに一礼する。

「かしこまりました、ユールシア様」

ノアはテーブルの茶器から新しくお茶を淹れて音もなくミレーヌの前に置くと、彼女はそれを訝《いぶか》しげに見る。

「これ……うちで用意した、さっきと同じお茶でしょ？」

「さようで」

確かにその通りなのだけど、ミレーヌの言葉に仮面のような笑みを浮かべたノアは、懐から取り出した〝靄《もや》〟のような白い物をまるで果実のように絞って、何かを数滴、お茶に落とした。

「ミレーヌ様、お試しください」

「…………」

思いっきり顰《しか》めっ面《つら》しているミレーヌちゃん。

まぁ、そうでしょう、そうでしょう。あからさまに怪しいけど、自分よりも〝強い〟と理解している存在に、笑顔と〝様〟付きで勧められたら断れませんわ。

ミレーヌは私を軽く睨《にら》みつつ、おそるおそるカップに口を付け……。

「――――⁉」

その〝味わい〟に目を見開いて綺麗《きれい》な紫がかった銀色の瞳に私を映す。

「いかがかしら？　良質な〝魂〟のお味は？」

そうなのです。私は従者となった四人の協力を得て、ついに、〝マシな食生活〟を手に入れたのですっ！（ででん）

好き嫌いを無くすにはどうするか？　嫌いな物でも好物と混ぜてしまえという、世のママさんの知恵でございます。

これは、〝吸収〟と〝解放〟の能力を持つ、ニアとノアの双子の力が大きい。

「え……なにこれ？　魂？　これが？　そんな……」

吸血鬼は血液に溶けた〝魂〟を取り込んで力にする。

その甘美な味わいに覚えがあったのでしょう。ミレーヌは困惑と驚きの中でそれでも魂テイストのお茶をお嬢様らしくなく一気に飲み干した。

「ふぅ……もっと無いの？」

よほど気に入ったのか、ミレーヌは物欲しげに私を見る。

でもねぇ……。

「ごめんなさいね、ミレーヌ。今のモノは、かなり業の深い『背徳神官四十年物』なの。貴重品なのよ？」

これには悲しい物語があります……。

幼い頃、貧民街で育った兄妹《きょうだい》がいました。それでも聖王国の民らしく貧しくとも清く、神を敬っていた兄妹は真面目に暮らしておりました。

でも、その妹が病気となったことで平穏な生活は終わりを告げたのです。

難しい病気ではありません。ですが、その病気を魔法で治すためには、教会へ沢山の寄付が必要でした。

癒やしを受けられず幼い妹を亡くした少年は、その情の深さゆえに神を恨み、教会を憎み、神官として入り込んだ教会で多くの信者たちを巻き込み、数十年を掛けて復讐《ふくしゅう》を目論んだ、愚かしくも悲しい男の物語がありましたが……。

「ファニーが夜のお散歩ついでに、お土産に刈ってきてくれましたの」

「えへへ」

私が褒めるとファニーは無邪気に喜んでくれました。

道化師《クラウン》の仮面で……。

「そうなのね……」

この美味が貴重なものだと知って見るからに気落ちするミレーヌに、私もようやく今宵の本題に入る。

「と、言うわけで、夜のお散歩にでも参りましょう、ミレーヌ」

「……え？」

今宵の茶会の目的は、吸血鬼たちに〝魂〟の美味を教えて〝餌付《えづ》け〟をすること。

その真の目的は、吸血鬼たちに積極的に協力してもらい、聖王国に存在する裏社会の中枢をミレーヌたちに下僕として管理してもらうことだったのです。

私はニコリと〝悪魔〟の笑みを浮かべて、黄金の翼を広げながらミレーヌに手を出し出す。

「これから、美味しい〝魂〟の見分け方を教えて差し上げますわ」

第二話　一年生になりました

わたくし、ユールシア・フォン・ヴェルセニアが、魔術学園本校に通うために王都のお屋敷に引っ越してからもうすぐ一年になり、七歳になりました。

これまで暮らしていましたトゥール領を離れて何か変わったかと言いますと、周りの人たちが変わらないので特に変わりはありません。

お誕生日会が王都の一ヵ所になったくらいですね……。私が王都に引っ越してきてから、分割開催することなく一ヵ所で済んでいます。……それが普通ですが。王城ではやりたくない……と言っても、トゥール領のお城ならともかく王都の別邸では〝噂《うわさ》〟を聞いた参加希望者を収容しきれません。駄々をこねても無駄だと分かりました。

でも何故か、聖王国に教会を持っている宗派の大司教クラスの人たちが、妙に見栄えの良い男の子神官たちを連れて、私をちやほやしに来るのです！

普段は距離を置いているくせに、いったい何がしたいの？

でも、王都に越してきてお父様と毎日会えるようになりましたし、シェリーのフワフワな髪をモフらせてもらったり、残念美少女のベティーと一緒に強制的に行儀作法を習わせられたり、人と関わる機会は増えたかも。

ですが問題は魔術学園のことになります。

開幕から『問題』と付いてしまうところである程度は予想ができてしまいますが……。

私も一般の生徒として入学して、最初は身分の違いから同級生たちに引かれたりもしましたが、
少ないながらにお友達もできて、勉強を教え合ったり、お昼にはお弁当のおかずを交換したり、上級生しか入ることのできない花園に迷い込んで、怖いお姉様方に目を付けられて、ネチネチと苛《いじ》められているところを格好いい上級生に助けられて……

そんな……ありもしない〝妄想〟をしていた頃もありました。

さて、〝現実〟をお見せしましょう。


ざわめきが一瞬で消える。

王都の魔術学園本校には、貴族子女の大部分が通いますが、所詮彼らは子どもにすぎません。

貴族として我《わ》が儘《まま》に育った子も多いことから、その学園施設とは思えないほど豪華な食堂では、皆が思い思いに騒がしくお喋《しゃべ》りをしておりました。

それが……数百人の子どもたちが水を打ったように一瞬で静まりかえる。

ただ……〝私〟が姿を見せただけで。

――カチンッ。

「……ぁ」

そんな異様な雰囲気の中、数少ない平民らしき女の子が、緊張に耐えかねたようにカトラリーを取り落として、私の歩く先に転がしてしまいました。

見る間に血の気が引いて青白くなる女の子と、その周辺の生徒たち。

誰も動けない時間さえも凍りついたような空気の中で、薄い氷のような笑みを浮かべたニアと、完璧な無表情のティナがゆっくりとその女の子を瞳に映す。

たったそれだけで女の子の顔色は青を通り越して土気色に変わり、病気ではないかと疑うほどの尋常ではない量の汗を流しながら震え始める。

この私に粗相をしていながら謝罪をしない。そのことにニアから剣呑《けんのん》な気配が漏れ始め、ティナが針の落ちる音さえ聞こえる静寂の中で、ぼそりと『羽虫が……』と呟《つぶや》く。

それは――

「…………」

アカンやつですわ。ダメだこれっ！

どうしてこうなった？　ああ、うん、私のせいだね！

学園では建て前上、貴族も平民もなく全員が学生として平等とされています。

ですがっ！　王家の一員にして王家に寵愛《ちょうあい》される聖王国の姫であり！

富も権力もてんこ盛りな大公家の第一公女で！

宗教国家の中で各宗派から聖女候補と見られていて！

同時に魔力と権力が強すぎるせいで、各宗派から腫《は》れ物《もの》のように扱われている特異点みたいな存在には、まぁ、普通の女の子だったら近寄りませんことよ！

私が逆の立場だったら、絶対近づかない。

はぁあ～～～～～～～～～～～～～～～～～～～～～～～～～～～～～。（クソデカ溜息《ためいき》）

さて問題。

この状況で、聖女であり聖王国の姫である私がとる最上の選択とは⁉（でででん）

1番――

私がこの凍《い》てついた波動の中で、女の子を無視して通り過ぎる。

たぶん、これが正解というか一番実害が少ないと思うのですが、これはあれッスよ、物語とかに出てくる『悪役令嬢』ルートじゃないですか⁉　ボッチ確定だよ！

2番――

私がにこやかに微笑みながら拾ったカトラリーを彼女に渡す。

良い話だなぁ……。でも待ってほしい。これって下手をするとこの女の子が〝私〟に目を付けられたと思われるのではないでしょうか？　良い意味でも悪い意味でも、学園生活地獄確定。

3番――

目撃者は消す。誰も残さない。

一番楽で簡単……というか、今まさにニアがそれをしようとしているではありませんか！

やたらと良い笑顔で剣に手をかけ、大悪魔《アークデーモン》の気配を滲《にじ》ませ始めたニアに、私は勢い余ってその後頭部へチョップをかましていた。

「ていっ」

どがんっ‼

ギリギリ思い留まって手加減したけど、岩盤ぶち抜いたときと変わらない威力で床に叩き付けられたニアが、大理石に巨大な蜘蛛《くも》の巣状の罅《ひび》を作って大の字に横たわる。

……また、やっちまった！

その衝撃波に数十メートル圏内にいた生徒たちが椅子から転げて、トマトシチューまみれになっていますが、たぶん、気にしたら負けである。

私は〝人間らしく〟生きないといけないのに、どうしてこうなった？

それにしてもニアは頑丈だね……。たぶん〝吸収〟の能力で衝撃も吸収したのだと思うけど、大雑把なくせに護衛騎士として意気込んでいたニアは、起き上がって後頭部をさすりながら拗《す》ねたような顔で私を見上げていた。

ちなみにニアと対になる〝解放〟の能力を持つノアは、妹から衝撃を直転送されて、盛大にリバースしながらファニーに背中をさすられていた。

とりあえず、怪我人もいないようですから……。

「お騒がせしましたわ……ほほほ」

私はそれだけ言って、誰か知り合いからツッコミ入る前にそそくさとその場を後にする。

こうして、私の学園での〝日常〟が過ぎていくのでした。

もう食堂にはこられないかも……。

それから聞こえてきた噂話《うわさばなし》では、その後——

さすがは姫さま。（歓喜）

さすがは姫さま。（恐怖）

——の二派に分かれて論争が起きたとか……。

さて、気を取り直していきましょう！

魔術学園には——正確に言いますと王都の本校にだけ、特別な生徒だけが入ることを許される場所があるのです。

その場所は一般の生徒はおろか、教師でさえも立ち入れるのは入り口まで、となっており、入室するには王家に連なる者か、国家の重鎮である上級貴族である必要があります。

要するに上級貴族だけが使える談話室《サロン》です。侯爵令嬢のベティーや伯爵令嬢のシェリーは使えますけど、この学園に通う大部分を占める子爵家より下の生徒は一切使用不可という、とんでもない無駄遣いな設備でございます。

「ユル様、〝あ～ん〟してください、あ～ん」

「あ、あ～ん……」

とある不幸な出来事によって食堂に入れなくなった私は、こちらのサロンに出前一丁してもらいご飯を食べているのです。

まぁ、私も従者《あくま》たちも人間の食べ物なんていらないのですけど、事情を知ったシェリーとベティーの二人が心配（？）して、一緒に食事をすることになりました。

そんな食欲不振な私に、シェリーがご飯を食べさせようとカトラリーを差し出しています……いや、本気で知らない人が作ったご飯なんていらないのですけど⁉

「ユルも大変ねぇ！　みんな、ユルが優しい子だって知らないのよ！」

「ベティー……」

私の何処を見てそう思ったの……？

そんなことを言ってくれるベティーも、どうやら私に〝あ〜ん〟をしてみたいようで、この見た目だけ黒髪清楚《せいそ》な残念娘は、ロブスターのような巨大なエビを鷲掴《わしづか》みにして、私の口にねじ込もうとする。……殻がついた丸のまま。

でも、そんな些細なことが〝楽しくない〟と言ったら嘘《うそ》になります。

学年が違うとはいえ、友達と同じ制服を着てランチタイムを過ごすのは、暗い魔界で夢見た、あの〝光ある世界〟の憧れの光景でしたから。

多少様式は違うけど着ている制服もそんなに変わりません。大きなリボンタイの付いたツーピースで、この世界に生まれた私にとっては初めてとなる、脹《ふく》ら脛《はぎ》の見えるスカートなのです。

まぁ、貴族令嬢が生足を見せることはできないので、真っ白なタイツを穿《は》いていますけどね！

シェリーとベティーの二人も大変よく似合っていて可愛らしい。上級貴族の令嬢は六年生を超えるとドレスに戻ってしまうので、制服娘を愛でるのなら今のうち。（おっさん感）

それにしても、シェリーはいつも通りですが、ベティーはテンション高めというか落ち着きがありません。それは何故かと聞かれたら……。

「三人とも、仲良しさんだねぇ」

「は、はいっ」

勢いよく振り返ってお返事をするベティー。その手に持ったエビの触角が私の鼻に突き刺さる。

そんな声を掛けてきたのは、この場にいる唯一の男の子、私の従兄《いとこ》、聖王国タリテルドの王子様であるティモテ君です。

あいかわらず、ほわほわと甘いオーラが半端ありません。

そんな彼も今年で十三歳。外見は王太子妃エレア様似の紅顔の美少年なので、大変目の保養になりますが、ベティーはそれだけではないようで……。

「てぃ、ティモテ様も、こ、こここ、こちらでお茶でもいかがですか！」

あらあら、うふふ。

本来、王族は成人となる十五歳……学園の卒業までに婚約者を決めて、二十歳くらいまでには結婚することになります。当然、王太子の第一子であるティモテ君も、婚約者の候補くらい数人いてもおかしくないのですが、何故か浮いた噂一つありません。

そりゃあもう、学園のお姉様方が目の色を変えるってもんですよ。中身がほわほわでも、王子様で美少年ですからね！

女の子は絵本から飛び出たような王子様に憧れている人が多いけど、お伽噺《ときはなし》みたいに平民の女の子が王子様に見初められて王妃様になるなんて、そんな美味《うま》い話はありません。

王族と結婚できるのは、最低でも上級貴族家である伯爵家以上の家格が必要で、その年頃の女の子は全員、最低限の王妃教育は受けているのです。……私以外は。

九歳になったベティーも四歳差で、ギリギリ婚約者の条件に当《あ》て嵌《は》まるので意識しまくっているのでしょうなぁ。

年齢的には兄のティモテ君より弟のリックのほうが近いのだけど、ベティーはリックよりもティモテ君のほうが良いみたい。

でもまぁ、一応、平民でも王子様と結婚できる〝裏技〟はある。それは上級貴族を超える手柄を立てること。簡単に言いますと『聖王国の聖女』になればいいのですよ。

……あれ？　そうなると私も当て嵌まるの？

ティモテ君が候補者も決められない原因って……。

「うん、お呼ばれしようかなぁ」

これまで低学年の私たちを見守る〝お兄ちゃん〟的ポジションで見守っていたティモテ君が、ゆったりとした口調でそう言いながら、私たちのテーブルまでやってくる。

このサロンを使用するルールとして、最低限のことは自分でやる、というものがあります。

これは生徒の自主性を育てるという名目で、その実は過去に何十人も従者や取り巻きを連れ込んで占領したバカがいたので、それ以来、従者といえども連れ込むことは禁止にされ、自分の世話は自分ですることになったのです。

でもまぁ、お茶もお菓子も準備はされているので、ポットに茶葉を入れてお湯を注ぐだけなのです。この場合は一番年齢が下の私がやることになるのですが……私は少々手先が器用ではないので、ここは気合を入れているベティーにお任せしましょう！

「ベティー、わたくしにやらせてくださいませ」

「はい……」

——ガチャンッ。

どうやらベティーにも〝ぶきっちょ〟の呪い《スキル》があるらしく、代わりにシェリーがお茶を淹《い》れてくれました。

「ありがとぉ、美味しいよ」

「いえいえ、ユル様のついでですから」

待て待て、シェリー。興味ないのは知っているけど仮にもこの国の王子様なのだから、ナチュラルに蔑《ないがし》ろにする発言はやめなさい。

「あはは、ユールシアはみんなに愛されているねぇ」

それを笑っていなせるティモテ君もなかなか大物である。軟弱と言われる王子様だけど、これなら王家も安泰かな。

「えっと、ティモテ兄様、ごめんなさい。わたくしにお付き合いくださって……」

なんとなく微妙な空気を微妙な話題で入れ換える。

本当なら、学園の先輩としてティモテ君が学園の食堂を案内してくれる予定もあったのですけど、今回は私に付き添って給仕もいないサロンで食事になりました。まぁ、仕方ないね！

「気にしなくていいよぉ。ユールシアは僕にとっても〝妹〟みたいな感じだからね。でも不思議だねぇ……僕が食堂に入っても、みんなそんなに緊張しないよ？」

「「………」」

ティモテ君のなんの他意もない言葉に、ベティーとシェリーが生温《なまぬる》い笑みを浮かべる。

ちくしょー。

どうせ温和なティモテ君とは違って親しまれていませんよ。

温和なお兄ちゃんとしては良いのですけど、私たちみたいな子どもの相手をするより、年頃の婚約者でも探したほうが良いのでは？　と思わないでもない。

すると、そんな私の内心を読んだわけでもないのでしょうが、ティモテ君はどうして私たちに付き合ってくれているのか、その答えをくれました。

「今度はみんなで、お城の食事に招待するよぉ。今回は何故か、お城にいる人たちからユールシアと〝お話〟をするように言われたんだよね。不思議だねぇ」

「ええ、ティモテ兄様。不思議ですねぇ」

私も彼と話を合わせて微笑み合う。

やっぱりかぁ……お城の中に変なことを考えている人がいるでござったか。

それを聞いて、シェリーがピクリと片眉を上げて、外にいる従者《ティナ》から仄《ほの》かに怒気が漏れて、ベティーは意味が分からず眉間に皺《しわ》を寄せていた。

まぁ、どうでもいいか。ティモテ君と会うのは癒やし効果がありますから。

彼の〝弟〟と比べたら……。

従者たちは私に付き添って学園まで来てくれていますが、私も常時、彼らを侍《はべ》らせているわけではありません。

元々魔力が低く、子ども魔力検査に合格しなかった彼らは、一般の学校の貴族科に籍があったのですが、私が王都の魔術学園に入学すると決まってそちらには通えなくなりました。そこに慈悲はない。

ですが！　何故か、ある時期を境に突然高い魔力に目覚めて、娘である私が心配になるほどお人好しの両親が、彼ら四人を魔術学園に転入させてしまったのです。

世の中、銭《ゼニ》とコネよ！（ゲス）

そんなわけで、私と同じ学年のティナとファニーは私と同じ科目を選択して、学生兼従者として常に私の側にいるのですけど、従者《あくま》たちにはどうやっても〝神聖魔法〟が使えなかったらしく、その系統の授業では私が一人になるときがあるのです。

「…………」

今日も私は実習室の一角……六人は使えるはずのテーブルを一人で使っております。

寂しくなんてないよっ！

ただ、私が実習室に入ると、同じ神聖魔法のクラスの同級生たちが緊張したようにチラチラと私を見て、教師たちも説明をした後に私の顔色を窺《うかが》うのは、どうにもいたたまれない。

そもそも、私に神聖魔法の授業は意味がないのですよ。

授業を受けて分かりましたが、普通の神聖魔法って、教師が既存の魔法の仕組みや効果を説明して生徒はそのまま覚えて実演する、体系がしっかり決まっているのです。

でも、私の神聖魔法はほぼオリジナルで、あの夢の世界で本やゲームで観た、とんでも魔法を基にして使っているのです。

この世界の術者なら決まった魔法を決まった手順で使わないといけないのですが、私なら複数の魔法を『多重結界』や『戦闘強化』のイメージだけで複数同時に掛けることが出来る。

神聖魔法の教師をしている教会の人が泣いていました。

先人たちの苦労はなんだったのかと。

そんなことを私に言われても……。

悪魔の魔力でゴリ押ししているだけなので勘弁していただきたい。

話は盛大に逸れましたが、私はこのように〝一人〟になることがあるのですけど、そんな日には彼が偶然現れるのです。

「ユールシア」

授業が終わってホッと一息……吐く間もなく、今日も小粋なあんちくしょうがやってきた。

「……リュドリック兄様？」

　ざわりと響めきが起きる。

　あ、やば。準公式の『リュドリック様』と『リック兄様』が混ざってしまい、同級生の女の子たちから『きゃあ』とか喜色に染まった声が飛ぶ。

　うん、まあいいや……。

　呼び分けるのも面倒になってきましたし、人前で『リック』という愛称で呼ぶのも、そろそろいけないお年頃になってきましたので、呼び方は『リュドリック兄様』で統一しましょう。

　そんなわけで、私の従兄、ティモテ君の弟であるこの国の王子様、リックです。

　私の三学年上の四年生。今年十歳になったリックは、お祖父《じい》様由来の荒い性格が『俺様』的要素になるらしく、学園の女の子から人気があるらしいのです。何故か。

「……ふっ」

「……何故、鼻で笑う」

　リックが顔を顰《しか》めて私を見る。それを聞きますか？　聞いちゃいますか？　でも私は穏やかで優しいと評判なので、女の子たちの夢を壊すような真似はいたしませんわ。

「それはどうでもいいのですが、今日はいかがなされましたか？」

「うっ」

　今日は何の用なの？　リックも普通に授業があったでしょ？　なんで授業が終わると同時に来られたの？　自分の従者はどうしたの？　変な噂が立ったらどうするの？

そんな意味を込めて、他人行儀な『お姫様モード』でニコリと微笑むと、リックは怯《ひる》んだように呻《うめ》いてから溜《た》め込《こ》んでいた息を吐いた。

「ユールシア……其方《そなた》、大丈夫なのか？」

「……？」

私の頭が⁉　いや、さすがに思っていても言わないか。

「わたくしが何か、ご心配をかけましたか？」

本気で意味が分からずに、頬に手を当てておっとりと首を傾げる私に、リックは少し苛立《いらだ》ったように空いていた手を摑《つか》む。

「そういうことを言っているのではない」

「……また、すぐに摑む」

年齢と共にだいぶ直ってはいるのですが、まだまだ強引だなぁ。

この程度は幼い〝兄妹〟なら気にしないけど、私たちってこの国の『王子様』と『お姫様』なのよ？　すっごく目立つ立場なのよ？

今も実習室に残っている同級生や、何事かと廊下から覗《のぞ》いている人たちから、もの凄く視線を感じますし、また一般人から離れたような気がします。

少しだけ恨みがましく、頬を膨らませてリックを見上げると、リックはまた怯んでようやく周囲の視線に気づいた。

「ちょっと来い」

「あ……」

リックが私の手を掴んだまま廊下に出る。

この強引さはやっぱりお祖父様譲りかしら？　この場を離れるのは賛成しますけど、せめて私に確認してもいいのではないかな？

この数年でリックもすっかり背が伸びて、この身長差で引っ張られるとちょっと怖い。

廊下に出ると後ろからまた黄色い声が聞こえてきたけど、最近は気にしたら負けだと思っている。

「リュドリック兄様……手が痛い」

「あ、……ああ」

廊下を離れて人目から逃げられた辺りでまたそう呼ぶと、まだ慣れない呼ばれ方のせいか、リックも強く手を掴んでいたことを思い出してやっと手を放してくれました。

う～ん……掴まれていた部分がちょっと熱い。私の〝人間〟部分はデロデロに甘やかされた軟弱体なので、乱暴にされると痛いのですよ。

「……やっぱり、辛いのではないのか？」

「は？」

手がヒリヒリして顰め面になっていたようで、それを見たリックが変なことを言ってきました。

「其方、入学してから独りでいることが多いだろ？　俺も王族ということで遠巻きにされることはあったが、ユールシアの場合は度が越している」

「あ～～……」

なるほど？　もしかして……

「わたくしを心配してくださっているの？」

「当たり前だっ」

私が軽い口調で訊ね返すと、リックは怒ったように声を荒らげる。

物質界に来てから心配されることはあっても、叱ってくれる人は少なかったので、こう正面から来られるとちょっと弱い。

……真正面からの悪意には心が躍りますのに。

「わたくしは平気ですわ」

叱られるのは苦手なので笑みを作ってそう答える。

実際、そこまで気にしていないのです。学園生活に憧れはありましたが、雑多な人間と関わるのは正直面倒……もとい、気を使いますし、うちの従者たちが何かやらかさないか見張っているのも大変なのです。

「ユールシア……」

視線を逸らして黄昏《たそが》れていたら、今度は優しく肩を摑まれる。

ちょっと待って、リック。あなた、ちょっと女の子を気安く摑みすぎですよ。それがデフォルトな行動なの？

「俺がまた様子を見に来るから……な？」

「…………」

え？『な？』ってなに？『な？』って。もしかしてリックも以前言っていた『妹みたいな発言がまだ続いているの？

唖然《あぜん》とする私を見てリックは何かを納得したのか、私の頭を撫《な》でてから、迎えに来た彼の従者と共に帰っていきました。

なんとまぁ、リックは押しが強いですね。私は〝彼〟で強引にも自分勝手にもある程度は慣れているからいいですけど、普通の女の子にそんなことをしたら勘違いしますよ？

もしかしてリックも、ティモテ君のように〝誰か〟から何か言われているのかも？

貴族の権力争いも面倒だなぁ……。でもリックは命拾いしましたね。

「主人様《あるじ》、遅れて申し訳ありません」

「いいのよ、ティナ」

彼の従者と一緒に迎えに来ていたティナからは、リックが私に触れる度に怒気が溢《あふ》れて、いつ襲ってくるのか冷や冷やしていましたから。

学年が違うのでお昼の時間しかストッパーになる双子は合流しません。もう一人、ファニーはいるけど、彼女は今、見つけた虫を追いかけるのに夢中で当てにならない。あ、虫を食った。

それにしても……。

これからまた実技授業の度にリックが来るのかと思うと気が重くなります。本当に面倒くさいですね。

最近のリックは以前に増して行動がおかしい。前から変な行動はあったけど、私に対してだけツンケンしているのに、妙に過保護といいますか構ってくるのです。

まるで好きな子に意地悪をする男の子みたいな……。

……え？

あれ？

＊＊＊

その〝少女〟は、王都の役所で文官をしていた準男爵の父と、王城でメイドをしていた平民の母から生まれた。

領地を持つ男爵家以上の貴族家なら眉を顰められるが、下級貴族である準男爵なら平民と結婚してもおかしくはない。だが、男爵家から嫁いだ父方の祖母は平民の嫁を良く思わず、孫である少女は母方の実家で五歳まで育てられた。

「……まるで『乙女ゲーム』みたい」

五歳の誕生日。母がこの国や貴族のことを話してくれたあと、鏡に映る自分の姿を見てマルチナはこの世界の単語ではない『乙女ゲーム』と呟き、唐突に自分の前世のことを思い出した。

前世は田舎にあった商社の女子社員で、歩きスマホで乙女ゲームをしていたところを、スマホのながら運転をしていたトラクターに轢《ひ》かれて、この世界に転生した。

そして、父親が貴族で、西洋中世に似た街に住み、魔法がある世界で、可愛らしい女の子に生まれたことに『乙女ゲームのヒロインのようだ』という感想を持ってしまった。

「……いえ、違うわ。きっと乙女ゲームの世界に転生したのよ！」

少女は思い込みが激しかった。

前世から思い込みは激しかったが、今世では年齢のせいもあり、それに輪を掛けて好きなことに突撃していった。

マルチナはその日から前世の知識を使って自分磨きを始め、この世界の情報を集めた。

この世界が〝乙女ゲーム〟なら、自分と歳の近い王子様がいるはず。

こんな可愛い見た目に生まれたマルチナなら、きっと王子様の目にも留まるはず。

そして乙女ゲームの舞台は〝学園〟と決まっている。

そんな論法で噂話を集めた結果、この聖王国の王太子は三十路であったが、その子どもに二人の王子様がいて、マルチナとも比較的歳が近いことが分かった。

そして予想通り彼らが『魔術学園』という場所に通うことが分かり、マルチナは魔術の勉強を始める。

幸いにもマルチナには精霊魔法の才能があった。王都の本校は平民には敷居が高く、父方の祖母は地方の分校に通わせようとしていたが、マルチナは父を口説いて本校に通うべく画策する。

これでも前世では三十路まで生きた〝経験〟があり、文系男子の父を手玉に取ることなどマルチナにとっては容易いことだった。

身なりと清潔さに気をつけ、肌に良い食事を心掛ける。精霊魔法で一番仲良くなった水の精霊はマルチナの肌をプルプルのモチモチにしてくれた。

そうして磨き上げた可愛らしさとあざとさで父を籠絡し、母親はそんな娘を見て、何か育て方を間違ったのかと溜息を吐き、すべてを諦めてマルチナを父方に任せた。

「やっぱり私はこの世界の〝ヒロイン〟なのだわ！」

若干変なお嬢様言葉でそう確信したマルチナが王都の魔術学園本校に入学すると、乙女ゲームらしく二人の王子様は目を見張るような美少年であった。

上の王子様は優しげな甘い容姿で、下の王子様は俺様気質の美少年。どちらを攻略するか、両方を攻略するか、ウキウキしながらマルチナはお近づきになろうとしたが、下級貴族のマルチナは他のお姉様方に気圧され、近づくことすらできなかった。

ゲームではなく現実なのだから警備面を考えて当たり前なのだが、マルチナはそうは思わず、何かイベントが必要なのだと考える。

「……廊下の角でパンを咥《くわ》えてぶつからないとダメかしら……」

この世界に食パンはないので金型造りから模索していると、マルチナの一学年下にこの国の『姫』が入学するという噂を聞いた。

正式には現国王の血を引く大公家の姫であったが、それでも下級貴族からしてみれば雲の上の存在であり、さらに噂では、悪魔召喚事件から子どもたちを救い、『聖女』とまで呼ばれている少女だった。

「……そうなのね。ついに〝悪役令嬢〟が現れたのだわ！」

マルチナは自分の攻略が進まなかったのは、ヒロインのライバルとなる悪役令嬢がいなかったからだと、怪しいお嬢様言葉で結論づける。

だが、下級貴族であるマルチナがお姫様に接触することは難しく、しかも彼女は毎日登校しているわけではないらしい。どう接触するか悩んだマルチナは、学園の生徒であるならたとえ上級貴族専用の席を使うとしても食堂には来るはずだと考え、食堂の通路に近い席で毎日のように張り込みを始めた。

そうして機会を覗《うかが》って数ヵ月後……ついにその日はやってきた。

マルチナの『悪役令嬢との接触計画』はこうだ。

通りかかった悪役令嬢であるお姫様の前にカトラリーを落として転がす。慌ててマルチナが飛び出して拾えば、悪役令嬢ならばヒロインであるマルチナの言動を咎《とが》めるはず。咎められて悲劇のヒロインとなれば周囲に同情され、王子様の耳にも届くだろう。乙女ゲームであるならば王子様が直接目撃してもおかしくはない。

「完璧よ！」

穴だらけである。あくまでその姫が悪役令嬢として動くことを前提として考えているマルチナは、その穴に気づくことはなく、ついに聖王国の姫が食堂に姿を現した。

「……ひぃぃい」

マルチナはその姿を見て、巨大トラに遭遇した仔ウサギのように萎縮する。

（ちょっ、規格外にも程があるでしょ!!）

呼吸さえもままならない緊張の中で、マルチナは心の中で絶叫した。

その姫が姿を見せただけで、ざわめいていた食堂を静寂が支配する。背を向けて直に見ていなかった者まで同時に沈黙する様は、ある意味ホラーだった。

さらりと流れる髪は、黄金の糸。

長い睫毛《まつげ》に隠れ見える、愁いを帯びた金色の瞳。

美の女神がその手で作り上げた、人形のような冷たい美貌……。

許されるのならいつまでも見つめていたい。でも、けして彼女という美の結晶に触れることは許されないと、生徒たちは息をすることさえ忘れて見つめ続けた。

食堂には学年が違う者が多く、彼女の魔性のような美に慣れていなかったことも災いした。

もし、ほぼ全員が椅子に腰掛けていなかったなら、間近で見た者はその神々しさに跪《ひざまず》いてしまったかもしれない。

――カチンッ！

震えるマルチナの手からカトラリーが落ちて、姫の前に転がる。

そう画策していたのだからある意味予定通りなのだが、マルチナの顔色は一瞬で蒼白《そうはく》になり、周囲の者たちもこの世の終わりのような顔になっていた。

（ち、違う、違うの！　わざとじゃないのっ！）

心の中でそう叫ぶが、全身が鬼気《きき》に縛られたように動かない。

このお姫様が悪役令嬢であるのなら、とんでもないクソゲームだ。もはや攻略させる気がさらさらない、難易度が狂気モード《ルナティック》なのかと居もしない運営を呪った。

いざというとき、そのマルチナを守るはずの水の精霊は、彼女の服の奥に隠れ、怯《おび》えながら何かにずっと謝罪のようなものを呟きながら震えていた。

『……羽虫が……』

明らかに自分に向けて放たれたその微かな呟きが聞こえたマルチナは、姫の周りを固める従者たちから殺気を向けられていることに気づく。

その従者たちもあり得ないくらい美しく、金髪のメイドと少女騎士からウジ虫でも見るような視線を向けられたマルチナは、自らの死を意識すると同時にこの世界に生まれたことを後悔した。

だが、マルチナが覚悟した死も、突然の衝撃音と共に姫が立ち去ったことでマルチナの前から消え失せた。

何がどうなって自分が助かったのか理解できないが、恐怖からすでに漏らしていたマルチナは、昏《くら》くなって食堂から誰もいなくなるまで動く気力すらなく、一番の友達だった水の精霊が精霊界に戻ったまま二度とマルチナの声に応えることがなくなったのも当然と考え、いつの間にか手元に戻っていたカトラリーを宝物のように握りしめて、天啓を受けた修道女のように神に誓う。

「……私、地道に生きます」

そうしてマルチナは今までの生活を省みて、地道で堅実な生活と結婚相手を探そうと決意した。

第三話　八歳になりました

二年生に上がって数ヵ月が過ぎ、私はなんと八歳になりました！

まぁ、ユールシアとして生まれて八年経《た》ったのだからなっていないと困るのだけど、いまだに幼女枠に入れられる私が〝少女〟に近づいたことが重要なのです。

本当に、人間属性を持っているとしても普通に成長しているのが不思議。

さて、毎度恒例のお誕生日パーティーですが、普通にやることにしました。まあ、お城でやるからには普通ではないのですが。

それに私も少しだけ思うところがありまして、お誕生日パーティーをさくっと終わらせるためにも、今年も王城ですることに決めたのです。

だってねぇ……あれから半年以上経ちますが、リックがもしかしたら――とか考えたら、どんな顔して会えばいいのか分からないのですもの……。

今年のお誕生日会（数千人単位）をさくっと終わらせた私は、『聖王国の姫』としての権限をフルに使って王都から飛び出した。

別に学園をサボりたいとかそんな理由じゃありません。本当デス。

まず前提として、『聖王国の姫』は国外に出すことが躊躇《ためら》われる王家の男子に代わって外交をする、国家の〝顔〟となる役職です。

私の場合は、お祖父《じい》様が私を甘やかすための便宜上の役職でしたが、今回はそれを使わせてもらいました。

お父様であるヴェルセニア大公は王家の一員として外交を担《にな》い、お仕事で外国に招かれることが多いのですが、なんと、その予定がバッティングしてしまったのです。

しかも、結婚式とお葬式……。

どっちも外せない式になりますが、同じ人物が連続で向かうと微妙な感じになりますよね？

そんなお困りのお父様、朗報です！

この私が代わりにお仕事いたしますわよ！

けして逃げたわけではありませんわ！

お父様やお祖父様は幼い私が単身（一人とは言っていない）で外国へ向かうことに難色を示しましたが、所詮は私に激甘な人たちなので、裏からエレア様に話を通して、お膝の上で〝お願い〟すればちゃんと分かってもらえました。

そうして私は、お父様のお姉様……伯母《おば》様が嫁いだ隣国、シグレス王国で行われる〝結婚式〟に参加することになったのです。

もちろん聖王国の外交のため外国へ行くのですから学園も公休扱いとなります。

学園編……？

そんなものは始まりませんよ！

「姫さまぁ！　傭兵団《ようへいだん》の方がいらっしゃいましたぁ！」

出発の当日、私の護衛騎士団の副隊長となったサラちゃんがテンション高めで報告にくる。

騎士〝団〟なのに副〝隊長〟とは、これいかに……？

そもそも十人程度しか居ないのですから騎士隊というのが正しいのですけど、なんか対外的な拘《こだわ》りがあるらしいのです。もしかして最初は百人とか予定していました？

それはどうでもいいけど、サラちゃんがいつの間にか副隊長になっていました。

殴り合いの末に。

あなたたち、もうそろそろ二十歳でしょ？　なんでそんなに血の気が多いのよ？

この子たちの縁談も私が面倒見ないといけないのでしょうか……。

それはそれとして、サラちゃんが報告してきた『傭兵団』とは、いわゆる荒事専門の『なんでも屋』さんです。

なんということでしょう……この世界には『冒険者』という職業はないのですよ。

村に魔物が出たら普通に領主が兵士を派遣しますし、魔物が無限に湧き出るダンジョンなんて気の利いた物も存在しません。……夢のない世界ですね。

その代わりに色々なことをしてくれるのが『傭兵団』です。

もっぱら貴族同士の領地の諍《いさか》いで引っ張り出されますが、旅商人の護衛とか、お金持ちの頼みごとも聞いてくれる人たちなのです。

傭兵団は、十名程度の少数から数百名単位の大規模なものまで様々あり、今回私がシグレスまで向かう条件が、お父様が懇意にしている中規模傭兵団の皆様に護衛をしてもらうことでした。

今回、シグレスの結婚式に参加する私の付き人は以下の通り……。

護衛女性騎士、十名。

大公家の騎士が四人に、兵士が二十名。

料理人やら御者やら荷物運びが十五名。

大公家の執事が一名、侍女が一名、メイドが四名。

傭兵団、三十六名。

私の従者、四名を含めた、総勢九十五名となります！

多いわっ！

……いえ、国の代表として行くのですから多くはない……のでしょうか？

思いの外大人数となりましたが、今回はお母様の希望でヴィオが侍女として付いてきてくれることになりました。

まぁ、ノアやティナが有能でもまだ見た目が子どもですしね……。

兵士たちや傭兵団の人は良く知りませんし、ブリちゃんやサラちゃんたちは他国の騎士に〝私〟を自慢するため、カッコイイ並び方を練習していますし、お父様やお母様が不安になってヴィオを付けてくれたのも必然ですね。

うん、まぁいいや。

サラちゃんの報告通り、傭兵団の代表者が挨拶に来てくれたので対応しておきましょう。実を言いますと、どんなダンディーな小父様《おじ》が来てくれたのか、楽しみにしていたのです。

熊五郎《くまごろう》でした。

「姫さん、俺らがついていますんで、旅の安全は任せてくださいよ！」

「よろしく、熊さん」

瞬時に色々なものを諦めた私が、素で『熊さん』と傭兵団の団長さんを呼んでしまいましたが、何故か喜ばれました。

今回は（癒やしがいない意味で）辛い旅になりそうですね……。

いえ、違います。神は私を見捨てたりはしなかった。

神様、ありがとう！　もう神殿にある神像とかに髭を描いたりしませんわ！

……あら？　少し大地が震えているわ。それはともかく……。

「ルシア……っ！」

「え……ノエル？」

そうなのです。悪魔召喚事件で誘拐され、悪漢に襲われた私を健気にも守ってくれた、美少年ノエル君がこの傭兵団にいたのです！

二年ぶりですが随分と大きくなって、男の子らしくなりました。

「やっと……会えた」

「う、うん……」

まるで骨を投げられたワンコのように駆け寄ってきたノエル君が、私の両手をそっと自分の手で包み込み、可愛らしく微笑んでいました。

えっと……確かに私も嬉《うれ》しいのですけど、いきなりスキンシップが激しくないですか？

「コラっ、ノエルっ‼」

ゴチンッ！　と見るからに痛そうなゲンコツがノエル君の頭に落ちる。

「――――〜〜〜ッ」

「いきなり姫さんの手を握るたぁ、どういうこった⁉」

熊さん、おかんむりです。

まぁ、この場合は熊さんが正しい。私は大公家の人間で熊さんのお客さんです。いくら知り合いでも突然女の子に触れるのはアウトです。大人から見るとそうなのですが私たちはまだ子どもです。躾《しつけ》なのかもしれませんが、熊さんがもう一発、ゲンコツを振るおうとしたので私もとっさに手が出てしまった。

「てい」

「どぉおおおおおおおおおおっ⁉」

「ぴっ」

私が繰り出したデコピンに熊さんと、ついでにティナが額を押さえて蹲《うずくま》る。

ティナは、ノエル君が私の手を握った辺りで、異様な目付きで迫ってきたので思わずデコピンしておきました。

危ない、危ない……右手と左手で二人同時にデコピンしましたが、左右を間違えたら大惨事でしたね……。熊さんとティナで込めた威力が五百倍ほど違うので。（ぶきっちょ）

「熊さん。ノエルはお友達なの……。彼を許してくださる？」

一応、乙女らしく熊さんにお願いしてみましたが、熊さんもティナもノエル君でさえも蹲ったまま動けず、どうしようかと見回すと、ブリちゃんとサラちゃんが手を握り合って怯《おび》え、ヴィオが駆けつけてくるまでフォローしてくれる人は誰もいませんでした。

「いや～～、さすがは聖女様ですな！　あんな強烈な一撃を貰《もら》ったのは、十年ぶりですぜ！」

私の神聖魔法で復活した熊さんは額を赤くしたまま、豪快に笑って許してくれました。

ビバ、聖女様！

ある程度の非常識は『さすがは聖女様』で許される素敵な世界です。

この国の人の中で『聖女』ってどんな存在なのでしょう……。

「だが、ノエル！　いくら姫さんが友達でもアレはダメだ。お前はこの傭兵団の一員だってことを忘れるな！　申し訳ない、姫さん。こいつはまだ新人なもんで……」

「ご、ごめんなさい、ルシア……様」

「いいのですよ」

私は二人を許すように聖女モードで清楚に微笑む。

失敗をして叱られて、それを私に見られて暗い顔で落ち込むノエル君を見ると、はーとがきゅんとしますね。（ゲス）

突然で驚きましたが、傭兵団の団長さん、お名前は、ば、ばるなばす……？　――熊さんが言うには、ノエル君はあの街の領主代行さんから紹介されて加入した、期待の新人みたいです。

領主代行の小父様もノエル君の才能は認めていましたからね。

「でも、どうしてノエルは傭兵団に？」

彼の才能なら真面目にやっていれば普通に出世できたはずで、領主代行さんも自分の後継者として育てていたように思えました。

それが何故……悪いとは言いませんがドサ回りのような真似を？

「う、うん……その……強く……なりたかった……です」

ノエル君は何故か顔を真っ赤にしながら、私のことをチラチラと見る。

「どうかしましたか？　男の子なのですから、強さに憧れることを私は恥ずかしいとは思いませんよ？」

「あ……うん」

おっとりと微笑む私に、一瞬なにか言いたそうな顔をして口ごもるノエル君。そんな彼を見て熊さんはニヤリと笑いながらノエル君の髪を乱暴にかき回す。

「男には〝そういうこと〟もあるんですわ。姫さんも応援してやってくださいや」

「はい。頑張ってくださいね、ノエル」

「は、はい」

私が背の伸びた彼を見上げるように応援すると、ノエル君は若干微妙な顔をしながらも、照れたのか顔を真っ赤にして喜んでくれました。

それに才能の塊であるノエル君ならどの分野でも上位に行けるでしょう。

……引き抜けないかしら？


それから私たちのシグレス訪問の旅路が始まりました。

聖王国の西にあるトゥール領から西方の隣国であるシグレスまで、通常は馬車を使って三週間ほどかかります。ですが……。

「ユルお嬢様に野宿をさせてはならないと、出来る限り宿場町を使うよう、旦那様より命じられております」

「……お父様」

ヴィオはお目付役だったのですね。でも、それは他の人も同意なのか、うちの従者たちも、当然です、と言わんばかりに頷《うなず》いていました。

まぁ仕方ありません。片道一ヵ月の道のりになり、宿場町から宿場町へののんびりとした旅になるかと思いましたが、ところがぎっちょん、そうは問屋が卸さない。

なんと、旅に出て十日ほど経った周囲を深い森に囲まれた街道で、ついに異世界の華、『もんすたー』に遭遇してしまったのです！

『グボォ』

「〝はぐれカバ〟だっ、気をつけろ！」

……カバでした。

熊さんの声に傭兵団と兵士たちが前に出て、護衛騎士たちが私の周囲を固める。

ノエル君も前には出ないのですが、中衛として剣を構えながら熊さんたちに支援魔法を掛けていました。

カバさんが無数の矢を受けながらも、その巨体による突進で兵士たちを撥《は》ね飛《と》ばす。

さすがは、カバ。強いわね。（混乱）

なんとか撃退はできましたが……本当に街道でカバが旅人を襲ってくるのですね。恐ろしい世界だわ。

「こんなところにカバが出てくるたぁ、エルフに森から追い出されたのかもしれねぇな……」

「……え？」

熊さんの話によると、聖王国とシグレスの間にある深い森にはエルフの集落があるみたいで、森を切り開いて材木を売っているそうです。

そういえば、鉄鉱山のある街でもエルフから大量の木炭を買っていましたね……。

それでいいのか森の守護者。いい加減にしろ、塩大福ども。

想像していたエルフ像とは、なんか違うわ……。

まぁ、そんな事もありまして、無事に国境を越えてシグレス国内に入ることができました。

初めての異国です。農業国家と名高いシグレスとはどのような国なのでしょう。

「姫さま！　この焼き芋、すごく美味《おい》しいです！」

「こ、このモロコシの甘さは⁉」

「姫さま、姫さま！　あちらで、生で食べられる白アスパラが！」

「…………」

……護衛騎士の諸君、旅を満喫しているね。どうしていちいち私に報告しに来るの？

シグレスに入って最初の宿場町。宿場町と言ってもさすがは農業国家、宿場町に辿《たど》り着《つ》くまでにも沢山の農地がありまして、聖王国タリテルドへの輸出用とは別に生鮮野菜がてんこ盛りで売られておりました。

街の大通りには、聖王国から来た商人や観光客用に露店や屋台が並び、ブリちゃんやサラちゃんたち護衛騎士の子たちが飛びつくように屋台に群がり、そのあまりの自由奔放さに傭兵団の皆さんが唖然《あぜん》としてしました。

いやはや、うちの子たちが申し訳ない。

「……ヴィオ。今回、護衛騎士の皆さんが飲食した物について、彼女たちに報告書を出すように話してくださいな」

「かしこまりました」

お仕事中ですよ、皆さん。

でも、私が魔術学園に入学してから長期のお出かけをすることも無かったので、女の子たちがはしゃいじゃうのも理解できます。

四人の従者と一緒に私の馬車に乗っているヴィオにそう指示を出すと、彼女は生真面目な顔で頷きながらも優しい瞳で私を見る。

「ユル様は、お優しいですね」

「わたくしは、彼女たちのお仕事を増やしただけですよ？」

お仕事中に遊ぶのはいけませんが、お仕事中の食事の代金くらい私が出しますよ。

それに、シグレスが輸出したいと思う物が良い商品だけとは分かりません。自由すぎるあの子たちなら、私に気兼ねなく良い物を教えてくれるでしょう。

私は『聖女』と呼ばれているかもしれませんが、ヴェルセニア大公家の娘なのですから、領民のために良い物を見つけたいのですよ。

でもやっぱり……私って甘いかな？

＊＊＊

「この度は、オスロ王弟殿下のご成婚を、タリテルドを代表してお祝い申し上げます」

シグレスの王都に到着して三日後、シグレス陛下の弟であるオスロ様と、侯爵令嬢エティア様との結婚式が行われました。

シグレスの王城は派手さこそありませんが、大きさでは近隣国の中で随一と言われておりまして、ドーム型球場ほどのホールに数千人もの客が招かれていました。

……これ、崩壊したりしないのよね？

その式場で私は、シグレス王家の方々の前でご挨拶をしまして、シグレス貴族たちの前でも挨拶をして、他国から来訪した賓客の前で挨拶をして、ようやくお仕事が終わりました。

同じ挨拶を場所と観客を変えて同じ人に三回は、なかなかしんどい。

要するに聖王国タリテルドの代表である『姫』が、多様な人たちの前で祝辞を述べることが大切なのです。

パーティーのお供はシックなドレスを着たヴィオに、ノアとニアの双子……メイド二人はちょっと幼すぎますからね。護衛騎士団の女の子たちはそれなりの格好をさせて、私の周囲を警戒してもらっています。ついでに旦那様候補でも見つけてくれたら御の字です。

それに護衛として（似合わない）礼服を着た熊さんと、私の希望でエスコート役として、年齢の近いノエル君にも来てもらいました。

「そこまで緊張しなくても大丈夫ですよ？」

「は、はい……」

「ガハハっ、こういう場にも慣れておかねぇと、お前の夢に届かねぇぞ」

お祝いの場ですからそこまで緊張しなくても……と思いますが、そんなノエル君を熊さんが励ますように背を叩《たた》く。

はて？　ノエル君の目標は強くなりたいだけなのでは？

とりあえず私には関係ないかと、挨拶を終えたので座れる場所にでも移動しようとした私のほうへ、きらびやかな人たちが近づいてくるのが見えました。

「ユルちゃ〜ん、ご苦労様。とても立派でしたわ」

背が高く、ウエストが細く、胸元と腰辺りがダイナマイトな超美人が、そう言って近づいてくると私をぎゅっと抱きしめた。

「王妃殿下……」

そう、この方こそ、シグレス王家に嫁いだお父様のお姉様、シグレス王妃、カミーユ様です。

なんと言いますか……デカい。（確信）

なにとは言いませんが、埋もれて息ができません。

「あら、他人行儀なのね。〝伯母様〟でもいいのですよ？」

カミーユ様の腕をタップして解放された私は、身だしなみを整えて困ったように笑う。

「公式の場以外では、そう呼ばせていただいてよろしいですか？」

「ユルちゃんはしっかりしているわ。さすがはフォルトの娘ね。よく似ていますわ」

お父様に似ていると言われて、私も口元がニヨニヨしてしまう。

私がまだ八歳というのもあるでしょう。多少失敗しても、大人ぶっても、カミーユ様とシグレスの王族様方はニコニコ笑って許してくださるのです。

そんな感じですぐにカミーユ様とは仲良くなれたのですが……お父様のことを言われて大事なことを思い出しました。

「カミーユ伯母様……〝お姉様〟はどちらに？」

私がそう訊《たず》ねた瞬間、カミーユ様の朗らかな笑顔が歪《ゆが》んだ半笑いに変わる……。

今度は何をやらかしたんスか、お姉様!?

私の腹違いである二人のお姉様は、三年前の私のお誕生日会で色々やらかしたあげく、カミーユ様のいるこのシグレスの貴族学院に長期留学をしているのです。

あの素晴らしく可愛らしいお姉様方と再会できるのを、とっても楽しみにしていたのですが……。

だいたい、なんかおかしいと思っていたのですよ！　シグレス王家の方々も、やたらとお父様と私のことは褒めているのに、姉であるお二人の話題が出ないとかありえませんよね!?

「伯母様……？」

「………」

私が目を細めてもう一度訊ねると、カミーユ様はわずかに口元を歪めて、溜息《ためいき》を吐くついでのように口を開く。

「フォルトとエレアノール様から頼まれて、〝行儀見習い〟の留学を許しました。あの二人とも赤子のとき以来、十数年ぶりでしたので、多少おかしな噂《うわさ》がありましても、わたくし、会うのを楽しみにしておりましたのよ？」

この前置きの長さがなんか怖い。

「それが、あの二人ときたら、せっかく入れた学院にも最初以外ほとんど行かなくて、繁華街で遊ぶようになってしまったから、執事も侍女もそれなりの者に替えて、ようやくまともに行儀見習いをさせられると思いましたら、今度は〝勇者〟に付きまといはじめて……」

「……は？」

お姉様方は順調のようですが、なんか変な単語が聞こえました。

「ゆう……しゃ？」

「そうなのよ……。言っておきますがシグレスの王家が認めたわけではないのよ？　でも最近、少人数の傭兵団が『勇者』と呼ばれはじめて、あの子たちがその近辺に入り浸っているみたいなのよ」

勇者……勇気ある者。危機あるところに現れ、人々の先頭に立ち、皆に勇気を与える者。

お姉様方がそんな人たちのところに？

だんだん、カミーユ様の口調が、悪い人たちと付き合いだした娘の愚痴を言う、おばちゃんみたいになっていますよ！

カミーユ様が言うには、最近になって起き始めた〝人攫《ひとさら》い事件〟を解決した人たちがいて、その犯人が〝魔族《エルレース》〟だということで一躍『勇者』と呼ばれるようになったとか……。

私も子どもたちを助けて『聖女』と呼ばれるようになったので、似たような感じかしら？

ただ、カミーユ様が言うように、シグレス王家が認めていないので『シグレスの勇者』ではありません。

国家に認められる勇者は、装備も活動費もサポートもすべて国が責任を持ってくれます。でも、国が費用を出すということは公務員であり、その原資は税金なのです。

なので、そんなぽっと出の人を王家は認めませんし、そんな人たちを支援する宗派もないでしょう。

だからその勇者様たちは、『シグレス王国にいる民衆から勇者と言われている人たち』で、シグレス王国が認めた『シグレスの勇者』ではないのですよ。

ハードル高いし、面倒くさい。

まぁ私の『聖女』の場合は、王家からも認められているし、色々な宗派がご機嫌伺いしてくるのですけど、それでも正式なものではないし、なんの進展もないのよね……。まぁ、正式になっても面倒なのですけど。

要するにそんな認定もされていない非公認勇者みたいな人たちと、お姉様方がつるんでいるらしいのです。

……順調に道を踏み外していますわね。

「いくら民衆に人気でも、正式な招待はされていないから会うことはないと思うけど、貴族の護衛に紛れているかもしれないから注意をしてね」

「はい、ありがとうございます。伯母様」

なるほど、人数が多い祝い事だとそういうこともあるのね。

カミーユ様の注意にお嬢様っぽく微笑んでお返事をすると、何故かカミーユ様の顔が不安そうになりました。

「……本当に大丈夫かしら。ユルちゃんはフォルトに似てお人好しっぽいし、あなたくらい綺麗《きれい》な子だと、年齢とか気にしない変態もいるから本当に気をつけてね」

「はい……」

私みたいな怖い子どもにそんなことを考える人がいるとは思えませんが、親戚筋の方々はどうも私を過大評価しがちです。

「エスコートにうちの息子を誰か付けましょうか？　三人もいるから、ユルちゃんなら一人くらい連れて帰ってもいいのよ？」

「いえ、その……」

なんか話が変なほうへズレてきました。

聖王国の王家も男の子ばかりですが、伯母様のところも男の子ばかりみたいです。

普通に考えたら王家なのですから子どもは男の子のほうがいいに決まっている。でもね……、うちのお祖父様もそうだけど、男の子ばかりだと『お姫様って憧れるよね』って話題がどこからともなく湧いてくる。

自分のところには男の子しかいない。それなら、好みのお姫様をどこかから連れてくればいい。

そんな理論なのか、八歳となった私のところにも国内外問わず大量の縁談が届いていると、ヴィオが教えてくれました。

私の立場は、王家の血筋で王位継承権もありますが、王家に生まれた姫よりは敷居が低く、聖女とも言われている、品切れ直前のレア商品みたいな感じなのです。

恋愛に興味がないとは言いませんが、私の立場だと普通に恋愛はできないのよね……。

従兄《いとこ》と変な空気になって逃げてきた私が言うことではありませんが。

私って、自意識過剰かしら……？

たぶん伯母様がお姉様方を受け入れたのも、教育して素直になったら息子さんたちの婚約者候補にとでも考えていたのでしょうけど、無理でしたね。

わたくし……そんな、自分からドツボに嵌《は》まりにいくお姉様方が大好きですわ！

それはともかく――。

「大丈夫ですわ、伯母様。本日はちゃんと騎士様がいらっしゃるもの」

「あら、可愛らしい騎士様ね」

緊張から後ろで固まっていたノエル君を引きずり出すと、礼服を着せられて美少年っぷりが上がったノエル君に、カミーユ様は楽しそうに目を細める。

前々から美少年とは思っていましたが、ちゃんとした格好をさせると貴族令息と言っても通りそうですよ。

王妃様に微笑まれて完全に硬直しているノエル君と、それを満足げに見てドヤ顔している私を見てクスクスと笑っていらしたカミーユ様は、不意に真面目な目付きになって私の耳元にそっと囁《ささや》いた。

「ユルちゃん、この国を出るまで〝コストル教〟には気をつけなさい」

カミーユ様と別れた私は最後の〝忠告〟について考える。

豊穣神《ほうじょうしん》、女神コストルを祀《まつ》る『コストル教』は、その国民に親しまれやすい教義と、信者の多さによって聖王国タリテルドとシグレス王国の国教として認められています。

そもそもコストル教はタリテルドの成り立ちから関わっている宗派で、本殿も教皇猊下《げいか》もすべて聖王国に存在します。

そのコストル教に気をつけろ……とは、どういう意味なのでしょう？

確か、こちらにいるコストル教の責任者は、大司教さんだった気がしましたが……。

「――ルシア？」

……ん？　ああ、少々考え事をしていたせいで、エスコート役のノエル君を不安にさせてしまいましたか？　いけませんね……考え事をしていると、この異様に広い会場で迷子になってしまいそうです。

「なんでもないの。ごめんなさいね」

ニコリと微笑んで迷子対策のためノエル君の腕に手を回したら、彼の顔が強ばりました。

「どうしました？」

「な、なんでもないっ、です！」

ノエル君はたまに挙動不審になりますね。

旅の途中は彼もお仕事中ですし、躾に厳しい熊さんとヴィオが目を光らせていたのであまりお話はできませんでしたが、今日くらいはお話もできそうですね。

こうして私たちが歩くだけでも周囲から視線が集中する。

この国の人たちは〝私〟に慣れていないので、あまり話しかけられないのはよいのですけど、そのぶん、やけにねちっこく見られるのですよ。

「ごめんなさいね、ノエル」

「……え？　何がですか？」

緊張してしゃちほこ張っていたノエル君が一瞬間を置いて私を見る。

「わたくしって、悪目立ちするでしょ？　一緒にいてあまり気分がよくないのではないかしら」

そう言うとノエル君は驚いたように首を振る。

「ルシア様が目立つのは仕方ないよっ、だってお姫様で聖女さまなんだから」

う～～ん。どちらの〝称号〟も周囲が勝手にそう呼んでいるだけなのですが……。

そんなことを考えながら微妙な顔をしていると、ノエル君は何故か顔を真っ赤にしながら意を決したように口を開いた。

「それにっ……ルシアは綺麗だから」

「そう……かしら」

うわぁあああ！　なんかすっごく恥ずかしい！

わたくし、どこへ行きましても、怖がられるか、遠巻きにされるかのほぼ二択ですのよ？　そりゃあ家族やお屋敷の人たちは『可愛い』『綺麗』って言ってくれますけど、男の子からそんなことを真顔で言われた経験なんてありませんのよ！

ノエル君も真っ赤だけど、私もたぶん顔が真っ赤です。

まあ、ノエル君にとって私って『憧れの聖女さま』なので、彼の評価は色眼鏡がかかっているのか異様に高いのよねぇ。彼の目に〝私〟ってどう映っているのでしょう？

そんなことを考え、お互いの顔をまともに見られないまま、無言になっていると……。


「もしや、タリテルドのユールシア公女殿下でいらっしゃいますでしょうか？」

「……はい？」

珍しい呼びかけに私も思わず応えてしまう。

基本的にこんな無礼講気味な大規模パーティーでも貴族のルールはあり、位が下の者は上位者が声をかけるまで話しかけることはできません。そうでないと主賓の新郎新婦は言うまでもなく、王族も休む間もなく誰かの挨拶を受け続けなくてはいけなくなるからです。

私もカミーユ伯母様から数名の方々を紹介され、その人たちが自分の知り合いを紹介と、すでに百人以上とご挨拶しております。まぁ、ある程度まで下に行くと、さっきみたいに私の見た目の怖さで紹介もなくなるのですけどね……。

それはさておき、紹介でもなく、暗黙のルールを破って話しかけてきた人は何者なのでしょう？

「おお、その気品あるお美しさ、やはり〝聖女〟であるユールシア様でしたかっ」

半端にでも私が応じてしまったことで、どこかで見たことのある法衣と、かなり見たことのある聖印を身につけた身なりのよいおじさんは、〝許された〟と思ったのか、馴《な》れ馴《な》れしく話しかけてきて、ノエル君が私より半歩前に出ていつでも庇《かば》えるように身構える。

……コストル教かぁ。

……フラグ回収、早すぎやしませんかね？

「私は、このシグレス王国の王都神殿にて、大司教をしております、カリストと申します。この場に聖女と名高いあのユールシア様がいらっしゃると聞き及び、是非ともご挨拶をしたいと参上いたしました」

カリストがそう言って深々と頭を下げる。

……なんか、やだなぁ。

とりあえず、何かを企んでいるようには見えませんね……宗教家とか、何か企んでいるくらいがちょうどいいと思うのですが。（大偏見）

この人はちょっと天然っぽい臭いがします。それも質《たち》の悪い類いの奴。

私はほどよく熟成させた食べ物は好きなのですが、発酵食品も発酵が過ぎると〝臭く〟なるのですよ。しかも発酵食品じゃないのに熟成させたタイプじゃないですか？　これ。

「これはカリスト様。ユールシア・フォン・ヴェルセニアと申しますわ」

そんな感想は放り捨て、おっとりと公女モードでご挨拶をする。

カリストは五十歳くらいの痩せたおじさまで、それが悪いとは言いませんが、正直に言いまして……ぜんぜん、ときめかないわ。

「実はですね、本日はユールシア様に紹介したい者がおりまして」

「紹介……ですか？」

なにか良くない流れですね……。伯母様の忠告が頭に浮かぶ。カリストはこちらに紹介してもよいか伺うでもなく、すでに決定事項のように背後に視線を向けると、離れていた数名の男女を呼び寄せた。

「ご存じでしょう。彼が〝勇者〟アルフィオですっ」

「………」

ざっけんな、おっちゃん。


「初めまして、美しき姫君。私こそが、この国の勇者、アルフィオと申します。ですが、あなたには是非とも『アル』と呼んでほしいですね」

彼……勇者（？）アルフィオは、白い歯を光らせるように笑う。

年の頃は十代後半から二十代の前半くらい。黒髪黒目の中肉中背でそれなりに魅力的な顔立ちはしていますけど……〝無い〟な。

恋愛なら同年代がいいけど、甘えるのなら大人の男性が良い。あと十年経ってそのチャラ男みたいな言動を治してから出直してきなさい、若造が。

こほん、失礼しました。思わず本音が出てしまいましたわ。（本当に失礼）

その勇者様（笑）は、思わず凝視してしまった私が黙っていると、前に出て私の前に跪《ひざまず》き、私の手の甲に口づけを……

パチンッ！

する寸前で、ノエル君が彼の手を払って遮った。

「むやみに近づかないでください。大変なことになりますよ」

「ほぉ……」

固い声を出すノエル君に、一瞬アルフィオが怒気を滲《にじ》ませる。

それをやって実際に熊さんから拳骨を貰ったノエル君の言葉は実感ありますねぇ。

まあ、それは別にしても普通にノエル君が正しい。まだ紹介を了承していませんから、護衛の彼としては当然の行動です。……あと一瞬遅かったら、背後で良い具合に殺気を放っているニアに大事な物を切り落とされていたかもしれませんが。とりあえず、ノエル君ぐっじょぶ。

そんな命拾いをしたとは知らず、アルフィオは微妙に引きつった笑顔のまま怒気を隠して立ち上がる。

「……姫君には優秀な騎士がおられるのですね。まだ小さいですが」

そう言って、まだ十歳のノエルくんを上から見下ろした。

お、大人げない……。子ども相手にイキる大人はどうなのでしょう？

それはともかく、どうしようかしら？　ここまできたら挨拶をしないのも不自然なのよね。

「初めまして、アルフィオ様」

めんどくせぇなぁ……と思いながらも公女モードで彼の名を呼び、なにげに彼の仲間にも視線を向けた瞬間、私の中に衝撃が奔《はし》る。

「……ゆ、ユールシア・フォン……ヴェルセニア……です」

あかん、誰か助けて。めっちゃ頬が引きつる。

そんな私の様子に怪訝《けげん》な顔をしていたアルフィオでしたが、すぐに納得がいったように私に笑みを向けた。

「ははは、緊張することはありませんよ、麗しき姫君。聖王国の方に〝勇者〟は刺激が強すぎましたか？　さぁ、私の仲間も紹介しましょうっ」

違う、そうじゃない。

「まずは、回復役のアンティコーワです！」

「ぶほっ！」

「なっ⁉」

その瞬間、限界を超えて噴き出した私に、紹介されたアンティコーワが驚愕《きょうがく》の声をあげた。

「な、なんですのっ⁉」

発作が止まらず、おなかを抱えて震えている私に、彼女……塩大福《エルフ》のアンティコーワが憤慨した顔をする。

「し、失礼しました。ユールシア・フォン・ヴェルセニア……ですわ」

やばい、笑いが止まらん。

まさか、こんな場所で会うとか思わないでしょ！　だいたいこの世界のエルフの発音が『シオダイフク』なのがいけないのです！

そんな貴族令嬢としてどうしようもない挨拶しかできない私に、アンティコーワは憤慨しながらも所詮は子どもと嘲《あざけ》り混じりの笑みを浮かべ、高飛車な口調で名乗りを返す。

「それはどうも、お姫様？　アンティコーワと申しますわ。勇者であるアルフィオを愛称で呼ぶのはどうかと思いますが、わたくしのことなら『アンコ』と呼んでもよろしくてよ」

「ぶはっ！」

「きゃあああ⁉」

〝アンコ〟ですと……？　くっそ、酷いことをするな、塩大福め！

そんな原因不明の痙攣《けいれん》を続ける私に、アンティコーワは困惑しながらもエルフ特有の傲慢さからか、顔を引きつらせながらも上から目線で会話を続ける。

「……ふ、ふん。失礼な子ね！　そんなに具合が悪いのなら、わたくしが癒やして差し上げましょうか？　あなたも家柄だけで〝聖女〟なんて大層に呼ばれて大変でしょ？　代わりにわたくしが名乗ってあげてもいいのよ」

仰け反るように無理矢理私を下に見て、そんなことを言う餡子《あんこ》ちゃん。

彼女の見た目は、細身で金髪で緑のお目々で耳が長くて、本当にイメージ通りのエルフなのですけど、今はダメ。顔を見ただけで笑ってしまう。

発作のように笑い続ける私に彼らもノエル君さえも戸惑っているようです。

でも、そんな状況を打開する救世主が、ついに現れたのです。

「ユールシアっ！　いい加減にしなさいっ！」

アンティコーワの後ろから、笑い続ける私を叱責するような怒鳴り声が聞こえました。まぁ、これは私も怒られて当然だと思います。

ですが、そんな些細《ささい》なことはどうでもよろしい！

勇者には会わなくてもいいけど、こんな華やかな場なら絶対にいると思っていましたわ！

「まあまあまあ！　とってもお会いしたかったですわ、お姉様っ」

もはや発作の原因である餡子など目にも留まらず、私は自分でも驚くような晴れやかな気持ちで最高の笑顔を浮かべているはず。

私、今……最高に輝いている。（暗黒）

「そ、そうなのです！　姫君の美しき姉君たちは、私の仲間となってくれたのです」

私の輝かんばかりの笑顔に唖然としていたアルフィオが再起動して、お姉様方の前を空ける。

やっとです。やっと来てくれました！

私の腹違いのお姉様方。アタリーヌお姉様と、その後ろに隠れて脅えたように私を睨《にら》みつけるオレリーヌお姉様です。

ああ、なんて素晴らしい。ねじれて、ひねくれて、ひん曲がってどうしようもなくなってなお、高貴な魂が放つ鮮烈な香りが私を虜にする。

あの頃よりさらに熟成して芳《かんば》しくなっておりますわ！

「あ、あんたみたいな愚図な子が、アル様の話を聞かず、アンコ様まで無視するなんて許されると思っていますのっ！」

私が浮かべるあまりに素晴らしい笑顔に、アタリーヌお姉様が若干引いています。

でも、あまり『アンコ』って言わないでくださいませ。また発作が起きるから。

「そうよそうよ！　わたくしたちは〝シグレスの勇者〟であるアル様の仲間になったのよ！　だから、あんたなんか――!?」

アタリーヌお姉様の陰に隠れてオレリーヌお姉様が三下みたいなことを言い始めたので、ゆっくりと目を細めるようにして微笑んであげたら急に静かになりました。

「お気に障ったのなら申し訳ございません、お姉様」

「あ、あんた……」

お父様の娘として、お上品にしおらしく謝罪したのに、何故か、私からオレリーヌお姉様を庇うようにアタリーヌお姉様が前に出る。ああ……尊いわ。

でも、姉妹同士の睨み合い……にはなりませんね。だって、アタリーヌお姉様は睨んでいますけど、わたくし、ただ微笑んでいるだけですもの。

オレリーヌお姉様はリタイアしましたが、アタリーヌお姉様は額に汗を浮かべながらも睨み続けております。あらまあ、もしかして、お姉様……？

わたくしが普通ではないと気づき始めていますか……？

ふふふふふふふふ。

「そろそろ、よいお時間ですわね。名残惜しいですが、そろそろ失礼いたしますわ、皆様方。お姉様もまた遊んでいただけると嬉しいですわ」

熟成が進むまで、あまりつつきすぎてもよろしくありません。

多少の失敗はしましたが、会話を打ち切るように、おっとりと笑みを浮かべる私にアタリーヌお姉様は〝ギリッ〟と奥歯を噛《か》みしめる。

「覚えてなさい……」

私の素直な気持ちをアタリーヌお姉様は嫌みと受け取ったのか、そんな素敵すぎる捨て台詞を残して、ハイヒールを鳴らすようにオレリーヌお姉様を連れて去って行きました。

あぁ……もぉ！

最ッ高ッですわ、お姉様っ！（ゲス）

「……わ、私も失礼させていただきます」

あまりの展開に最後まで空気だったカリストが我に返ったように頭を下げる。

それと同時にアルフィオも慌てて私へ一礼すると、お姉様方を追って、残り二人の女性を連れて人混みの中へ消えていきました。

ああ、楽しかった。でも遊びすぎたかしら？　そんな反省をしながら私もこの場から離れようとしたとき、何故かまだ残っていたカリストが最後に声をかけてくる。

「ああ、そうそう、ユールシア様。私はタリテルドへ異動願を出しております。来年か遅くとも再来年には、またお目にかかれると思いますので、その際にはまたご挨拶に伺いたく……」

え……やだなぁ。

＊＊＊

シグレスの勇者（自称）、アルフィオ・ペートには人に言えない秘密がある。

彼はシグレス王国北方にある大果樹園の息子として生まれ、貴族ではないがかなり裕福な家で何不自由なく育った。

そんな彼に変化があったのは二歳の時。魔力の有無を調べる検査にて、アルフィオは神聖魔法や精霊魔法の適性こそなかったが、〝普通〟と呼ばれる一般的な魔術は、地・水・火・風、すべての適性を見せて周囲を驚かせた。

神聖魔法や精霊魔法は特殊な精神性……純粋さのようなものが必要になるが、一般的な魔術は術者の持つ独創性、想像力が属性の数や威力に関わってくる。

アルフィオの両親は息子が天才に違いないと、大枚をはたいて彼に最高の教師をつけて、英才教育を施した。アルフィオ自身も家庭教師との相性がよかったのか、上手に出来ると喜んでくれる彼女のために、必死で勉学に励むようになった。

次の変化があったのは、四歳の頃。

両親の外見は、暗い赤毛に茶色の瞳でこのシグレス王国では珍しくもない色合いであったが、その子であるアルフィオは黒髪に黒い瞳と、両親とはまるで違っていた。

家族とは異なる魔術の才能。家族はアルフィオが語る魔術のイメージを理解することができず、彼は家族の中で自分だけが違うことに、次第に疎外感を覚えるようになっていった。

幼いアルフィオはそのことに悩んだが、それを救ってくれたのが教師の女性だった。彼女は彼の性格を見抜き、彼を褒めて、彼自身を肯定することで自信を与え……その結果、アルフィオは自分が『特別な人間』であるという、歪んだ考えを抱くようになる。

そして、最大の変化が起きたのは六歳の頃。

妙に早熟であったアルフィオは、自分に自信を与えてくれた女性教師に恋をしたことを自覚する。魔術学園を卒業して家庭教師になった彼女は二十二歳。アルフィオとは十六歳も離れているし、一般的にはもう結婚してもいい年齢だ。しかし、自信を得たアルフィオは彼女を幸せにするのは自分だけだと考え、彼女もそれを受け入れてくれると疑いもなく思っていた。

だが……彼女は既婚者であった。アルフィオを幼い頃から見ていた彼女は、彼を見て自分も子どもが欲しくなったらしく、アルフィオが想いを告げる前に家庭教師を辞めていった。

アルフィオは衝撃を受けた。幼い彼にとって〝失恋〟の衝撃は大きく、高熱を出して数日間寝込んだアルフィオは、唐突に『前世』を思い出した。

生物は死ぬとその魂は拡散して〝世界〟に還元され、新たな生命として生まれる。

だが、その還元されるはずの魂が世界に還元されず、前世の形質を残したまま生まれ変わることがあった。

亡くなった魂が生まれ変わるには条件がある。

一つは、それまでの人生の中で多くの〝経験〟を積むこと。その場合は経験だけが世界に還元されて魂は還元されず、より強い魂として転生する。

もう一つは、魂に焼き付くほどの強い〝想い〟がある場合、その想いが魂の拡散を妨げる。多くの場合はその想いが邪《よこしま》なため、想いそのものが霊体と融合して地縛霊などになってしまうが、その想いが純粋な場合は再び生まれ変わることがある。

アルフィオの場合は『未練』であった。だが彼の想いは地縛霊になるほど邪ではなく、あまりにも生物の根源に根ざしていたために、運良く生まれ変わることができた。

「……僕がこの世界に生まれたのは理由があるはずだ」

前世の人間とアルフィオは同じではない。だが、強い想いを抱いて転生した魂は前世の記憶――前世の姿をした〝霊体〟に影響を受ける。

記憶が明確なほど霊体は前世の姿と等しくなり、今世の身体にも影響を及ぼす。アルフィオが早熟なのも、魔術のイメージができたのも、髪や目の色が黒いのも、すべて前世の姿をした霊体の影響だった。

それからアルフィオは努力を始めた。前世では怠惰に生きていつの間にか死んでしまった彼だが、今度こそ真面目に生きようと心に決めた。

前世の無念を糧に、苦手だった剣術を鍛え、新しい魔術まで生み出し、その実力を伸ばしていった。くじけそうなこともあった。辛いこともあった。だがアルフィオは諦めなかった。

前世の未練……今度こそ、愛する女性を見つけて幸せになること。

そのために血反吐《ちへど》を吐きながらも努力したアルフィオは、象の群れに襲われていたエルフの集落を救い、共に戦ったエルフの女性を仲間に迎えた。

疎遠だった幼なじみである騎士爵の娘も、強くなったアルフィオを見て自分の力も使ってほしいと申し出てくれた。

アルフィオの勘違いでなければ、二人ともアルフィオに好意を抱いているはずだ。

三人で傭兵《ようへい》を始め、頼まれた人捜しで偶然魔族と関わることになり、退けることで『勇者』とまで呼ばれるようになった。

アルフィオは国家に認定されていない非公認の勇者であったが、彼らの評判を聞いて、シグレス王都にあるコストル教の大司教が、アルフィオたちの後ろ盾になって、活動資金を出してくれるまでに成長した。

前世の影響で憧れていた、エルフの美女。

自分を気にかけてくれる、可愛らしい幼なじみ。

そして、コストル教の大司教が紹介してくれた、多少高飛車でまだ若いが、将来美女になるであろうと思える二人の貴族令嬢を新たな仲間として迎え、アルフィオは新たな想いが芽生えるのを感じた。

『愛する女性は一人でなくてもいい』

それはある意味で〝呪い〟だった。〝歪み〟と言ってもいい。

愛する女性と出会えなかった前世の未練。幼い初恋が散ってしまった今世の未練……。まるでその未練を埋めるように集まった女性たちを見て、アルフィオは多くの女性を幸せにすることが自分の使命だと、そう考えるようになった。


そしてアルフィオは、支援者である大司教の護衛として参加した、シグレス王家のパーティーにて一人の少女と出会った。

少女と呼ぶにも幼すぎる、髪も瞳も金色の彼女は、恐ろしいまでの完璧な美しさをもってアルフィオの心を撃ち抜いた。

まるで神が完璧な造形を創造して、巨大な魂を詰め込んだような強い存在感は、魂の弱い者なら自ら平伏してしまうだろう、神々しいまでの光に溢《あふ》れていた。

彼女は一年前に仲間になった貴族姉妹の末の妹らしく、姉妹はその妹をとても警戒していたようで、アルフィオにも警戒するように促していた。しかし前世の影響で魂に耐久性があり、二次元にも造詣があった彼は、その金色の少女の美しさに警戒を抱けなかった。

中身まで外見と同じ冷たい人形のようであったら、アルフィオも違和感を覚えたはずだ。だが実際に話してみた彼女の印象は、嫌われているはずの姉たちに再会できたことを満面の笑みで喜ぶ、歳相応の少女だった。

髪や瞳の色が違うので家族間で深刻な問題があるのだろう、姉妹を責めることはできない。

でもきっと、この場で金色の少女と出会ったのは、姉妹間の確執をなくして、アルフィオがこの三姉妹を家族として幸せにするためなのだと理解した。

アルフィオは心に誓う。

絶対にこの金色の少女を女性として幸せにしてみせると。

アルフィオも最初に噴き出してしまったエルフの発音――〝シオダイフク〟に同じように笑った彼女に、奇妙な親近感を覚えながら。

＊＊＊

「突然どうしたの？　アタリー」

「……なんでもありませんわ」

異国であるシグレス王族の結婚パーティーにて〝妹〟に再会したアタリーヌは、咄嗟《とっさ》にその場から離れてしまい、追いついてきたパーティーの戦士チェリアに問われて言葉を濁す。

基本的に他人を見下す言動が目立つアタリーヌだが、このパーティーに対しては勇者の力と名声を利用する目的があった事で猫をかぶり、元々能力のある者には相応の態度をとっていたことから、勇者たちとの関係は比較的良好だった。

新たな女性が加わることに難色を示していたパーティーの女性陣も、まだ十代前半である姉妹にまで敵意を見せることはなく、アタリーヌとオレリーヌはパーティーの妹的な立場に収まっている。

（……なんなの、あいつ！）

三年前に一度会っただけの腹違いの妹、ユールシア。

家族も愛情も地位も周囲からの憧憬も、自分が得るはずであったすべてを奪い去った憎い相手。

まさしく王女とは、聖女とは、あのような娘のことを言うのだろう。再会したユールシアはアタリーヌとオレリーヌのことを姉と呼び、再会できたことを本当に喜んでいるような愛らしい笑顔を浮かべていた。

初めて会った時から感じていたわずかな違和感……。

最初からすべてを敵視していた自分だから感じることができた。

儚《はかな》げな美貌の中で自分を見る、ユールシアの瞳。その愛らしい微笑みに、アタリーヌは逃げ場のない檻《おり》の中で巨大な肉食獣に見られているような、そんなおぞましさを覚えた。

「アタリー、落ち着いた？　アルたちが追いついてきたわよ」

「……はい」

そんな恐怖に身を震わせ、それを家族の確執と勘違いをしたチェリアに世話を焼かれていると、こちらへと来るアルフィオたちの姿が見えた。

身体能力の差で、途中で置いてきてしまったオレリーヌは、アルフィオが拾ってくれたらしく彼に肩を抱かれて一緒にいる。

突然あの場から離れたことをアルフィオたちに謝罪すると、アルフィオもアンティコーワもチェリアと同じように勘違いをしているらしく、アタリーヌを慰めてくれた。

「まあ、確かに失礼な子でしたわ」

「きっと勇者である俺たちに会えて緊張したんだよ」

「アタリーとオレリーの妹だけあって、怖いくらい綺麗な子だったわねぇ」

失礼な態度をとられたアンティコーワはまだ不機嫌そうだったが、それをアルフィオは緊張からだと擁護して、チェリアも特に何も感じていないようだった。

「お姉様……」

妹のオレリーヌだけが不安げな顔をしてアタリーヌのドレスの裾にそっと触れる。

だが、彼女が怯えているのはユールシアの聖女としての権力や魔力に対してであり、元々姉の陰に隠れなければ何もできない、母や姉の真似ばかりをするような臆病な娘なので、オレリーヌは真の意味でユールシアの〝おぞましさ〟に気づいていない。

（なんということなの……）

誰も彼も、ユールシアのことを警戒していない。

勇者であるアルフィオならユールシアの異常さを理解してくれると期待していたが、彼もユールシアをまだ幼い、ただの綺麗なお姫様としか見ていなかった。

（……いいえ、まだよ）

アルフィオもその仲間たちも勇者としてまだ覚醒していない。アタリーヌが協力してアルフィオを成長させればいつか真実に気づくはず。それまでにアタリーヌ自身もユールシアに対抗できるまで成長しなくてはいけなかった。

大事な人を守るために……。

(わたくしが絶対、ユールシアから〝あの方〟を守ってみせますわっ!)

第四話　悪魔の日常

私が隣国シグレスにて、『聖王国の姫』としての仕事を無事に終えてタリテルドに帰ってから、もう数ヵ月が経ちました。

結局、ノエル君をこちらに引き抜くことはできませんでした。

だって、ば、ばる……熊さんから『遠くからでもできるだけ見守ってほしい』とか、ノエル君も『僕も次に会うまでに強くなります』的なことを言われたら、引き抜けないじゃありませんか！

そんなこんなで、もちろん戻ってからは学園にも通っておりますよ。行きと帰りでまるまる二ヵ月もかけた旅となりましたが、戻ってからも昼間の生活は以前と変わっておりません。やたらと豪華な馬車（馬に乗った護衛騎士十人付き）で学園に赴き、学生たちに遠巻きにされながら四人の従者を連れ歩いております。

なんでしょうねぇ……。今の私って、お姉様方より〝悪役令嬢〟しておりませんか？

まあ、そんなことはどうでもいいのですよ。

あの時から避けまくっていたリックですが、彼とはちゃんと会話をできるくらいの関係に落ち着きました。

だって、あいつ、私の授業が終わるまで待っていたりするのですよ⁉　自分の立場を分かっているの⁉　私が一時期避けていたから妙に機嫌が悪いし……。

なんか、そういうところは〝彼〟っぽいのよねぇ。

でも、ああいうタイプは一人居ればお腹《なか》いっぱいなのですよ。

だいたいですね、リックがはっきりしないのがいけないのです！　はっきり言われても、それはそれで私が困るのですけど、あのやろう、毎回会いに来て何をしたいの？　って、私がまっすぐ見つめると顔を逸らしやがりますのよ！　乙女か！

今はまだ、リックだけじゃなくティモテ君も様子を見に来てくれるので、『王子様二人は、幼い従姉妹《いとこ》に優しいなぁ』みたいな、周りも優しい目で見てくれていますが、これで私が十歳を超えたら変な噂《うわさ》が立ちますすよ。

でもまあ、従兄弟たちの相手ばかりをしていられるほど、私も暇ではありません。

これでもわたくし、大公家の第一公女ですのよ？　お母様から言われて仕方なくお呼ばれした、がちがちに脅えている貴族令嬢たちとお茶会をしたり、シェリーやベティーと一緒に何十人も従者や護衛を引き連れて買い物をしたり（大迷惑）、ノエル君から来るお手紙（検閲済み）にお返事を書いたり、召喚魔術のお勉強をしたりしてとても忙しいのです。

でもそれは、『ヴェルセニア大公家公女』としての忙しさであって、悪魔の公女である〝私〟としても別にやることがあります。

シグレス王国では色々〝出会い〟がありましたからね。

さて……私の可愛い悪魔たちはちゃんとお仕事できているかしら？

＊＊＊

「——報告は以上となります」

「うん、ありがとねぇ。飴《あめ》ちゃんあげるー」

信心深い聖王国タリテルドの住民が眠りにつく、夜遅く。街灯の魔術光の明かりだけが灯る王都の暗がりで、銀髪のメイド少女に差し出された真っ黒な〝飴〟を、青白い肌をした青年執事はわずかに牙を見せるように微笑みながら受け取った。

ふわふわとした白にも銀にも見える髪。

楽しげに細められる宝石のような碧《あお》い瞳。

少女といってもまだ八歳程度の幼子でしかないが、こんな街灯の明かりも届かぬ裏路地にいてさえ、輝くような美しい少女だった。

「それじゃ、ミレーヌちゃんによろしくー」

「かしこまりました、ファニー様」

一礼して闇の中に消えていく吸血鬼の執事を見送り、ファニーはエプロンのポケットからまた真っ黒な飴を取り出して自分の口に放り込む。

たった一体で国家の危機となる《天災級》の大悪魔《アークデーモン》——ファニー。

そんな彼女が美味《おい》しそうに食べる〝黒い飴〟とはなんだろうか……。

その黒さは光すら反射せず、見るからに〝やばい〟気配が呪物のように蠢《うごめ》いていた。

人間の食事を好まない吸血鬼が喜んで受け取り、悪魔が好むような物など碌《ろく》なものではなく、原材料は知らないほうが幸せなのだろう。

「……わっかんないなぁ」

ファニーが主人であるユールシアに命じられたのは、コストル教の調査である。

そのような調査なら、飽きっぽいファニーより執事悪魔であるノアのほうが向いているように思えるが、それは性格だけの話でファニーの能力は調査仕事に向いていた。

そもそもノアは表と裏で各所の調整を行っており、騎士悪魔のニアとメイド悪魔のティナはファニーから見ても脳筋すぎて、単独で人に紛れて行動できる者がファニーしかいなかった。

ファニーは聖王国の裏社会を管理しているミレーヌから人手を借り、噂を集め、シグレスのコストル教大司教カリストのことを調べていた。

聖王国タリテルドの周辺国にいる責任者は、すべて聖王国の本殿にて任命される。それは本来、国家間の関係に影響が出るような事柄なのだが、それだけ宗教において聖王国に信用があるのと、そもそもタリテルドを敵視するような国家はコストル教を国教にはしていない。

カリストを任命したのは枢機卿団《すうききょうだん》だが、吸血鬼の魅了とファニーの〝悪夢〟で調べた結果、カリストについては特におかしなことはなかった。

あるとするならば〝潔癖すぎる〟ことだろうか。

その直情すぎる性格ゆえにカリストは聖王国の本殿ではなく、他国で大司教としてその任に就くことになった。

だがそれ自体は宗教家として珍しいことではなく、他国に出されたのも、枢機卿団が彼を信用して落ち着きを持つのを待っているからだ。

そんなカリストが聖王国へ戻りたいと思うのも当然ではあるのだが、その彼がどうして〝勇者〟と関わりを持ったのか？

「やだなぁ……」

結局のところ、カリストを直接調べなければ分からない。でもファニーは主人同様、カリストのような気持ちの悪い人間は苦手だった。

何が……とは言わない。思い込みの激しい人間は悪夢を使っても本当のことが見えにくい。魂を関知して悪夢を与えるファニーだからこそ、彼の気持ち悪さに気づいた。

その印象だけでも報告すれば、ユールシアは納得してファニーを褒めてくれるだろう。

けれど、それだけで済ませることはファニー自身が嫌だった。

ファニーの悪魔としての戦闘力は、四人の大悪魔の中で一番低い。

それは能力が劣っているのではなく、能力が直接戦闘向きではないだけで、悪魔としての格が劣っているわけではないのだ。

だからこそファニーは戦闘以外でユールシアの役に立ちたかった。

それにファニーは魂の波長を目標として空間転移を使える。大悪魔なら誰でも転移能力はあるが、なんの代償もなく長距離転移を行えるのはファニーだけだ。だからこそ、このタリテルドとシグレスを行き来できるファニーは今回の任務に向いていた。

特殊な能力がほとんどなく、ただバカデカい魔力で強引に物事を解決してしまうユールシアのほうが、悪魔としては少数派である。


「……変なの」

シグレスに転移したファニーは悪夢を使ってカリストの魂……表層に触れてみたが、やはり聖王国で調べていた以上のことは分からなかった。

ただ気になったのは、カリストが例の『勇者一行』に多くの仕事を流していたことだ。

彼らへの依頼内容はまともなものだ。彼らもそれを真面目にこなしている。

だが、人間の魂を関知できるファニーには、それがとても不自然に思えた。

「どうして、少ないほうを助けるの？」

シグレス王国では最近多くの誘拐事件が起きていた。アルフィオ一行が『勇者』と呼ばれ始めたのも、解決した誘拐事件に『魔族《エビルレース》』が関わっていたからだ。

そして今晩も勇者一行は、カリストから依頼と情報を貰《もら》い、誘拐された子どもたちの片方だけを救いに行っている。

勇者一行がカリストの依頼を受けた日には、他の場所でも子どもたちが人知れず誘拐されていた。

「ん〜〜〜〜」

ファニーは悩んだ結果、直接見に行くことにした。正確に言えば、ファニーはカリストのことを調べるのに飽きてきたのだ。

元々、ユールシアが気にしていたのは〝勇者〟のことだ。アルフィオがどの程度の勇者なのか分からないが、彼が〝本物〟であるのなら悪魔にとって最大の脅威になる。ユールシアほどの悪魔なら問題はないのだろうが、真の勇者なら大悪魔にさえ対抗できるはずだと、ユールシアは警戒していた。

それに比べればカリストが何かを企んでいようと大きな問題ではない。カリストが勇者を使って何かをしようとしているのなら、直接勇者を調べるほうがいい。

それでもまずカリストから先に調べていたのは、ユールシアが今〝養殖〟している存在が勇者の側にいたので、干渉を避けていた、それだけの理由だった。

でも、その存在に手を出せないのなら、勇者のほうを直接見てみようと、ファニーは自分の好奇心に従って捕まっている子どもたちのところへ転移した。


その場所は街から離れた広い農地にある物置小屋だった。

時間的には深夜だが、そこには大人が四人と子どもが一人いることが分かった。

直接勇者のところへ跳ぶのではなく、捕まっている者たちのほうへ転移したのは、その子どもの魂が気になったとしか言いようがない。

ファニーがそっとその小屋の中を覗《うかが》うと……。

「うるせぇぞ、このガキがっ！」

そんな大人の怒鳴り声が響いて、大柄な男が小さな子どもを蹴りつけていた。男も本気で蹴ってはいないようだが、ファニーよりもずっと小さいその男の子は、痛みと恐怖に蹲《うずくま》って声を殺して泣いていた。

「おいおい、加減しろよ？　ガキは一人しか誘拐できなかったんだ。死んだら金を貰えねぇぞ」

「ちっ、なんでガキなんだよ。面倒なだけじゃねぇか」

子どもを蹴った男を仲間らしい男が諫《いさ》めていた。

「いいじゃねぇか。神聖魔法を使えるガキを一人捕まえるごとに、大金貨が二枚も貰えるんだぞ？　前金も貰っているが、死んだら残りが貰えねぇ」

「変な連中だぜ。顔も見せねぇしよ……」

「どっかのお偉いさんじゃねぇか？　それよりこいつらはどうすんだ？」

「ガキが一人しかいないから……ついでに金くれねぇかな？」

「ダメだろうな……」

子どもの誘拐ついでに拉致したのか、邪魔になりそうな大人の男女二人に、剣呑《けんのん》な視線を誘拐犯は向ける。

「ひぃ」

「誰にも言わないから殺さないでっ！」

「せめて金になることを祈るんだな」

「ぎゃははっ」

悲鳴をあげる男女に誘拐犯たちはそう言って笑い声をあげた。

「ふぅ～ん……」

ファニーの呟《つぶや》きに意味はない。悪魔である彼女には人間に同情するような心はなく、ただ、その子どもから流れてくる感情が、ファニーの好みではなかっただけだ。

「誰だっ！」

外にいるファニーのかすかに漏れた呟きに、誘拐犯の一人が即座に腰の剣を抜く。苛《いら》ついていたもう一人の男も厚刃の片刃剣を引き抜くと警戒するように小屋の外を覗う。

どうやらチンピラではなく、傭兵《ようへい》くずれの小遣い稼ぎだったらしい。最初に気づいた男が仲間に頷《うなず》き、一気に扉を蹴破り外に出る……が。

「ひゅ」

男たちはその瞬間、〝何か〟と目が合い、息を呑《の》むような悲鳴をあげた男たちは数万回の〝悪夢〟の中で魂を磨り潰され、立ち尽くしたまま絶命した。

「こんばんはぁ」

誘拐犯の二人が小屋から飛び出し、少しして代わりに戻ってきたのはファニーだった。

やけに軽い調子で挨拶をするまだ八歳程度のメイド少女に、捕まっていた男女は混乱したように目を瞬く。

ファニーはそんな二人を一瞥《いちべつ》もせずに堂々と小屋の中を横切ると、蹲って泣いている三歳くらいの男の子の側にしゃがんで、優しい手つきでその子の頭を撫《な》で始めた。

ファニーは何も喋《しゃべ》らない。それでもただ撫でてくれるその優しい手つきに、泣いていた男の子は脅えながらも涙に濡《ぬ》れた顔を上げる。

「……だれぇ？」

そんな幼い声を漏らした男の子に、ファニーはニコリと笑ってエプロンのポケットから黒い飴を取り出した。

「飴ちゃんだよ～、食べる？」

「あめぇ？」

「そう、甘いよ～」

「……たべりゅ」

頷いた男の子にファニーが黒い飴を差し出す。でも男の子は差し出された飴を見ようともせず、そもそもその瞳は濁ったようにファニーを映してはいなかった。

「おめめ、見えないの？」

「うん……」

「じゃあ、あ～ん」

「あ～ん……」

素直に口を開いた盲目らしき男の子の口に、ファニーが黒い飴を入れてやり、ついでに男の子を縛っていた縄を爪で断ち切った。

「もぐ……おねぇちゃん？　ありがと」

「どういたしまして。美味しい？」

「う～ん……へんなあじ？」

「美味しくない？」

「ううん、おいしい。でも、へんなあじ」

「えへへぇ。そっかぁ」

そんな男の子の素直すぎる感想に、ファニーは嬉《うれ》しそうに笑って男の子のくせっ毛気味な髪をまた撫で始めた。

黒い飴の原材料を気にしてはいけない。


「……お、おい」

そんな白い少女メイドと幼児のゆるい光景を見て、ようやくファニーが危険な相手ではないと思ったのか、捕まっていた男が声をかける。

「お嬢ちゃん、さっきの男たちが戻ってくる前に、俺の縄も切ってくれっ」

「そうよっ、その子はもう助けたんでしょ！　私の縄も切ってよ、早く！」

もう一人の捕まっていた女も、男の言葉を聞いてファニーを急かすように声をあげた。そんな二人にファニーがうるさそうに顔をしかめて振り返る。

「……この子の親？」

「違うわよっ、そんな子なんて、どうでもいいから！」

「そうだ、嬢ちゃん、早くこっちの縄を切ってくれよ！　早くしろ！」

「ふ～ん……」

喚き立てる男女にファニーは一瞬で興味を失い、再びもごもごと飴を舐《な》める男の子の髪を撫で始めた。

「お、おい！　なにやってんだ⁉」

「そんな子は放っておいて、こっちを切って！」

「ひっ」

大人の出す怒声に男の子が怯《おび》えて小さな悲鳴を漏らす。男の子が身を竦《すく》ませたせいで髪を撫でるのを中断され、機嫌が良かったファニーが眉をひそめた。

「……うるさいなぁ」

ファニーが立ち上がって男女のほうへ近づく。幼い少女がやっと言うことを聞いたことに男は喜びながらも、時間を無駄にされたことに苛立ち、ファニーを睨《にら》みつける。

「さっさとやれ――びぃ」

次の瞬間、放ちかけていた言葉諸共、ファニーの手が男の頭部を殴り潰し、飛び散った肉片と鮮血が隣にいた女の半身を真っ赤に染めた。

「ひぅ――」

それに女が悲鳴をあげる寸前にファニーの手で首を刈り取られ、一秒ほど声にならない悲鳴をあげ続けた女は、やがてその瞳から光を消していった。

「……おねぇちゃん？　どうしたの？」

「なんでもないよぉ」

男の子の声に、ファニーが優しく答える。

「ほかのひとは？」

「う～ん？　寝ちゃった」

永遠に。

「そうなの？　へんなにおいする」

「それはねぇ、〝死の匂い〟だよぉ」

小屋に満ちる血臭を『私、上手いことを言った』とドヤ顔するファニーに、盲目の幼い男の子は「そうなの？」と首を傾げる。

ファニーは子どもを助けたいと思ったわけではない。ただ、城の近所で偶然野良猫を見つけたときのように、柔らかそうなその〝毛並み〟を撫でてみたいと思っただけだ。その場にいたのが人間の子どもではなく、野良の仔猫だったとしてもファニーは同じ事をしただろう。

それが生き物への愛情ではなく、ただ使い潰すだけのオモチャだとしても。

とにかくファニーの楽しみを邪魔する存在は排除した。

無駄にうるさい輩が消えたことで、ファニーは心置きなくその毛並みを堪能しようと再び男の子の髪を撫で始めたそのとき――。

「その手を放せ！」

小屋の入り口から何者かの声が響く。それと同時に放たれた火矢の魔術を、一瞬で道化師《クラウン》の仮面を着けたファニーが打ち払う。

何者かが現れた。飽きっぽいファニーが子どもに気を取られ、相手もそれなりに実力があったのだろうが、ここまで気づけなかったことにファニーは仮面の口元を歪《ゆが》めた。

「その子を放せ、魔族めっ！」

入り口から黒髪の男と、長い栗色《くりいろ》の髪の女が剣を構えて飛び込んでくる。

ファニーの任務は調査であり、主人であるユールシアから『穏便に』と言われていたことを思い出して、不満ながらも顔のすべてを仮面で覆いながら、乱入してきた不躾《ぶしつけ》な人間に目を向けた。

（あれぇ？　もしかして勇者……だっけ？）

ファニーは直に見ていないが、ユールシアの伴《とも》としてパーティーに参加していたノアとニアから、視覚による情報共有をされていた。

（でも、魔族ってなに？）

ファニーは相手の実力を見て脅威とは思わず、緊張感もなく首を傾げる。

今のファニーは子どもを撫でるために悪魔の瘴気《しょうき》を完全に抑えている。人間の子どもの姿をして奇妙な仮面をかぶった彼女を〝大悪魔《アークデーモン》〟と見抜ける者など、人間では精霊から加護を授かった英雄級以上になるだろう。

そもそも、『魔族《エビルレース》』とはこの世界にいる知恵のある魔物を含めた、人間種に敵対する蛮族の総称であり、ファニーのような『悪魔《デーモン》』とはなんの関係もない、完璧な風評被害である。

そんな勘違いをする彼らにファニーがハテナマークを頭に浮かべていると、それを隙と勘違いしたのか、勇者アルフィオが猛然と斬りかかってきた。

「滅びよ、魔族！」

その側に幼い子どもがいるとは思えないほどの剣速で振られた刃を、あっさりと躱《かわ》したファニーは、そのまま小屋の壁を素手で砕いて外に出る。

「……う～ん？」

謂《い》われのない批難と容赦のない暴力に、ファニーが腑《ふ》に落ちない想いを抱いたそのとき――。

「……ぅわぁんっ！」

「ああ、よしよし、もう怖くないわよ」

勇者たちの怒鳴り声に泣き出してしまった男の子を、女剣士チェリアが駆け寄り、あやすように抱きしめる。

ファニーにしてみれば、突然割り込んで可愛がっていた仔猫を横取りされたようなもので、大変面白くない。

「……人間のくせに」

その瞬間、ぞわりとする悪寒と共にファニーからわずかに滲《にじ》み出《で》た瘴気が周辺の草原を腐らせ、アルフィオたちが慌てて跳び退いた。

「き、気をつけて！　かなり強い魔族よ！」

冷や汗を流すアルフィオの背後からエルフのアンティコーワが声をあげ、手に持った杖《つえ》を高く掲げた。

「――〝ヒカリアァレ〟――」

アンティコーワが神聖魔法を使い、仲間たちに支援魔法を掛けていく。

正確な発音ができないのか、神霊語を扱うユールシアに比べれば無様な魔法にファニーが気を取られていると、魔法で強化したアルフィオが先ほどよりも速度を増して斬り込んできた。

それでも大悪魔であるファニーには届かない。軽く半歩下がるようにその切っ先を躱《かわ》したそのとき、再びあの子どもの泣き声が聞こえてきた。

「うわぁん！」

ファニーが視線を向けると、あの男の子が戦場と化した危険な場所で置き去りにされるように放置されていた。『どういうこと？』……とファニーが目を見開くと。

「もらったぁ！」

アルフィオの逆側からチェリアが剣を構えて飛び込んでくる。

ペキィンッ！

「なっ⁉」

どうやら子どもを置き去りにして〝魔族〟を倒すことを優先したらしい彼女の剣を、ファニーは指先でつまんでへし折った。

「…………」

ファニーは何か面白くないと不機嫌さを増す。ファニーから毛並みの良い子どもを盗っておきながら、どうして置き去りにしているのか？

本気で叩《たた》き潰《つぶ》してやろうかと思ったが、ユールシアからは本気の戦闘は控えるように言われている。ユールシアは覚醒した勇者の戦闘力を測りかねているようだが、魂が見えるファニーからしてみれば、目の前の人間程度が覚醒しても高が知れている。

それでも我らの創造主であるユールシアの言葉なのだから、きっと重要な意味があるはずだと考えた、その瞬間――。

「――【火炎槍《ファイアジャベリン》】――」

「――【氷槍《アイスランス》】――っ！」

「え？」

ドゴォオオンッ!!

ハモるように同時に放たれた炎と氷の魔術がファニーの背後にぶつかり、水蒸気爆発のように炸《さく》裂《れつ》した。

「でかした、アタリー、オレリーっ！」

「やりました、アル様！」

アタリーヌの火魔術とオレリーヌの氷魔術により、一瞬で燃焼されたエネルギーは相当な威力になったはずだ。それをアルフィオが褒めてオレリーヌが喜びの声をあげた。

「まだです、気を抜かないで！」

嫌な予感がしてそれを諌《いさ》めるアタリーヌに、同じく緊張した顔をしたチェリアがアンティコーワから予備の剣を受け取りながら前に出る。

「簡単に剣を折られたわ。もしかして魔族の中でも、魔王軍の魔将クラスかもしれない」

緊張した声を漏らしていまだ警戒を解かない女性陣。アルフィオはこの爆発でまだ敵が生きているとは思えなかったが……

「⁉」

強烈な威圧感が放たれ、水蒸気と土埃《つちぼこり》の中から現われた、わずかにメイド服の裾を汚しただけのファニーを見て、驚愕《きょうがく》に息を呑む。

だが――。

（え？え？え？）

ファニーは混乱していた。気づかなかった。魂の数で人数までは分かっていたが、おそらくファニーが隙を見せるまで隠れていた者たちが、い、い、あの二人だと気づかなかった。

攻撃魔術を放った二人の少女。特にその〝姉〟のほう。

勇者を調査するにあたって主人であるユールシアから――

『私の獲物に手を出したらダメだからねぇ』――と言われていた人物で、主人らしくゆるい口調であったが、もし間違って怪我でもさせたら叱られる、とファニーは冷や汗を流す。

「……もぉ、帰る」

お仕置きも怖いけど、ユールシアに嫌われるのはどうしても嫌だった。

元々戦う予定もなかったし、面倒になってもいたので、ファニーは少しだけあの男の子の毛並みに未練はあったが、そのまま消えるようにその場を後にした。


「…………逃げた……のか？」

見逃された、とはプライドから言えず、アルフィオたちは強力な〝魔族〟が撤退して、百を数えるほど経ってからようやく息を吐いて、その場にへたり込む。

アルフィオたちは以前、魔族が誘拐をする現場を偶然見つけて倒したことで『勇者』と呼ばれるようになった。その後、コストル教の専属になって誘拐事件を解決してきたが、どれも犯人は人族であり、魔族と戦うことはなかった。

今回は魔族との二度目の戦闘であったが、その魔族の力はアルフィオたちの想像を超えていた。

「……強かったわね。子どもみたいな姿をしていたのに」

「魔族だからな。小さい種族もいるんだろ？」

アンティコーワの言葉にアルフィオが頷く。

「そうね……あ、子ども！」

その二人の言葉で放置した男の子の存在を思い出したのか、慌てて駆け寄ったチェリアは、しきりに「おねえちゃん」と呼び続けながら泣いているその子を抱きしめた。

「私はここにいるわっ、……どうしよう、泣き止んでくれない」

男の子を助けた自分がいるのにどうして泣き止まないのか、困った顔をして仲間を振り返るチェリアに、小屋の中を見てきたアンティコーワが悲痛な表情で首を振る。

「中に女性の遺体がありました。きっと彼女が……」

そこまで言って言いよどむアンティコーワに、仲間たちはその女性がとても優しい姉であったのかと、その死を悼み、勇者アルフィオは明け始めて白みだした朝の空に誓いを立てる。

「あの魔族め！　次に会ったら必ずこの子の〝お姉ちゃん〟の仇《かたき》を討ってやるからな！」


その後日……。コストル教によって無事に親元へ送り届けられた男の子に、奇妙な変化が起きた。

生まれながらに目が見えなかった男の子の瞳が、少しずつではあるが光を取り戻し始め、それを不思議に思った両親とコストル教の神官が男の子に尋ねると、彼は――

「やさしい、おねえちゃんに、ふしぎなアメをもらったの」

――そう話して、シグレス王国のコストル教は、誘拐事件で犠牲になった身元不明女性の亡骸を『名もなき聖人』として丁重に弔《とむら》ったという。

＊＊＊

勇者、そして、聖女——力なき人間たちは世界に安寧をもたらす者としてその存在を敬い、心に希望の灯りを点す。

だからこそ、その名を騙《かた》る者は昔より数多く、本物であれ偽者であれ、人々はその存在が現れることを強く求める。

それは……人間が無意識下で、世界に大いなる災厄をもたらす〝邪悪〟が現れたことに気づいていたからだろうか……。

公女ユールシアが帰国して、ファニーが主人の命で忙しく飛び回っていたその頃、聖王国王都にある魔術学園のカフェテラスにて、誰もが足を止めてしまうような美しい二人の少女が、白いテーブルを挟んで向かい合っていた。

カフェテリアでありながら少女たちのテーブルの上には何もない。ティーカップどころか、水を注いだグラスさえなく、注文もせずに席を占領する彼女たちは迷惑な客でしかないが、この場で少女たちに文句を言える者は一人も存在しなかった。

魔術学園、騎士科五年生、ブルネットの髪にブルーグレーの瞳の少女、ニネット・ルトル——通称、ニア。

魔術学園、従者科二年生、白金に近い巻き毛のブロンドに碧眼《へきがん》の少女、クリスティナ・セルダ——通称、ティナ。

ここ数年で一番の〝騒ぎ〟となったヴェルセニア大公家令嬢、王位継承権第六位を持つ聖王国の姫、ユールシア・フォン・ヴェルセニアの従者で、幼いながら近寄りがたい美貌で名高い主人の側にいるせいか見落とされがちだが、同じ従者であるノアやファニーを含めて、目敏い者たちからかなりの美形として認知されている。

ユールシアの従者たちが学園の制服ではなく頑なに、大公家のメイド服や騎士服を着ているのも目立つ要因の一つだが、そんな二人がこんな場所で何をしているのかというと……。

「ねぇ、ニア。わたくしのどこがいけないのでしょうか……」

まるで、バリバリのキャリアウーマンとして働きながら、同棲中《どうせいちゅう》の彼氏がなかなか結婚してくれないと深夜の居酒屋で愚痴を言う、疲れたＯＬのようなティナの言葉に、ニアは優しい瞳を向けて微笑みながらその額には一筋の汗が流れていた。

このようなことを言い始めたティナは、正直言って面倒くさい。

最初は近くにいるファニーに愚痴を言っていたようだが、彼女はまともに他人の話を聞くような性格ではなく、唯一の男子であるノアは、最初から面倒だと判断して彼しかできない自分の仕事に没頭している。

結局はファニーやノアのような外部の仕事ではなく、ティナと同じくユールシアの側にいるニアが、不本意ながらティナの『愚痴を聞く係』となるしかなかった。

「う～～ん？　とりあえず、もう少しだけ抑えたら？」

「なにを⁉」

突如身を乗り出そうとしたティナの圧力に、思わず腰の魔剣を抜きそうになったニアだったが、ここが主人の通う学園だと思い出して、片手でティナの肩を押さえる。

ポンッ、と小さな音がして周辺の木々から木の葉が舞う。

精霊魔法に適性のある学生は、まるで逃げ出したかのように風の精霊がまったくいないのに、突然風が吹いて不思議そうにしていたが、まさかそれが高位悪魔同士のぶつかり合った魔力の相殺の余波だとは気づけない。

まさかこんな場所で全力の『吸収』を使う羽目になったニアは、呆《あき》れるような目つきでティナを見る。

「そう、それよ。ユールシア様ってネコ型でしょ？　ティナが急に動くと反射的に叩《たた》いちゃうんだよぉ」

「そうかもしれませんが……」

何度同じ愚痴を聞いて答えを与えただろう。何度説得してもティナは納得できないのか、不満そうに頬を膨らましていた。

ティナの悩みとは、彼女の溢《あふ》れんばかりの激愛を主人であるユールシアが受け止めてくれないどころか、迎撃されてしまうことだった。

「そうなんだよぉ」

おっとりとした口調でニアはニコニコと笑う。

当たり前だと思う。愛を向ける前にそのダダ漏れとなっている重い感情をなんとかしないと、ユールシアでなくとも誰でも警戒するだろう。

それを直接言ったこともあるが、自覚がないから直せない。それにティナは確かに重いが、主人に対する敬愛は四人の従者の皆が抱いているもので、それ自体を否定することもできない。

要するにまともに説得するのは諦めた。

どうしてこうなった？　碌な意識もないほぼ生まれたときからの付き合いだが、魔界にいた頃はここまで〝変態〟ではなかった。

（……やっぱり、アレか）

ニアも『ニネット』という人間の魂と融合して、その想いと知識を受け継いだ。

その中にあった主人に対する不敬であり不遜な部分は、ニアも融合せずに食べてしまったが、ニネットにあった〝想い〟は、『怠惰』と『自愛』であったので、元々のんびりとした性格のニアと案外馴染《なじ》んでいる。

ティナの選んだ魂はよほどユールシアを憎んでいたのか、その憎悪の分だけ、お汁粉に少量の塩を入れるが如く、ティナが持っていたユールシアへの愛を強くしてしまったのだろう……とニアは笑顔の裏で溜息《ためいき》を吐いた。


そんな、どうしようもない会話をしていたニアとティナだが、端から見れば学園内でも有数の美少女だ。大公家ではティナなど『仕事ができる有能なポンコツ』として徐々に認知されてきているが、一般的にはこの幼さで大公家に仕える見目麗しい侍女である。

そんな二人が物憂げな表情（に見えるかもしれない顔）で真剣に話し合っているのだから、注目を集めないはずがない。

普段は人間に対して虫けらとしか思っていない言動をすることもある。しかし大公家に好意的な者からは、あの他者への冷徹な態度も公女への忠誠心の表れと見られ、主人であるユールシアにのみ甘えるような表情を見せるその様子は微笑ましく、最近では男女問わずに人気が出始めていた。

そんな中で――

「……ニア」

くだを巻いていたティナが、目つきをわずかに鋭くしてニアの名を呼ぶ。

「……また来たのぉ？」

それですべてを察したニアは、のほほんとした表情のまま少しだけ眉をへの字に下げた。

二人は何も注文しなかったカフェテリアのテーブルに銀貨を一枚置き、席を立って並ぶように外へと歩き出す。

ファニーは能力的に優秀だが性格が子どものようで飽きっぽく、ノアはすべての面で優秀だったが、ノワールと呼ばれた人間と融合した結果、以前にも増して嬉々《きき》としてユールシアのために企みごとをするようになった。

その点、ニアとティナは脳筋と言われることもあるが仕事に対して手を抜くことはなく、敵に対する対処に関しては、互いを深く信頼している。

この魔術学園には教師と学生だけがいるわけではない。魔力の高い者は貴族が多いので必然的に警備も多くなっており、貴族の中にはユールシアのように学園の内外で護衛騎士と従者に分けることなく、大人の従者だけを連れてくる者もいた。

それだけでなく、食料品や備品の業者や、教授や研究室に直接商談に来る者など、魔術学園には外部の者が多く出入りしている。

だが、基本的に外部の者は授業をする学舎に近づくことはできない。そのために学舎や学生寮には学園専属の騎士や衛士が警備に就き、きびしく監視していた。

「……埃臭《ほこりくさ》いですわ」

目的地に辿《たど》り着《つ》いたティナが絹のハンカチで口元を押さえる。

二人は学園の中を普通に歩いて、今は使われていない古い学舎に入り込んだ。古い学舎は危険なら取り壊されるが、それほどでもなければ学生が許可を取って使うこともできる。だがこの学舎はあまり使われていないのか、二人が歩いた後に足跡が残るほど埃が溜まっていた。

「う〜ん、いいんじゃないかなぁ、気を遣う必要がなくて」

緊張感も何もない暢気《のんき》な口調でニアが答え、机も椅子もない教室で二人が何かを待っていると、ついにそれが現れた。

「……失礼いたします」

現れたのは、下級貴族らしき三十路の男だった。生徒の保護者のような当たり障りのない服装をしていたが、その物腰と雰囲気からすると位の高い貴族の従者かもしれない。だが、このような者からの接触は二人にとってそれほど珍しいものではなかった。

ティナとニアだけでなく、四人の従者には普段から多様な人間が接触してくる。

単純に魅力のある四人と顔見知りになりたい者。

それより直截に、異性として告白してくる学生。

四人の器量と仕事ぶりを見て、自分の従者として誘いをかける貴族。

ヴェルセニア大公家令嬢に繋《つな》がりを持ちたいが、伝手《つて》がなく近づくこともできない者など、様々な理由を持った者が声をかけてくる。

前二つはともかく後者二つの場合、共通して多くあるのが、まだ八歳と十一歳である四人を下に見ていることだ。

その男は無言のまま見つめるティナとニアに、ニコリと張り付けたような笑みを向ける。

「お二方は、ニネット様とクリスティナ様でよろしいでしょうか？」

「違います」

一瞬の間もなく答えるティナに一瞬男の目が泳ぐ。

その一瞬後にニアから肘でつつかれ、それが元の名だと思い出したティナが真顔で訂正する。

「合っていたようです」

「……そうですか」

男は、もしかして偽名なのだろうか？　と思いながらも大公家ならそんなこともあるかと、気を取り直して言葉を続けた。

「失礼。私はコストル教の使いで参りました、イレリオと申します。是非、あなた方のご主人と、その従者であるあなた方に、聞いていただきたいお話があります」

イレリオと名乗ったその男は、コストル教の使いだという。

このような話も珍しくない。聖女、公女と呼ばれていてもユールシアはまだ幼く、夜会などに出席することはまずない。

王家と大公家には国内外、公式、非公式問わず、公女への拝謁のお伺いが来ているが、それらはすべてタリテルド国王陛下とヴェルセニア大公によって、まだ早いと退けられていた。

「「…………」」

ティナとニアは、無表情と微笑みの表情を仮面のように変えることなく、無言のまま虫けらを見るような視線を向けている。

「もちろん、公女殿下だけでなく、あなた方にも最大限の便宜を払わせていただきます。けして損にはならないと……」

無言と視線の圧力に男は言葉で対抗しようとしたが、ティナとニアにわずかな変化もない。たかが十歳前後の子どもから何故ここまでの威圧感を感じるのか？　無表情のティナの視線に恐ろしさを感じて、まだ笑顔を浮かべているニアに視線を向けるが、その寸分も変わらない微笑みがよりおぞましく思えた。

男は、何故自分がこんな子どもにあんな目で見られるのか、舌打ちしたい気分になりながらも、本題に入ることにした。

「いやはや、さすがは〝聖女さま〟の従者様でございますなぁ」

男は芝居がかった仕草と口調で饒舌《じょうぜつ》に語り出す。

「警戒はごもっとも。ですが私は怪しい者ではありません。先ほども申しました通りコストル教のほうから来ました。実は我々は、コストル教の内部で新しい解釈を支持する派閥でして、ご協力いただければ我々が〝真の聖教会〟を立ち上げる際に、ユールシア公女殿下を〝聖女〟として認定いたしましょう」

彼の話を要約すれば、コストル教の教義と解釈が違う宗派を立ち上げるので、箔をつけるために、ユールシアをその新宗派公認の〝聖女〟にしたい……という話だった。

でも――

「それで、コストル教の使いって言えるの？」

ゆっくりと首を傾げるようにニアがイレリオの言葉に疑問を唱える。

最初に『コストル教の使い』と言っておきながら、違う宗派となるのなら初めからコストル教とは関係ないことになる。

「いえいえ、今の私どもはまだ、現在のコストル教に所属しておりますので、間違いはありませんよ。解釈の違いという奴です」

ニアの言葉にイレリオは事も無げにそう言った。

実質的に違うのだからコストル教の人間が聞けば異議を訴えるはずだ。だがイレリオは、有能と言われていても所詮は子どもと、勢いと笑顔で丸め込むつもりだった。

「それで？」

「は……？」

いまだに表情を変えるどころか微動だにしないティナの呟きに、思わずイレリオが困惑する。

「その新宗派は何をするのでしょう？」

「よ、よくぞ聞いてくれました。この世界には精霊がいて、邪悪な悪魔でさえも跋扈《ばっこ》しているというのに、神は我らの前に姿を見せてくれません。そこで我々は、あなた方のような魔力が強い方々を集め、聖女さまの魔力を祈りとして奉納し、我らが大いなる〝神〟に顕現していただこうと思い立ったのです！」

自信満々に語るイレリオ。だが……

「「………」」

それを聞く二人。ティナは静かに目つきを鋭くして、ニアの顔からも表情が消える。

神は本当にいるのか？　ティナやニアはその存在を感じたことはない。もしいるとすれば、それは彼女たちにとってユールシアなのだ。

だが、そんなことはどうでもいい。たった今、二人には許せないことが出来たのだから。

「魔力を集めて、神を召喚？」

「神をお招きするのです！　ここでお話ししたのも、他の宗派から聖女認定の話が来ても、公女殿下にお断りしていただくため、事前交渉に参ったのです」

次第にイレリオは、宗派を語ることに熱に浮かされたような表情を浮かべる。

「いずれ分かるでしょう。数年のうちにタリテルドを離れていた大司教様がお戻りになるのです。その方は理念に共感してくださった、とある大国の協力を得ています。今のうちに我々についたほうが賢い選択ですよ？」

聖王国において聖女は簡単に選ぶことはできない。それほどまでに『聖王国の聖女』という称号は他の称号と格が違っていた。

ユールシアもその従者たちも知らなかったが、ユールシアには聖王国の主立った宗派から認定の打診が来ている。だが、ユールシアがヴェルセニア大公家の公女となったことで、彼女の存在はより特別になってしまった。

これまでは各宗派の女性神官や巫女《みこ》の中から聖女たるべき存在が現れ、その宗派と王家が認定するだけで済んでいた。だが、膨大な魔力で数多の神聖魔法を操るユールシアは、どこの宗派にも属しておらず、初代聖女以来、二人目となる王族出身の聖女であった。

実質、歴史上で二人目となる『真の聖女』に他ならない。

それによって王家の宗派選定はかなり厳しくなり、ユールシアが自分で判断できる年齢となるまで、宗派の選定と聖女の認定は保留となっていた。

それがあって各宗派は表だってユールシアに接触することができず、このままならユールシアに特別な希望がないかぎり、タリテルドの国教であるコストル教にて聖女認定が行われるだろう。

それゆえに、だからこそ、そんな巨大な『広告塔』を逃したくないと、様々な宗派がユールシアの知らないところで静かな攻防を繰り広げていた。

それでも暗黙のルールはある。ユールシアに直接誘いをかけるのは違反となる。

彼女の従者へ誘いをかけるのはグレーゾーンではあるが、こんな埃臭い場所にまでついてきて執《しつ》拗《よう》な勧誘を行う者がいるとしたなら、それは表だって動くことのできない〝怪しい〟宗教くらいだろう。

「あなた方から公女殿下へお口添えをしていただけるなら、物でも人でも、お好きなものを揃《そろ》えてみせましょう」

従者たちと公女は仲が良いと聞く。彼女もその者たちの進言を無視はできない。

公女に忠実な従者であろうと、物欲には逆らえない。目の前の彼女たちが子どもでも……いや、子どもだからこそ欲しい物など無限にあるはずだと、イレリオは宗教家の一人として人間をそう理解していた。

だが、彼は根本から間違っていた。

「あなた……面白いことを言っていましたね」

「な、なんですかな……」

突然、人が変わったような異様な気配を放つ二人の少女に、イレリオは我知らず一歩退いていた。

（なんだ、こいつら……普通じゃない）

瞬時にそう判断したイレリオは、心の奥底……魂から放たれる警告に戸惑いながらも、自分を信じてここは引くことに決める。

「申し訳ありません、約束を思い出しまして――」

「我らが主人《あるじ》様を利用する、と聞こえたのですが？」

言葉を遮るように放つ、その声に含まれた静かな怒気を感じたイレリオは、自分のプライドなどをかなぐり捨てて幼い少女に頭を下げる。

「失礼しました。性急すぎたようです。私はこれで……」

「もう帰るの？」

「ひっ」

イレリオの正面、ティナの横にいたはずのニアが、後ろから彼の肩を叩く。

動けない。肩に触れられているだけで、巨大な岩石の隙間に落ちたように身動きができず、イレリオは顔中から脂汗を流した。

魔力ではない。力でもない。ただイレリオの魂が強大な捕食者を前に萎縮していた。

「神の召喚とか言っておられましたね」

「だったら、〝神〟の糧になれたら本望じゃない？」

「ええそうね。もっとも……」

「〝私たちの〝神〟だけど〟」

自分を間に挟んでおぞましい気配と言葉を放つ二人の少女に、イレリオは涙を流しながらガチガチと歯を震わせる。

「〝開け――失楽園《ロストエデン》――〟」

ティナの髪が、ニアの魔剣が黒い輝きを放ち、その瞬間、埃まみれの古い教室が〝暗黒〟へと変わった。

暗闇ではない。イレリオの目にはまだ二人の姿が見える。教室が暗闇に包まれたのではなく、まったく違う場所へと変わっていた。

日々大きくなり続けるユールシアの〝本性〟を隠すべく、彼女の余剰魔力を使い、四人で少しずつ構築していった、固有亜空間。

この世界に生まれた、ユールシアの魔界――。

「ようこそ、我らが〝世界〟へ」

遠くから少年の声が聞こえた。

遙《はる》か彼方に山のようにそびえ立つ、建築途中の黒い城……。

「あ……ぁ……」

すでに言葉にはならない。人間の許容量を超える瘴気にイレリオの魂が耐えられない。

城を造る悪魔の群れ……その千体を超える悪魔がすべて〝上級悪魔《グレーターデーモン》〟であることにイレリオの心が壊れ、不意に現れたその〝客〟を一瞥したノアは、上級悪魔たちに命じて、その魂を流れ作業のように大釜へ放り込み、その後に小さな〝黒い飴〟が転がり落ちた。

ユールシアがミレーヌに要請して吸血鬼に狩らせた、この世界に不要な人間たちは、こうして悪魔の糧として消費されていく。

その頃……。

「ユールシア様ぁ、ただいまー」

「あら、ファニー、お帰りなさい」

授業が終わり、主人を迎えに来るように姿を現したメイド服姿のファニーに、ユールシアは教科書を片付けながらニコリと微笑んだ。

「勇者はあんまり美味しそうじゃなかったよぉ」

「まだ覚醒前なのかしら？　とりあえずお姉様方に問題がなければいいけど……それより、少し前から三人が見えないのだけど、何をしているのかしら？」

「うんとねぇ、秘密基地を造ってるのー」

「まあ、あの子たちも子どもっぽいところがあるのねぇ」

「そうだねぇ。ユールシア様、飴ちゃん食べる？」

「いただきますわ」

二人で黒い飴を小さなお口に放り込み、もごもごと飴を舐めながら笑い合う。

何も知らないユールシアは、今日も暢気に世界の平和を貪っていた。

第五話　三年生になりました

年度が替わって魔術学園の三年生になって、季節が巡って初夏となり、私はあと数ヵ月で九歳になります。

もう九歳となれば立派なおねえさんですわ！　もう幼女だなんて言わせません。

変わったことといえば、ようやく……ようやっと私という存在に慣れてくれたのか、同級生の人たちが挨拶をしてくれるようになったのです！　二年以上かかってやっと！

まあ、冷静に考えると、転入初日に十数人と打ち解けたファニーのおかげかもしれない？　かもしれない？　たぶん私も大人になったからかもしれない？

もしかしたらそろそろモテ期かも！

年齢的にノアとかニアとかは、普通にお手紙貰《もら》ったり告白されたりしているみたいですが、私とティナはそんなのないですけどね。

そんでそんな話題になると思い出すのがリックですが、結局なんにもない。

では、あの態度はなんだったの？　本気で私を妹として大事にしているだけなの？　あんなに強引なのに？　なんだよ、バカヤロウ。

シェリーに〝男の子〟から変な態度をとられるのだけど？　って話してみたら。

『ユル様の美しすぎる罪なのですわっ！』

などと、意味の分からない供述を繰り返すばかりで、まったく参考になりませんでした。心神喪失で無罪かしら？　でもまあ、勢い余って私からリックに聞かなくて良かったわ。勘違いをした、すごく痛い子になってしまうところでした。

これからもリックが学園で会いに来たり、待ち伏せしたり、強引に手を取って連れ出したりとか、さすがにもうないでしょう。


「おい！」

フラグ回収が早いよ、こんちくしょーっ。

本日はティナだけを連れて授業をサボ……休憩するためサロンに向かう途中、そんな〝雑〟な感じで呼びとめられました。

この国で私にそんな呼び方をする奴は知るかぎり一人しかいませんわ。

「リュドリック兄様……」

リックは基本的に俺様野郎なので、護衛や従者なんて置いてきぼりでズカズカ迫ってくるのですが、本日というか、最近の彼はひと味違う。

その様子はまるで、強い魔物と出会った傭兵《ようへい》が、逃げる途中にいたすべての魔物を列車《トレイン》の如く、ずらずらと引き連れているようでした。

リックが沢山の女の子を連れてやってくる……。

本人は自覚がないといいますか、王族だから誰かが後を付いてくるのが当たり前なのかもしれませんが、なんか、無自覚のモテっぷりがむかつきますね。

あ、また増えた。

数年前までただの小生意気な悪ガキ風だったのに、彼も十二歳になって、うちの血筋は発育がよろしいのか、身長も私が見上げるほどに高くなっているのです。

「ユールシア、ちょっと付き合え」

「えぇ〜〜……」

この状況でそんなことを言いますか？　早足で歩いていたリックに息を切らして追いついてきたご令嬢たちは、彼が〝女生徒〟に話しかけていると気づいて、嫉妬のような怨念電波を向けてきました。

まあ、仕方ありませんね。リックがデカくなったので〝私〟が見えなかったのでしょう。

「皆様、何かご用？」

『ひっ』

リックの陰から姿を見せると、ご令嬢たちが跳び退くように後ろに下がる。

でも、『ひっ』ってなに？　『ひっ』って。いくら怖い見た目をしているからって、その反応はないでしょ？

ああ、リックの態度に後ろにいるティナから殺気が漏れていたのでしょうか。この子も仕方ありませんね……と安心させるようにニコリと笑うと……

「お、お前、こっちに来いっ」

「え？」

何か焦ったような顔をしたリックが、硬直しているご令嬢たちを放って、私の手を取って歩き出しました。

「また腕をつかむぅ」

「うるさい」

いったいなんなの？　強引にもほどがあるでしょ？　こんな事をしたらまたティナがうるさくなるのではないかと彼女を覗《うかが》うと、何故かティナまで焦ったように顔を引きつらせていました。

なんで⁉

リックは私をそのまま上級貴族しか使えないサロンのところまで連れて来て、誰もいないことを確認するように辺りを見回してから、私の顔をのぞき込む。

「ユールシア、何を不機嫌になっているんだ？」

「え……？」

なんで？　そういうふうに見えていたの？　ティナやご令嬢たちの態度からして本当なのかもしれないけど、それじゃあ、どうしてリックは平気なのでしょう？

よく分かりませんが、要するに〝人間らしく〟なかったって事でしょうか？　私は空いていた左手で自分の顔をムニムニと揉《も》みほぐしてからティナを見ると、彼女も安堵《あんど》したように何度も頷《うなず》いていました。

本当に変な顔をしていたんだ……。

「……ようやく、いつものユールシアに戻ったな」

リックも息を吐くようにそんなことを言う。

「いつもの、って……普段のわたくしはどんな顔をしていますの？」

「あ〜〜……眠そう？」

なんじゃそりゃ。そりゃあ、お父様似でちょっと垂れ目ですけど。

「どうして機嫌が悪かったんだ？」

「わかりません……」

本気で分かりませんね……？　別にリックに文句があるのではないのですけど……。

「リュドリック兄様が、女の子を誑《たぶら》かす悪い人になっていたからかしら……」

「なんでだよ⁉」

「先ほども引き連れていらしたでしょ？」

「知らないよっ！　あいつらが勝手についてくるし、そもそもユールシアが怒ることなんて……」

「ん？」

「……いや、なんでもない」

突然言葉を止めたリックは、少しだけ耳を赤くしてそっぽを向いた。

本当になんだか分からない……。

「それより、いつまでわたくしの手を掴《つか》んでいますの？」

「……あ」

彼もようやくそれに気づいたようで、何故か一瞬躊躇《ちゅうちょ》して私の手を放してくれました。

強く握ってくれちゃって、私はやわやわだから痣《あざ》になったらどうするの？　本当に強引だなぁ
……魔界を思い出すわ。

「そうだ、お前に用はあるんだよ。ちょうどいいからサロンに入るぞ」

「え、ちょっと」

結局またリックは先ほどと逆の手を取ってサロンへ私を引きずっていく。

なんでこうも強引な人たちと縁があるのでしょ？


「寝るんじゃないぞ」

「寝ませんよ……」

まったく、本当に普段の私の印象はどうなっているのでしょう？

私はティナが淹《い》れてくれた真っ赤なお茶を飲みながら息を吐く。

本来なら従者のティナはサロンに入れないのですけど、子ども同士とはいえ男女二人きりでサロンに入るのは色々アレなので、特別に許可を貰っています。

ところで……〝私〟が美味《おい》しいお茶って、人間が飲んでも平気なの？　ティナは普通にリックの分もお茶を用意していたけど、リックはお茶を飲んで何故か咽《む》せていました……。

本当に大丈夫なのでしょうね⁉

「そんなことより、ユールシアは、コルツ領にコストル教の新しい大聖堂が出来るのを知っているか？」

そんなことってなんだよ。

「大聖堂……ですか？」

話ってこれ？　別に変な話ではないと思いますけど。

「そうだ。このタリテルドで五ヵ所目の大聖堂で、国家と領主が建築予算の半分を出している」

国でお金を出しているのね。それって良いのでしたっけ？　国教だからいいのか。タリテルドは聖王国なので政教分離ではありませんからね。

何しろコストル教の教皇猊下《げいか》は大臣クラスの発言力がありますし、その認定はコストル教内だけではなく国王陛下の承認もいるくらいですし。

でも……あのリックがこんなことを言い出すなんて……

「……何かありましたの？」

「まだ、何もない。今日か明日にでも、叔父上……ヴェルセニア大公から言われると思うが、赴任する新しい大司教とコルツ領主から連名で、次代の聖女と言われ、『聖王国の姫』である、ユールシアに来てほしいと要請が来ている」

「はぁ……？」

来てほしいって……どういうこと？　コルツ領ってすごく北でしたっけ？　遠いなぁ……この

前、遠征から帰ってきたばかりなのに。

「わたくし、トゥール領から離れるつもりはありませんけど？」

私の拠点はトゥール領です。王都にいるのも学園に通うためですから、遠征から帰ってきたばかりでまた遠いところに行くのは嫌ですよ。

「向こうはできるなら拠点を移してほしいのだろうな。でも、お前が断るなら、向こうも無理強いは出来ないはずだ」

「ならいいのですけど……。そもそも、わたくしは何をするのです？」

「お前がたまに王都やトゥール領でやっている、住民の前で神聖魔法を使ったり、重病人や重傷者を癒やしたり、人を集めて説法……は無理か」

「むぅ」

なんかバカにされています？　頬を膨らませて叩《たた》こうとすると、リックは笑いながらそれを軽く避けて、不意に真面目な顔をする。

「それでも、大司教と領主の要請だ。叔父上も無下にはできない。お前は顔を出さないといけなくなる」

「まあ、数週間くらいならいいですけど」

一年とか言われたら拒否しますけど、移動を込みで数週間くらいなら旅行と同じです。

でも……そんなことを言った私に、リックが何故か脱力するように呆《あき》れた目で私を見た。

「あのなぁ……。ユールシア、お前、ヴェルセニア公女だろ？」

「な、なんですか」

……え？　なんかありましたっけ？　チラリとティナを見ても、何も思い至らないようで二人して首を傾げる。

「コルツ領だ、コルツ領！　叔父上の政敵と言われている、カペル公爵の領地だよ！」

「ああ～～」

確か、『光に闇を……なんたらの会』で癒やしたゼッシュさんのご実家でしたね。ティナもようやく思い出したように、小さくポンと手を叩いていた。

「思い出したか？　そんな相手だからお前が行ったら何を言われるか分からないぞ？　しかも叔父上の外交遠征期間と被っている。叔父上もそんなところにお前を一人で行かせたくはないだろう」

なるほど……。リックはカペル公爵が私に何かするかもって思っているのね。それも公爵から、わざわざ国家の顔である『聖王国の姫』として要請されたら、王家も〝怪しい〟というだけで断ることはできませんしね。

それもこれも、お父様にお仕事を振りまくっているお祖父様《じい》のせいです。

でも……。

「確かに、カペル様とお父様は、仲が悪かったですわねぇ」

ごめん、全然、眼中になくて思い出せませんでしたわ。

しかし、露骨ですわね。少しばかり楽しみになってきましたわ。

「お前な……」

のほほんとした顔で微笑む私に、リックは何故か頭痛がしたように眉間を揉みほぐして、意を決したように私を見た。

「それなら、お前が行くときは俺も行く」

「…………は？」

何がどうしたらそんなことになるの？

「えっと……わたくし、たぶん平気ですよ？」

もしかしてお目付役⁉　やだなぁ……と思いながらおっとりと首を傾げると、リックはそんな私に首を振る。

「ユールシアは叔父上に守られていたから分からないかもしれないが、華やかな舞台の上で笑いながら酷いことができる貴族もいる。お前は綺麗《きれい》な世界だけを見ていればいいと思っている。叔父上も……俺も」

「リュドリック兄様……」

そんなだから、女の子が勘違いするんだよ。

やばいわ。こいつ、天然の女タラシなんじゃないかしら？

それはともかく、リックの言いたいことも理解しました。

要するに私をお父様の庇護《ひご》がない場所で貶《おとし》めようとするカペル公爵の〝悪意〟から、私の『名誉』や『心』を守るためにリック自身が〝盾〟になろうとしてくれている。

リュドリック兄様と呼んでいたから、兄みたいな想いが生まれたのでしょうか……。

バカだね……リック。

私が危険になるのなら、盾になるリックも危険になるのですよ？

仕方ないなぁ……

私がリックも守ってあげる。


憧れていた光溢《あふ》れる〝人間の世界〟。

お父様もお母様も大好きですし、楽しくて飽きることなどまったくないのですが……、ふとした事で〝彼〟を思い出して、少しだけ懐かしくなります。

どうしているのかな？　まだ怒っているのかな……？

そっか……私、〝彼〟に会いたかったのか。

まあ、謝るつもりも帰るつもりも、欠片もありませんけどね！

でも……

人の〝悪意〟って私の大好物なのですけど、どうしましょう？

第六話　九歳になりました

「カリスト殿。準備は進んでおられるか？」

「はい、カペル公爵様。あなたの援助のおかげで滞りなく進んでおります！」

コルツ領にあるカペル公爵家の城。その中にある多くの美術品を飾り付けた応接室にて、コストル教会大司教カリストは、無事に聖王国タリテルドの大地を再び踏めたことに、感動の面持ちで頭を下げる。

過激な思想ゆえに本殿のあるタリテルドではなくシグレスへと移されることになった彼だが、その思想を理解してくれたカペル公爵が資金を提供し、コストル教の本殿にも働きかけてくれたおかげで、予定よりも随分早く聖王国へ戻ることができた。

現実的には、シグレスの神殿でいくら徳を積もうと、カリストがその思想を変えないかぎり枢機《すうき》卿団《きょうだん》がカリストの帰還を認めることはなかったはずだ。

それでもカリストが戻れたのは、カペル公爵家のコルツ領に大聖堂を造るにあたり、その責任者としてカペル公爵家がカリストを希望したことで実現できたのだ。

本来なら宗教家であるカリストは、カペル公爵に敬意を払うことはあってもへりくだる必要はない。けれど彼の望みがカペル公爵の力によって実現したことを、否応なく理解しているからこそ、カリストはカペル公爵に対して強く出ることはできなかった。

（……これで〝理想〟に一歩近づく）

カリストには理想があった。

それはこの世界の恒久平和の実現だ。

幼い頃のカリストは貧窮していた。生まれながらに困窮していたわけではない。幼さゆえによく覚えてはいないが、父もいて母もいて沢山の使用人もいた。だが、それは数年で終わりを告げ、カリストは辺境の孤児院に入れられた。

今だから分かるが、その孤児院は特殊な立場の子どもを収容する場所だった。生かしてはいるが死んでも構わない。世話をする人間も孤児たちに冷たく、カリストは彼らから『罪人の子』と蔑まれて生きてきた。

そんな生活が変わったのは七歳のとき。カリストは母の友人であったという女性司祭に引き取られることになった。彼女はコストル教内で高い地位にいたらしく、教会内でカリストを矯正するように神の教えを伝えた。

そこでの生活はカリストを敬虔《けいけん》な信徒に変え、その心を歪《ゆが》ませた。

カリストの両親はおそらく高位の貴族だったのだろう。両親は大罪を犯したがカリストは幼さゆえに連座とならず、生かされることになった。カリストはそのことになんと無しに気づいてはいたが、彼には優しかった両親との思い出があり、自分の苦難は親の罪ではなく、世界のせいだと考えるようになった。

この世で争いはなくならない。人は争うからこそ罪を犯す。それこそが世界の歪みなのだと理解したカリストは、世界を正すために考え始めた。

カリストの理想……恒久平和。だがそれは誰が聞いても絵空事でしかなく、現実を知るものほどそれが不可能だと考える。

だからこそ、〝宗教〟が存在する。人が己の欲望を律することができないのなら、大いなる存在である〝神〟を心の拠り所として、宗教という〝枷《かせ》〟で自分を縛るしかない。

カリストは考える……

はたして、それでいいのか？

人間にも素晴らしい者たちがいる。でも、それと同じくらい愚かな者もいる。富める者がいれば貧する者がいるように、善も悪も、聖も邪も、等しく同じだけ存在する。

平和を築くには、それらを正しく管理しなければいけなかった。

悪しき者、愚かな者を排除するのではダメだ。歴史においてその手段をもって平和を創ろうとした者たちは皆、失敗した。

万能である神ではない人の身では不可能なのだ。

だが……その答えはすぐ側にあった。

間違いを犯す人間ではなく、正しい〝神〟の御力《みちから》によって、すべての人間を正しく〝管理〟すればいい。

そのための一つの答えを、カペル公爵を通じて大国の使者が示してくれた。

「――ところでカリスト殿。シグレスにてあの娘と会う機会があったそうですな。その目で見て、いかがでしたかな？」

「はぁ……」

カペル公爵が言う『あの娘』とは、ユールシア公女のことだろう。

カリストから見た彼女の印象は、強い力を持ち、強い心を持つ、まさに『聖女』と呼ぶにふさわしい人物だった。

最初は、幼いながらに驚くような美しさを持つ、人間離れをした容姿と雰囲気に得も言われぬ恐怖を覚えた。こんな人間がいるとは想像することもなかった。

だが、カリストが感じたその恐ろしさは一瞬で消え失せた。

カリストが見出した〝勇者〟に、年相応の顔を見せ、同じ年頃の娘たちのように何かがおかしくて笑っていた様子には呆気にとられたが、考えてみれば彼女も自分たちと同じ人間だったのだと気づかされた。

もしユールシア公女が見た目通り冷徹に振る舞える人物なら、カリストは彼女を聖女と認めることに躊躇《ちゅうちょ》しただろう。だが、天使のように清廉な〝聖女〟が、その場にいる誰よりも〝人間〟らしかったことに、カリストはこの少女こそ〝本物〟だと思った。

自分が認めたそんな彼女を『あの娘』呼ばわりされたことに少しだけ不快に感じながら、カリストはそれを伝えようと必死に想いを口にする。

「確かにお会いいたしました。あの魔力……その力、まさに聖女であるにふさわしき――」

「分かった、分かった。あれに強い魔力があるのなら充分ですな。あの男の娘にしては使えそうではないか」

カペル公爵はカリストの言葉を遮り、小馬鹿にするように含み笑いをしながら、なにやら納得するように一人頷《うなず》いていた。

「……本日のご用件とは、公女殿下のことで？」

コルツ領に完成しつつある大聖堂のことで呼び出しを受けたのだと思っていたカリストは、己が不満を押し殺して、わずかに戸惑うように声をかける。

「おっと、失礼。あの娘が使えるかどうかも気になりましたが、本日はカリスト殿に紹介したい人物がおりましてな」

「紹介……ですか」

「そうだ。誰か、イザベラを呼んでくれ」

カペル公爵が部屋付きのメイドに声をかける。イザベラとは、カペル公爵の現在の第一夫人だ。そして、カリストをこの地の大司教へ推薦した人物だと聞いている。

実際に決定したのはカペル公爵だが、その夫人が口添えをしてくれなかったらおそらくカリストが聖王国に戻るのはもっと遅くなっただろう。

しばしして……。

メイドが出ていった扉が再び開いて、一人の貴夫人が現れる。

「お初にお目にかかります、カリスト様。イザベラと申します」

「イザベラ夫人。このたびはありがとうございます。カリストです」

カペル公爵夫人イザベラは、カペル公爵とは年の離れた美しい女性だった。それもそのはず、彼女はカペル公爵の後妻であり、カペル公爵の上の息子二人と血縁はない。

「それでは、カリスト様にこのお方をご紹介いたします」

そう言うと開いていた扉から無骨な印象の大男が、窮屈そうに扉を潜ってくる。

「テルテッドのほうからお招きしたコードル殿です」

「コードル・ドレンと申します」

「武装国家の……」

その男……コードルは、獅子《しし》のような銀の髪をした無骨な男だった。年の頃は四十代ほどだろうか。その装いはタリテルドなら中級貴族が着ているような物だったが、筋骨隆々として体格が良く、背も見上げるように高い。

タリテルドの北の隣国、武装国家テルテッド。

主産業が武器兵器の製造と販売という異色の国家ではあるが、魔物、魔族という人間とは違う敵がいるこの世界では、死の商人などと揶揄《やゆ》されることはない。

それどころか、傭兵《ようへい》国家としても知られており、魔物の被害が大きい小国などは必要に応じて雇い入れるなど、隣国との関係も良好な、善良な国家として知られていた。

その武装国家の人間がどうしてこのコルツ領にいるのか――。

「も、もしや、この方がっ」

「そうだ、カリスト殿。このコードル殿が召喚魔法陣の第一人者であり、今回の件に賛同して技術供与をしてくださった」

「おお……っ」

カペル公爵の言葉を聞き、カリストは長年の希望を叶《かな》えてくれるかもしれない人物を前に感動の面持ちで頭を下げた。

コードルは武器に魔術を付与する研究員らしいが、戦士が多い武装国家の人間らしくまるで武人のように見える。だがそんな印象と違い、彼は頭を下げるカリストの肩に触れると、紳士的な笑みを浮かべ、カリストを労ってくれた。

「私は一介の研究者にすぎない。私の研究が役に立てるのも、カリスト殿の長年の地道な活動が実を結んだからだと考えている」

「ありがとうございます、コードル殿！」

コードルの力強い言葉に、カリストは心の奥底に澱《おり》のようにこびりついていた不安が消えていくようだった。

何故、今まで誰も見向きもしなかったカリストを、公爵家の人間が見出してくれたのか？

何故、テルテッドのような大国が、カリストのような閑職に追いやられた人間に手を貸してくれるのか?

何故、ただの理想でしかないカリストの思いに、賛同してくれたのか?

何故、彼らは保証もないカリストの夢に、多額の資金を投じてくれたのか?

何故、何故、何故――?

すべてが上手くいっていても……いや、上手くいっているからこそ、これまでの苦難から何かの間違いではないか、もしくは自分を利用しているのではないかという思いがカリストの中にはあったが、人を信じるという神の教えにより、それを心の奥底で押しつぶしてきた。

その澱が綺麗《きれい》になくなった。やはり自分のしてきたことは間違いではなかったのだと、女神コストルに感謝を祈り……その女神の微笑みが、シグレスで出会った幼い〝聖女〟の姿に変わる。

聖女ユールシア……。

いまだ聖女の認定こそ受けていないが、これまで見た徳が高いと言われる誰よりも彼女は光り輝いて見えた。

この時代、この時、カリストの望みが叶うそのときに彼女と出会えたのは天啓に思えた。

カリストは数十年前に一度、行動を起こしたことがある。貴族ではない神聖魔法を使える子どもを集めて、その祈禱《きとう》をもって世の中を正そうとした。

だがそれは教会内で問題となり、カリストは破門となることは免れたが、彼を庇《かば》った育ての親ともいえる女性司祭は閑職に追いやられ、彼自身はシグレス王国へ行くことになった。

カリストは思う。自分は上に立つ人間ではない。それはカリスト自身が一番理解している。

今度こそ失敗はしない。天上の存在たる聖女を旗頭として、今度こそ大願を全うするのだと、彼女に出会えたことは神の采配だと疑いもなくそう考えた。

（公女殿下……あなたのために世界を平和にしてみせますぞ！）

＊＊＊

私はついに九歳になりました。もう誰がなんと言おうと少女です！　もう幼女なんかじゃありません！　やったぜ、神様、ありがとう！

――……ゴゴゴゴゴゴ……――。

「あら、微震ね……最近たまにあるからユルも気をつけてね」

「はい、お母様」

心配するお母様に私にはニコリと微笑みました。

……なんで、私が〝神〟に祈ると、地震っぽいのが起きるのですかね？

そんな些細《ささい》なことはいいのですけど、私やお父様がお出かけをするときにはお見送りに来てくれる優しいお母様ですが、今回特に心配してくださるのには訳があります。

九歳のお誕生日……毎年恒例、国を挙げてのお誕生日パーティー。

去年と一昨年は一ヵ所開催にして、それでも数千人が集まりました。ただの小娘一人のお誕生日パーティーが、シグレス王族の結婚パーティーと同じ規模なのはどういうことですか⁉　国外に出てようやく家族の非常識さに気づきましたよ。

え？　万単位の参加の申し込みがある？　どこの同人誌即売会ですか！

そんなわけで〝人間らしく〟生きたい魔界一謙虚な悪魔としては、そろそろ常識的な範囲に収めたいと願いましたが、ところが！　あのお祖父様《じい》は私に甘いくせに自分の欲望に忠実でありやがりますのですよ。

ですが私にはお祖父様を説得できる〝理由〟がございました。そのおかげもありまして、今回は王都ではなくトゥール領単独開催にこぎ着けたのです。

まあ、簡単に言いますと、わたくし『調子が悪かった』のですよ。

そんな理由なので久々に実家に戻ってのんびり……と思っていましたら、最近になってようやく私の容姿に〝慣れた〟人が増え始めて、まあ、それは悪いことではないのですが、挨拶にきたお客様がなかなか帰ってくれない。

以前は、私の容姿にびっくり仰天して硬直するから時間がかかりましたけど、今回は何故か、私を怖がりこそしないのに、じっくり時間をかけて私を見る、彼らのお目々が怖かった。

なんで⁉


「あだだだだ……」

どっこいしょ、と椅子から立ち上がる私に、ヴィオたちメイド衆から残念なものを見るような目を向けられる。

「ユルお嬢様……」

「……だって、痛いのですよ」

最近、体中の関節が痛い。特に脚が最悪。夜中に攣《つ》ったりするし、それ以外の部分も微妙に痛かったりする。胸辺りも……。

茹《ゆ》でたワカメのようにデロデロに甘やかされて育った私は、自慢ではありませんが痛みに対する耐性がほとんどありません。本当に自慢にならねぇな。

これって、たぶん『成長痛』ですよね？　なんで？　わたくし九歳ですのよ？　成長痛とか十代の前半とかじゃないのですか？　あまりに痛くて湯船につかると『うぃ～』とか言っちゃいそうになりました。

まあ、数ヵ月前よりマシになりましたが、その間にすくすく背が伸びて、二歳お姉さんであるべティーの身長に追いつきそう。

たぶん、血筋の問題かなぁ？　お父様も伯父《おじ》様も背が高いし、伯母《おば》様はダイナマイトだし、確かリックも十歳前後で急激に伸びていた気がします。

「ユル様は確かに、随分と印象がお変わりになりましたね」

「……そうなのですか？」

お母様監修の下、お出かけ衣装の着付けをしていると、ヴィオが感慨深げに私を見てそんなことを言ってきました。

「大人びてきましたね。もう子ども用のドレスではなくて大人用が必要になります」

「ユルのドレスは、お義母様《かあ》と相談して沢山用意を始めていますよ」

そんな沢山はいりませんよ、お母様。そもそもお祖母様《ばあ》やエレア様が贈ってくれたドレスも一度しか袖を通せずに着られなくなった物が沢山あるのに……今のサイズで作っても、数ヵ月後にはまた着られなくなりますよ？

「……諦めなさい」

「……はい」

女孫の試練ですか……。まだまだ着せ替え人形の日々が続きそうです。

それでヴィオが言う『印象が変わった』とはどういうことなのか？　彼女曰《いわ》く——

「ユル様の美しさに〝年齢〟が追いついてきたのではないでしょうか」

——ということらしいのです。

どういうこっちゃ？　要するに私が二歳のとき初めてまともに鏡を見て思ったこと。

『十歳辺りで美貌が開花してくれたらいい』が現実になったということでしょうか。

要するに幼児の時点で異様な美人顔だったので『怖さ』のほうが先に来ていましたが、背が伸びて大人に近づいたことで、雰囲気が『異様な幼児』から徐々に『大人びた美少女』に変化をし始めた感じなのだと思います。

私としては、背が伸びて、ぽっこり幼児のイカっ腹がすっきりして、身体が丸みを帯びて少し膨らんできた程度なのですけど、ヴィオから言わせると随分印象が変わったそうです。

これは……ちょっと自信を持ってもいいですか？

お誕生日会の参加者の目がアレだったのも、そのせいですよね⁉

ちょっとばっかし、イキってもいいような気がしますよねっ！


「まだ早い」

そんなこんなでお着替えも終わって、本日はお父様と一緒にトゥール領周辺の視察にお出かけしております。

普段ならお父様が暇を見つけた時か、癒やしが必要なら私だけで行くのですが、本日はお父様からお誘いがありまして、父娘水入らず（護衛沢山）のお出かけなのです。

ひゃっほー。お父様とお出かけだぁあ！

それで、まだ脚関節が痛いのでお父様に抱っこされて馬車に乗り込み、そのまま久しぶりにお父様のお膝に座らされると、唐突にお父様が先ほどの発言をしたのです。

はて？　何が？　私のイキリが？

「ど、どうなされたのですか？　お父様」

幼い頃はお父様の懐にジャストフィットだったのですが、さすがに今の大きさでお膝に乗るには安定が悪いので、お父様の首に手を回して真正面からお顔を覗《のぞ》き込《こ》むと、お父様が少し困った顔をした。

お膝の上だと目線がほぼ同じになるので、お父様の麗しいお顔が間近で見られて嬉《うれ》しいなっ。

「あ～～……ユールシア。そのドレスのデザインは、まだ〝早い〟と思うのだが」

「そうですか？」

なるほど？　お父様はお母様とヴィオたちのコーディネートが気になるようでした。

本日のドレスは背が伸び始めて急遽《きゅうきょ》、特急仕様（金銭的に）で作られた、大人のドレス第一号になります。

パーティー用のびろんびろんした物ではなく、ロゼカラーのロングワンピースドレスで、上半身はシックにスカートはふんわり可愛らしく、お母様たちがやりきった顔で着付けてくれた、私もお気に入りだったのですが……。

きょとんと首を傾げる私から目を逸らすように、お父様が目線を下げて。

「首元が出ているではないか」

「はい」

うん、まあ、そうですね。

おバカな私が最近になって気がついたことなのですが、今まで私が『子ども用』だと思って着ていたふわふわなドレスは、どうやら〝聖女さま〟を意識した物だったらしいのです。

要するに極力露出を減らした清楚《せいそ》系《けい》のお嬢様衣装だったのです。

手元足元は相変わらずですが、このドレスは首元が出ちゃっている。首筋や鎖骨もちょっと見せているのですよ。

鎖骨って……いいですよね。

「過保護すぎます、お父様。ベティーやシェリーは、二の腕まで見せていますよ？」

「いやいやいやいや、ユールシアはまだ九歳だ。まだ早いっ」

鎖骨……いいじゃないですか！

シェリーは可愛い系なのでまだふわふわひらひらしたドレスも多いのですが、綺麗系《きれいけい》のベティーなんて、鎖骨どころか、二の腕、鎖骨、その上両肩丸出しのエロ可愛いドレスだったのですよ！

娘に過保護すぎます、お父様！

そんなお父様は、娘から見ても相変わらず色気がむんむんである。

三十代に入ってその色気にもさらに磨きがかかりました。十年後二十年後が楽しみな逸材なのです。年を取っても格好いいおじさまは大好きです！

ですが、髪の毛には気をつけてくださいね。ミネラルたっぷりの乾燥ワカメは山のようにありますわよ。どうしようもなかったら、私の〝異界の知識〟で癒やしてみせますわ！

ちなみに、大量に召喚されてミレーヌに押しつけた乾燥ワカメでございますが、領主代行として知恵を絞って『わかめパン』として売り出し、今やオーベル家所有地の名物となりつつあるそうなのです。

海に面していない、山の中なのにっ！

いや〜〜、我ながら善いことをしましたわ！（現実逃避）

総出で領民にわかめパンの作り方を教える伝説の吸血鬼……。なにか見てはいけないものを見てしまったような罪悪感を覚えますが、きっと私は悪くない。

吸血鬼《ミレーヌ》の生真面目さに、悪魔《わたし》の良心が痛い……。

「ユールシア」

ワカメの在り方という大宇宙の真理に思いを馳《は》せていた私を、お父様の真面目な声が現実に引き戻す。

「いかがなされました？」

今回のお誘い、やはり〝お話〟があったようですね。なんとなく察していましたが、私は何も知らない顔をしておっとりと首を傾げる。

お父様はそんな私を見つめて、小さく溜息《ためいき》を漏らすように語り始める。

「今年もあと二ヵ月あまり……。来年になれば四年生になるね」

「はい」

「ついこの間まで、私の手の中にいた小さなお姫さまが、今では立派な淑女《レディ》だ……」

「そんな……」

わたくし、大人になってもお父様に甘えまくる気満々でしたのに！

でも、貴族の子でしたら、大人扱いされるのは嬉しいことなのかしら？　この世界の人たちって基本的に真面目なのです。

だというのに、どうして私の周りは残念な人たちが多いのでしょう……。

お城の人たちもみんな真剣なお顔でお仕事しているのに、私が顔を出しただけで雰囲気が一瞬で〝ゆるく〟なってしまうのは、きっと気のせいなのです。

「ユールシア」

「はい」

「コルツ領には、無理に行かなくてもよいのだよ？」

「……お父様」

まあ、その話ですよねぇ。

リックから聞いた例のお話が公式に伝えられてから、お父様は国王であるお祖父様に直談判……は色々と問題があるので、お祖父様や伯父様たちと私の扱いについて協議をなされていたようですが、カペル公爵家とコストル教の正式な要請をお断りすると、お父様の評判にも影響します。なにより王家がヴェルセニア大公家のみを贔屓《ひいき》していると言われかねません。

要するに、私を公式に甘やかしたいと、『聖王国の姫』設定にしたお祖父様のせいですね。

コルツ領のコストル大聖堂に私が赴任する期間は、約一ヵ月。

しかも、まったく同じ時期に、カペル公爵と懇意にしている武装国家テルテッドの貴族家から、お父様をご指名で式典に参加してほしいと要請があったのです。

まあ、すごい偶然ですね！（白目）

正直言いまして、まあ、色々やらかしてくると思いますが、大公家としてはどちらも外せない案件になります。それでも、私に行かなくてもいいと言うのなら、その責任はすべてお父様が被ることになるのです。

そうなると、カペル公爵家の派閥がお父様を責め立てる口実となり、これまで自由になっていたヴェルセニア大公家の貿易にもネチネチといちゃもんをつけられ、陰口を叩《たた》かれることになるでしょう。

そうなってでも、お父様は私を守ろうとしてくれている。

でも……

「大丈夫ですわ、わたくし強い子ですのよ」

そりゃあもう、物理的に。

もしお父様がカペル公爵に虐められるくらいなら、これから今すぐ、カペル公爵家の城を更地に変えてきますわ！

そんな意気込みを込めて小さく握りこぶしをつくると、私の手をお父様の大きな手が包み込み、悲しそうな顔をした。なんで⁉

「ユールシア、私は心配なのだ」

「お父様……」

証拠を残すなんてヘマはしませんよ？

「誰か、地位のある者がついていければ良いのだが……」

あ、そっちの話ですか。……え〜〜と？

「ああ、そうそう、リュドリック兄様が一緒に来てくださると仰っていましたわ」

居ても居なくても変わらない……とは言いませんが、そのお気持ちを酌んでリックの名前を使わせてもらいましょう。

お母様はそういうドロドロした小汚いところに連れて行きたくないので、却下。

防波堤になりそうな他の公爵家は、うちよりも古い家系であるカペル公爵家にも気を遣っているのか、傍観を決め込んでいるそうです。

伯父様やエレア様なら充分な盾になってくれるのでしょうけど、お二人ではやはり王家が贔屓していると思われそうなので、成人前のリックならちょうど良いかもしれません。

でも……

「……リュドリックか」

あれぇ？　安心させようと思ったのに、なんで顔を顰《しか》めていますの、お父様？

「ど、どうなされましたか……？」

「実を言うとな……私は心配だ。美しく成長した其方《そなた》には、彼の地で男どもが飢えた獣のように群がってくるだろう」

「は？」

ちょっと待ってください。なんの話ですか⁉

「実を言えば、ユールシアには国内外から大量の縁談話が絶えないのだ……。父上と一緒にあれほどお断りをしているのに……」

「ああ……」

確か、ヴィオがそんなことも言っていましたね。まさか、お父様とお祖父様の二人がかりでお断りしているほど来ているとは……。

ここまでの話って、私がカペル公爵家で虐められるとか、もしかしたら身の危険があるかもしれないとか、そんな話ではなかったのですか⁉

お父様もお祖父様と一緒に何をなさっているのですか……。

「カペル公爵は、我が大公家と良い関係とは言えないが、あれでも真面目な男なのだ。しかもその息子たちは、弟のゼッシュ殿を見れば分かると思うが性格はまともだ。だが、そんな彼らでもユールシアの美しさを知れば我を忘れて求婚してくるやもしれん。だからといって身近で決めろとは言ってない。エレアノール様は自分の息子たちを推してくるし、確かにティモテやリュドリックは良い少年であるし、ユールシアも彼らと仲が良いのは知っているのだが、二人がまだ婚約者を決めないのは、ユールシアがある程度の年齢になるのを待っているという噂《うわさ》が――」

「おとーさまぁ⁉　戻ってきてくださいませ！」

ただの親バカではありませんか！

簡単に嫁に行く気はなかったのですが、放っておいたら行き遅れますよ⁉

私を心配しているのはそっちの話ですか⁉

そんな思いを込めてジト目で見つめると、暴走状態だったお父様は小さく咳払《せきばら》いをして真面目な顔で私を見る。……誤魔化されませんよ！

「カペル公爵もユールシアに危害を加えるほど愚かではない……はずだ」

え～～……。

まあそこまで危険視しているのなら王家が止めますよね。

「本来なら其方が行かないのが一番だが、それでも身の危険を考慮して、ユールシアも知っているバルナバスに護衛を頼んだ。彼はこれまでの功績により準男爵位を持っていたが、其方の護衛として権限を与えるために、父上と相談して子爵位を与えておいた。向こうでも色々と壁になってくれるだろう」

「そうですか……」

ば、ばる……？　どなたでしたかしら？　何処かで聞いたような気もしますが、お父様がそう言われるのなら会えば分かるでしょう。

それにしても、私を守るためだけに子爵位を与えたのですか？　しかもお祖父様と相談して？　お父様はお祖父様とそんなに似てないなと思っていましたが、なんだかんだ言ってこういうところは、やはり親子なのですね……。

しみじみとそんなことを考えていた私の額に、コツン、とお父様は自分の額を当てる。

「ユールシアが見た目より強い子なのは知っているよ。でも、親とは心配するものだ。私もリアステアも其方が無事に戻ることを祈っている」

「はい……お父様」

お父様もお母様も、私を信じてくださるのですね。

でもまあ、その『強い子』というのが両親の考えている〝強さ〟とは違うのですけど。私に対する悪意ならともかく、家族に悪意が向けられるのなら……叩き返してあげますわ。そりゃあもう物理的に。

＊＊＊

「いいこと、コーデリア。あなたのお父様のご要請で、あの女の娘が来るのを知っていますね。そのとき、リュドリック殿下もいらっしゃるそうよ」

「まあ、リュドリック様がっ！」

カペル公爵家の居城、第一夫人の居室にて、夫人のイザベラが娘にそう告げると、愛娘のコーデリアは目を輝かせて声をあげた。

今回の件を含め、すべてはイザベラが長年かけて計画したことだ。

最初はここまでのことをするつもりはなかった。それでも、あの〝噂〟を聞き、その存在が耳を塞いでも聞こえるようになると、イザベラはどうしようもなく苦痛に感じた。

イザベラは元々公爵家の第一夫人になれる家柄の出ではない。子爵家の娘で、寄親《よりおや》であるカペル家に嫁ぐとしても第三夫人にしかなれなかったはずだ。

魔術学園の学生時代、イザベラには気に入らない女がいた。その女は優秀であったイザベラと違い、学力も実技も平凡であったが、とある高貴な男性にとても大切にされていた。

イザベラがその男性に懸想していたのではない。美貌でイザベラと同等の美しさを持ちながら、政略結婚でカペル公爵の第三夫人にしかなれない自分と違い、高貴な男性に心から愛される彼女が許せなかったのだ。

だが、天はイザベラに味方をする。その女は想い合っていた男性と結ばれることなく、その男性はコーエル公爵家の娘と政略結婚をすることになり、一人残されることになったのだ。

「お母様、わたくし、リュドリック様と結婚できるかしら！」

「ええ、大丈夫ですよ、可愛いコーデリア。お母様があなたの望みをすべて叶えて差し上げますからね」

イザベラは身体の弱い一人娘をそっと抱きしめた。

イザベラの気に入らない女は勝手に落ちてくれた。だが、それは望まない結婚をするイザベラと同レベルにまで落ちただけだ。それでは勝ったことにならない。

だからこそ、イザベラはカペル公爵を手に入れた。

彼女の家系は、子爵位だが古くよりカペル公爵家の下で諜報《ちょうほう》と謀略を担《にな》っていた。イザベラが第三夫人となるのも、先代カペル公爵から命じられたカペル家の諜報力を高めるためだった。

当時、カペル公爵の第一夫人は二人の息子を産んでいたが、そのせいか身体が弱くなり、あまり表舞台に出ることはなくなっていた。そのため、家同士のことを仕切る第二夫人を必要としていることを知ったイザベラは、その美貌を活かしてカペル公爵の子を身籠もり、運が悪くお亡くなりになった第一夫人に代わって、新たな第一夫人になることに成功する。

これであの女に勝った。そう考えたイザベラは驚愕《きょうがく》の事実を知ることになる。

コーエル公爵家の事実上の解体。

新たな大公家が生まれ、あの男性が大公となると、あの女がその第一夫人の座を手に入れ、その娘は王位継承権まで得たという。

イザベラは憤怒した。そんなことがあり得るのかと。

「……ねぇ、お母様。リュドリック様の側にはあの〝女〟がいるのでしょ？　わたくしを差し置いて『姫』なんて呼ばれているあの女が……。わたくし、あれに負けたくありませんわ！」

「ええ、ええ、そうでしょうとも。それでこそ、わたくしの娘よ。あなたは絶対に負けたりしませんわ」

幼い頃のイザベラと同じ表情を浮かべ、同じ情熱を持つコーデリアにイザベラは誇らしい気持ちで笑みを浮かべる。

あの女の娘は聖王国の顔である『姫』となり、『聖女』とまで呼ばれ、王太子の子である二人の王子と婚約するという噂まであった。

コーデリアは幼い頃に会ったリュドリックに幼い恋心を抱いていた。

だが、彼はコーエル公爵家の長女と婚約する話があり、イザベラも社交界の大華と呼ばれた女性と事を構えることはできなかった。だがその話もなくなり、ようやく巡ってきた機会もあの女の娘に奪われようとしている。

大公家の前身となったコーエル家も公爵家だ。その娘が国王の孫というだけで姫と呼ばれ、同じ公爵家の娘であるコーデリアが王族の婚約者にもなれないとはどういうことか。

コーデリアは身体が弱かった。これは幼い頃より服毒で耐性を得ていたイザベラが一般人との間に子をもうけた弊害なのだろう。

そのせいでコーデリアは王都の魔術学園本校に通うことも許されず、父であるカペル公爵も娘のことは可愛がっていても、王族の婚約者には不足と考え、その話をすることは許されなかった。

だからこそ、イザベラは計画を始めた。

邪魔をするすべてを排除するために。

今度こそ、あの女に勝つために。

＊＊＊

年が明け、私は四年生に上がると同時にコルツ領へ出立しました。

沢山心配もされましたが、〝人間大好き〟な私としては、どれだけの悪意が待っているのか楽しみでもあります。

私は予感があるのです。この旅はきっと素晴らしいものになるって！

どうしてこんなんなりました？

ガタンゴトンガタン――。

「「「…………」」」

わたくしは現在、コルツ領へ向かう馬車の中におります。三人横並びで。

まず状況として、カペル公爵家とコストル教のコルツ地区大司教からの要請で彼の地へ向かう私には、例の如く沢山の同行者がおります。

いつもお供をしてくれる四人の従者たち。

これまたいつも護衛をしてくれる、ブリちゃんサラちゃんたち護衛騎士が十名。

お母様が付けてくださった、ヴィオを筆頭とした大公家侍女とメイド衆、十五名。

大公家として、騎士と兵士、御者や雑用をこなす者たちが三十名。

そして同行を申し出てくれたリックにも、もちろん護衛が付いています。

彼の身の回りを世話する王宮侍女と執事、上級メイドが十五名。

王族の近衛であるたった三十名しかしない聖騎士から三名。騎士が十七名と兵士が三十名。

文官と女官、御者と下働きが十名。

それとお父様が付けてくださった、傭兵団《ようへいだん》の方が三十五名……。

総勢百六十九人！　すっげぇ多いな！

でも、王族であるリックも居るし、王位継承権持ちが二人と考えたら、それほど多くはないのかもしれません。感覚が麻痺《まひ》している自覚はありますが。

それで、例の、ば、ばる……なんとかさんは、なんと〝熊さん〟だったのです！

ビックリしましたよね！　どうして誰も驚いていないの⁉

サラちゃんもブリちゃんも、なんで、『え？』みたいな顔をしているのですか⁉

その熊さん、私の護衛のため〝だけ〟に強引に子爵位を渡されたわけですが、彼は困った顔をしながらも、殊勝にお詫《わ》びをする私を見て、『仕方ねぇなぁ』と豪快に笑ってくれました。

とりあえず、お詫びとして乾燥ワカメを大袋一杯ほど差し上げましたが、酒の肴《さかな》代わりにポリポリ食べていたそうで、夜中に膨れたお腹《なか》を押さえて苦しんでいたそうです。

なんてことでしょう！

悲劇は繰り返されるのですね……。

それはどうでもいいのですけど（酷い）、私が馬車で移動をする場合は、大公家の高速魔道馬車を使うのですが、いつもはその六人乗りの馬車に私と従者たちが乗っております。

ですが今回は集まった人たちがその……アレなので、申し訳ないのですが従者たちには他の馬車に乗ってもらい、その代わりに気遣いのできるヴィオが、私と向かい合わせになるように座っております。

……ガタンゴトン。

「「「…………」」」

ち、沈黙が辛いのです！

その原因は、私の両隣に居る二人の男の子にあります。私は悪くありません。

私の右にリック十二歳、左側にノエル君十一歳。二人は無言のまま、リックが私の右手首を掴《つか》み、ノエル君が私の左手を握っているのです。

どうしてこうなりましたか⁉

身動きできないではありませんかっ！

「（ヴィオ！）」

私は助けを求めてヴィオに瞳で訴えますが、何故か彼女は困っている私に慈愛に満ちた瞳を向けて――

『大丈夫です、ユル様。ちゃんと分かっておりますよ』

――とばかりに、微笑ましげに何度も頷いていました。

ちげぇよ。そうじゃない。

この状況を本気でなんとかしてほしいんだってばっ！

どうしてこうなったのか……？

それは出発前に王城で顔合わせをしたときになります。

＊＊＊

「お初にお目にかかります、リュドリック殿下。ノエルと申します」

初めてヴェルセニア大公家以外の王族と会ったノエル君が、緊張した顔をしながらも失敗しない程度に挨拶をすると、挨拶され慣れているリックは苦笑しながらも頷きました。

「これから共に旅をするのだ。気を楽にしてくれ。バルナバス殿の武勇は叔父上より聞き及んでいる。聖騎士に劣らないと言われる子爵殿から指導を受けているのだ、ノエルは強いのか？」

「まだ修行中の身ですが、傭兵団の実戦の中で鍛えていただいています」

「そうなのか。それでは旅の間、手合わせでもするか？　歳も近いことだし、俺も良い鍛錬になるはずだ」

「本当ですか⁉　殿下の剣技はすでに騎士に匹敵すると聞きました。僕のほうから是非お願いします！」

そう言って二人は笑い合いながら握手を交わす。

二人とも同年代では技を競える相手は居なかったので、よいお友達になれるのではないでしょうか？　男の子の友情ってなんか爽やかですね。

……ブリちゃん、どうして鼻血を噴き出しているの？　なにやら邪《よこしま》な思念を感じますわ。それとうちのメイドさんたち、キャアキャアうるさいですよ。自由だな、君たち。

でもどうしてノエル君が、歳が近いとはいえ、王族であるリックと挨拶をして歓談することになったのでしょうか。それはなんと、熊さんがノエル君を養子にしたらしいのです！

子爵になったのは良いのですが熊さんは独身だったそうです。お父様より年上なので今更結婚するのも今度は家柄とか面倒くさい。でも、貴族として対外的に後継者が必要になった熊さんは、有能なノエル君を息子にすることにしたそうです。

……うちの護衛騎士の女の子たち、そろそろ適齢期なのですけど？

それはともかく、ナイスだ熊さん。養子でも子爵令息なので、これで私やリックと会話をしても怒られることはなくなりました。

ですが！

何故か、〝私〟が顔を出したことで空気が変わりました。

「――ルシア！」

こっそり様子を見ていた私が姿を見せると、ものすごく良い顔をしたノエル君が私のところへ飛んできたのです。

これもまあダメなことなのですが、子爵令息ならギリギリ？　大丈夫？　そんな私の心の声が聞こえたわけではないのでしょうが、ノエル君はハッとした顔をする。

「す、すみません、ルシア……様」

「ノエル、お久しぶりですね。また背が高くなりましたか？」

「ルシア様は……また綺麗になりました」

「あ、ありがとうございます」

また、そういうことをさらりと言うのですよ、ノエル君は。それでも私の手は離してくれないのですね……。

そんな、可愛らしくも格好良く成長したノエル君にまたメイドさんたちが騒ぎ出す。

それにしても、夢で見た光の世界と違って、こちらの男の子は照れもせず普通に女の子を褒めるのですね。うっかり勘違いしそうになりますわ。

「……ユールシアっ」

そこに、なにやら一瞬呆《ほう》けていたリックがズカズカと私たちのほうへ歩いてくると、いきなり私の腕を掴みました。え？　最近自重していたのにどうしたの？

「行くぞ」

「はい？　え？　どこへ？」

よく分からないまま困惑する私をリックは右腕を掴んだまま歩き出す。

「待ってください！」

引きずられ始めた私をノエル君が私の左手を握ったまま引き留める。

「殿下……ルシア様が痛がっています」

私の左手を強く握りながら、ノエルが王族であるリックに強い瞳を向ける。

「それなら、其方が放せばいいだろう」

「そういう問題ではありません」

「それなら、何が問題だと……？」

そのまま睨《にら》み合《あ》うリックとノエル君。

ええ〜〜？　なんで？　先ほどまで和気あいあいとしていたではありませんか⁉

私も、二人の男の子が私を取り合っているとか、そんな自意識過剰な勘違いはもうしませんが、それでもリックは私を妹のように想ってくれているはずですし、ノエル君もずっと聖女さまを崇拝してきましたから……どうなのでしょう？　庇護欲《ひごよく》が強すぎる……とか？

そこで勘違いをした女子なら、私のために争わないで、とか人生で一度は言ってみたい言葉を使えるのでしょうけど、そんなので喜ぶのは、うちのメイドか護衛騎士の女の子たちだけです。

蹲《うずくま》ったブリちゃんの足下に血だまりが出来て、サラちゃんが慌てたように彼女の後頭部へチョップを繰り返していますが、何か悪いものにでも憑《つ》かれたのでしょうか……。

＊＊＊

そんなことがありまして、現在の状況となりました。

それというのも、あのあと熊さんが気を遣って、私たち三人を同じ馬車に押し込んでしまったのです。

違う、そうじゃない。男の子二人に気を遣うのではなくて、私に気を遣ってくださいませ！

「「「………………」」」

ダメだ……何も言えません。彼らに『手を放して』の一言が言えないのです！

たぶん彼らの庇護欲が暴走しているのだと思いますが……なにがどうしてそうなったのか、何故か怖くて聞けません。

……次のお手洗い休憩はいつかしら？

王都からコルツ領まで数日間……結局、状況は改善せず、ずっとこんな感じでした。

それでも二人とも律儀といいますか、約束は守るといいますか、夜になると二人で手合わせをしていたようで、かなり白熱した稽古風景だったそうです。

私は？　もちろん寝ていましたよ？

健康のために！

そしてやっと！　やっとコルツ領へ到着いたしました！

長かった……トゥール領から王都に行くのと同じか少し長い程度の行程でしたのに、数倍にも感じました。あれほど周囲の人たちから心配されましたコルツ領行きでしたが、これほど到着を心待ちにしたことはありません。

本気で胃が痛かったのです……。

あの悪魔の精神さえ削る特殊空間から解放された喜びは凄まじく、その喜びはどれほどかと申しあげますと……こんな感じです。

「これはこれは、リュドリック殿下。そしてユールシア様、ようこそいらっしゃいました」

「お久しぶりです、リュドリック様！」

コルツ領の最初の街へ入ると、そこで出迎えてくれたのは豪華なドレスを着た貴夫人……カペル公爵夫人とその娘さんでありました。

「イザベラ夫人の出迎え、感謝する。コーデリアも久しぶりだな」

カペル公爵のお子さんって息子さんだけではなかったのですね。私よりも少し年上のご令嬢は、私を見て引きつった笑みを浮かべていましたが、目を逸らすように軽く頭を下げただけでその瞳はリックとノエルに釘付《くぎづ》けとなっていますね。

イザベラ夫人も私へ……ではなくニコニコとリックに挨拶をすると、これからの予定について話し始めました。

「本日はこの街にある我が家の別邸にお泊まりいただき、明日にでも我が城で晩餐会《ばんさんかい》を催す予定になっております」

「うむ。だが、明日というのは性急ではないか？　私は良いがユールシアが――」

「いえ！　その予定で結構ですわ」

突然、割り込むように発言した私に、皆が驚いて振り返る。

「ゆ、ユールシア？」

おそらくリックは、まだ九歳である私が長旅をしてきたのだから、到着した翌日くらいは休息にあてるべきだと考えているのだと思いますが、そうは問屋が卸しませんわ！

「初めましてイザベラ様、ユールシアでございますわ。その予定で大変よろしいと思います。カペル様もイザベラ様もとてもお忙しいのでしょう？　それにわたくしはこの地に光をもたらすために訪れましたので、いちいち休息などを取っていたらどれほど時間がかかるのか分かりませんわ。そんなわたくしの思いを酌んでくださり、カペル様も夫人もなんとお優しいことなのでしょう。リュドリック兄様もそう思いませんこと？」

「お、おう……」

満面の笑みで息も切らさずそこまで言うと、リックも気圧されたように一歩引き、唖然《あぜん》としていた夫人も、顔を引きつらせながらも笑みを浮かべた。

「そ、それはようございました。実はユールシア様にはお願いしたいことがございまして……」

「夫人、其方は――」

「まあ、なんでございましょう！　わたくしに出来ることならなんでも言ってくださいませ！」

夫人の言葉に反応したリックの言葉に食い気味に言葉をかぶせる。

「じ、実は、この地のコストル教会にて、呪いと思われるものに侵された子どもが――」

「分かりましたわ！　わたくしがその方を診ましょう、そうしましょう！」

「あ、ありがとうございます……？」

「お、おい」

またも食い気味に即決した私に、イザベラ夫人は何故か喜びよりも感謝よりも困惑気味に引いていました。

「こほん、それではユールシア様はわたくしがご案内するとして、リュドリック殿下は街の散策などいかがでしょう。娘がご案内しますわ」

気を取り直すように咳払《せきばら》いをしたイザベラ夫人がそう言うと、それを待ち構えていたようにコーデリアがリックの前に出る。

「ええ、わたくしがご案内しますわ！　教会などに行っても退屈なだけでしょう？」

その瞬間――一瞬だけどコーデリアが私を見て勝ち誇った顔をしました。でも……。

「いや、私は其方らの要請があったユールシアの仕事を見にきたのだ。ここで離れては私が陛下に叱られてしまう」

「「……え」」

その瞬間、私とコーデリアの呟《つぶや》きが重なり、彼女は目を見開いて睨むように私を見る。あら可愛らしい。

「ユールシア……？」

「なんでもありませんわ、リュドリック兄様。ほほほ」

「それなら、わたくしはご遠慮させていただきますわっ」

私とリックのやりとりをどう思ったのか、ご機嫌を害されたコーデリアちゃんは、ふん、と鼻を鳴らすようにして背を向け……。

ガシッ。

「ご一緒いたしましょう。コーデリア様」

「ひぃいっ」

即座に手を摑んで引き留める私に、コーデリアが怯《おび》えたように引きつった声をあげた。

「ゆ、ユールシア様っ？」

「おい、ユールシアっ」

私の突飛な行動に、イザベラ夫人とリックが戸惑い気味に私を呼ぶ。でも、ここで引き下がりはしません！

「イザベラ様、リュドリック兄様……ごめんなさい。わたくし、不安でつい、お姉様のような雰囲気を持つコーデリア様に縋《すが》ってしまいましたの……」

「まあ……」

「…………」

私が硬直したコーデリアの腕に縋りつきながら、彼らと視線を合わせないようにそう呟くと、二人は複雑な表情でそれ以上は何も言いませんでした。

せっかくの〝肉盾〟を逃がしはしませんよ！

それとまあ、やっぱりお姉様ほど美味《おい》しそうではありませんねぇ。


馬車の中でまた二人に挟まれないように肉盾を使い、馬車でその教会に到着すると、入り口は神官騎士によって封鎖され、外からでも異様な気配が感じられました。

「……あちらですわ」

漂ってくる腐臭に似た香りに顔を顰めたイザベラ夫人が指し示す先に、神聖魔法を使う神官たちに囲まれた、膿《うみ》が滲《にじ》んだ包帯だらけの子どもを抱きしめる若い母親の姿がありました。

「なんて酷い……」

石の床に座らせたら腰が冷えちゃいますよ！

「お願いします、この子を助けて！」

新たに現れた私たちに、若いお母さんが涙交じりの声で訴える。

なんでしょう？　病気かもしれませんが、やはり聞いたとおり〝呪い〟の可能性が高いですね。

夢で見た光の世界ではなかったみたいですが、こちらには呪いが存在します。

大抵の場合は悪魔がらみですが、今回の場合は魔術みたいですね。難しいですが魔術でも似たようなことは出来るのです。

違いといえば、悪魔の場合は対価を払ってその場から遠隔で呪いを放ちますが、魔術の場合はほぼ〝罠《わな》〟として使います。宝箱とか、大事なものに仕掛けて、それに触れたものを呪う形ですね。

その場合は術者が死んでいても発動するから厄介です。この子の場合もそんな呪物に触れたせいかと思いますが、平民っぽい人たちがどうしてそんな物に触れられる機会があったのでしょう？

「出来ないのなら素直に謝ったらいかがです？」

「そんなことを言ってはダメですよ、コーデリア。ユールシア様はまだ幼いのだから」

「はーい。申し訳ございませんわ、お母様」

私から離れて、ハンカチで口元を押さえた肉盾さんとイザベル夫人が何か言っていますね。とりあえず、謝るなら私に謝るのではなくて？　まぁいいけど。

今は気分が良いので気になりません。肉盾、ありがとう！

そんな想いを込めてニコリと微笑みを向けたら何故か怖がられました。酷い。

それはそれとして、確かに肉盾さんの言われるとおり、普通の神聖魔法では呪いを解呪するのは難しそうですね。

この子の場合は病気の呪い。おそらくですが、病気と呪いを同時に治さないといけない感じです。

それなら普通ではない魔法を使えばいいのです。

その母子に近づいていく私を、神官たちが止めにくる。

「これ以上は危険です。近寄ってはなりません」

神官たちからは、子どもである私を気遣うような感情と、子どもである私を侮るような感情があるようですね。王都やトゥール領ではそれなりに私のことは知られていますが、カペル公爵家の方たちは私のことをどのように伝えているのかしら？

「大丈夫ですよ」

――バチンッ！

「なっ……結界が勝手に⁉」

私が近づいただけで消えてしまった結界に神官たちが驚愕の声をあげる。……私が近づいたから聖なる結界が壊れたわけではありませんよね？

「助けて……」

「はい」

救いを求める母子に優しく微笑み、緩やかに手を広げる。

「――〝光在《ひかりあ》れ〟――」

イメージするのは、光の世界で見た〝ゲーム〟のアイテム。

その中で一番強い薬品は、死以外のあらゆる状態から一瞬で回復するもので、もったいないから使ったことがなかったようです。（意味なし）

今回は私が使う魔法なのだから全然懐は痛みませんが、庶民派の私としてはなんとなくドキドキして額にうっすらと汗が浮かぶ。

柔らかい光が広がり、属性のない濃密な純魔力が物質化して光の羽毛となって飛び散ると、一瞬で疵痕《きずあと》一つない〝すっぴん〟状態の子どもが目を覚ます。

「……おかあさん、どうしたの？」

「ああ、聖女さま！　ありがとうございます！」

きょとんとしている子どもを抱きしめ、お礼を言うお母さんに私は冷や汗を流しながらニコリと頷いた。

良かったわ……。他の人が平気で。

感染する病気だったらまずいので、とりあえず教会内すべてにかけましたけど、入れ墨とかもちろんのこと、この世界に美容整形とかありましたら元に戻ってしまうのですよ。

とりあえず、顔が変わっている人がいないので、セーフ。

「おねえちゃん、ありがとー」

「いいのですよ。痛いのがなくなって良かったですね」

母親に事情を聞いたのか、にこやかにお礼を言ってくれる小さな男の子の頭を、私はそっと撫《な》でてあげました。

見てください！　わたくし、お姉さんです！

「それで……あの……喜捨なのですが……」

ああ、そういえばそんなシステムがありましたね。

神聖魔法での治療はほぼ宗教関連で牛耳っていますが、基本的に料金は取れないので、喜捨という形になります。

だから払わなかったりする人もたまにいるそうですが、そうなると次から、申し訳ありませんが他の患者が待っておりますので後ほどご連絡いたします……とか普通にあるそうです。

それに宗教関連だからこそ、治療による喜捨は重要な収入源となります。施設が維持できないと治療も出来ないので必要不可欠なことです。

それなので、ある程度症状による治療費も決まっています。骨折くらいなら一般人の月給と同額くらいが相場ですかね。術士の魔力次第ですが三日くらいで治りますし、普通に治そうとしたら何ヵ月もかかりますから。

ただねぇ……今回私がやった魔法になると状況が変わります。

あの夢の世界で例えるのなら、『心臓移植手術とその後の感染症予防治療の全費用』程度の金額は必要になるのではないかと思います。

「……神の御心のままに」

どうしようかと思っていますと、あらかじめ計算でもしていたのでしょうか、一人の司祭っぽい人がお盆に載せた紙を一枚持ってきました。

どれどれ……うげ。

「てい」

「どわぁあああああああああああああああああああ!?」

私の横を通り抜けようとした司祭さんに思わずツッコミを入れてしまうと、そのおじさんは面白楽しいポーズのまま教会の隅まで滑っていきました。

ひらひらと舞い落ちる〝請求書〟を摑んで握りつぶし、手の中で燃やしながら私は母子に穏やかに微笑みかけた。

「喜捨は必要ありませんよ。むしろ、良い経験をさせていただきましたわ」

「で、ででで、でで、でも……」

何故か怯えられてしまいました！　でもわたくし、くじけませんわ！

「こちらは教会ですが、今、わたくしが使った神聖魔法は普通の魔法ではなく、わたくしが考案したもので、使うのも初めてなのです。そんなもので高額な喜捨をいただいたら、それこそ神様の御心に叛《はん》すると思うのです」

――ゴゴゴゴゴゴゴゴゴゴ――

『ひぃ！』『地震が⁉』『神様がお怒りだ！』

またですか。この地方の精霊か土地神か知りませんが、呼んだだけで、いちいち脅えるのはやめてくれませんかね？　食べたりしませんから。

でも都合よく私の魔法に硬直していた人たちも、私へのツッコミを忘れてくれたみたいで助かりました。

「……おかあさん、おかしぃ」

「し、静かにしていなさい」

男の子のほうは何が起きたのか理解していないのか、暢気《のんき》にお菓子をねだっています。

でも男の子はそれでおとなしくすることはなく、母親のかばんを勝手に漁ると、見つけた小さな焼き菓子を私のほうへ差し出した。

「おねえちゃん、おかしあげる！」

「まあ！　ありがとうございます。とても素敵な〝喜捨〟をいただいてしまいましたわ」

ね？　とこれで終わりにするように周囲に視線を向けると、やはり子ども相手に高額な喜捨は心が痛むのか、神官たちが私から目を逸らしました。

……どうして、その子のお母さんやリックたちまで目を逸らしやがるのですかね。

まあ、甘いといえば甘いのですが、お金なんて無いところから搾り取るのではなく、カペル家《有るところ》から搾り取ればいいのですよ。

神官たちが何故か仔《こ》ウサギのように脅えた瞳を私へ向ける中、男の子を連れた母親は何度も私にお礼を言って教会から帰っていきました。

でも大丈夫かしら……？　この教会も数日封鎖していたみたいですし、喜捨がなかったことであの母子が次に治療を受けられなかったら困りますね。

でも、大丈夫です。その後この街のお偉いさんらしき人がいらっしゃいまして、教会と話を付けてくれました。その胸には……

「女神の御心のままに……」

例の『光に闇をもたらす……なんたらの会』の会員証が輝いていました。ついでに頭皮も。

この世はやはり、コネと金なのです。後で闇をもたらしておきましょう。

やはり、解放感が半端ではありませんね。思わず、あの馬車から脱出できた喜びではしゃぎすぎてしまったようです。

帰りもあるのかと思うと気が重いのですが。

それと……

「……これって」

あの男の子に貰《もら》ったお菓子、なにかおかしいのです。

良い香りがするといいますか、どう見ても母親らしき人の手作りで、ヴィオも出来るなら食べないほうが良いと言っていましたが、あの子の〝心〟……？　魂の残滓のようなものを感じるのです。

これまでもミンや私をよく知る人の作った物は〝味〟を感じることがありましたが……もしかしてこれ、『供物』なのではありませんか？

第七話　晩餐会《ばんさんかい》になりました

「……本当にこれでいいのかしら」

カペル公爵家の居城にて、メイドたちを下げて一人になったコーデリアは今日起こったことを思い返していた。

本来ならコーデリアは明日の朝に、コルツ領の玄関と呼べるあの街からリュドリックたちと一緒にここへ戻るはずだった。だが、本日のことで強い衝撃を受けたコーデリアは、夜になったらリュドリックの寝所へ向かえという母の言葉に今まで感じなかった疎ましさを覚え、具合が悪いからと理由を付けて夜のうちに城へと帰り着いた。

ユールシア……。ヴェルセニア大公家の公女で、国王陛下の孫娘で、聖王国の顔である『姫』と呼ばれ、聖女と言われる、コーデリアより年下の女の子。

母のイザベラは、それをただの贔屓《ひいき》だと言っていた。元第二王子の娘だから贔屓されて、身の丈に合わない称号を与えられ、ちやほやされているだけの小娘だと。

コーデリアは後妻の娘だが、カペル家唯一の女児で身体も弱かったことから、父にも異母兄たちにも愛されて育った。兄たちは消極的だったが、父であるカペル公爵は大公と仲が悪いらしく、母の意見に同調して大公家の人間を目の敵にしていた。

そんな中で育ったコーデリアも、自然と母の思惑に同調して、ユールシア公女を生意気な小娘だと考えるようになった。

一番気に入らなかったのは、コーデリアがほのかな恋心を抱いていたリュドリック王子と、ユールシア公女が婚約するかもしれないという噂《うわさ》があったからだ。

母は言った。コーデリアの望みを叶《かな》えてあげると。

リュドリックをコーデリアの婿として迎え、いずれはカペル公爵となってもらうと。

それなら兄たちはどうなるのか？　両親と兄たちの意見が合わないようになってから二人は王都の魔術学園から戻っていないが、それでもコーデリアにとっては優しい兄だった。

母はそんなコーデリアの問いに、二人はどこか遠くへ行ってもらうので問題ないと言った。

兄たちは王都に残るのだろうか？　二人に会えなくなるのは寂しいが、王都なら二度と会えないほど遠くはないと、コーデリアは母の言葉を信じた。

でも――

実際に会ったユールシアはコーデリアの想像を超えた、あらゆる意味で規格外の人物だった。

金の瞳に金の髪。

神が創りあげた天上の美貌……。

その姿は、まさしく〝黄金の姫〟の名にふさわしく、これほど美しい人間がいるなどこれまで考えもしなかった。

最高の地位と最高の美貌。丈夫な身体に豊かな才能というコーデリアに無いものを持つユールシアに、コーデリアは嫉妬した。

だが、彼女はコーデリアの思い描いていた『小生意気な娘』とは違っていた。

コーデリアより二つも年下で、初めて来た土地で聖女としての仕事を求められた彼女は、コーデリアのことを〝姉〟のようだと慕い、歳相応の姿を見せた。

母はユールシアの押しの強い様子を不快に感じ、コーデリアも面食らったが、それも、歳相応の不安を押し殺すためなのだと気づき、末子のコーデリアはずっと欲しかった〝妹〟に重ね合わせ、次第に彼女のことを愛らしく思えるようになっていった。

それでも母に合わせて彼女に文句を言ったが、その後に見せた、真の聖女である慈悲深い姿と光を受けて、コーデリアは心に溜《た》まっていたどす黒い澱《おり》が溶けていくような思いがした。

覆っていた〝嫉妬〟という膜が剥がれた瞳でユールシアをよく見れば、彼女が母と同調するコーデリアを少し悲しそうに見ているのに気づくことができた。

真の聖女でありながら、愛らしく素敵なユールシア。

リュドリックは幼い頃よりさらに凜々《りり》しく成長していたが、彼がユールシアを心配する様子は今の自分と同じものだと気づいたコーデリアは、自分では王子の婚約者として不足であると思い知る結果となった。

だが……。

そうなると、これまで普通に考えていたことがおかしいと気づく。

母の語るユールシアと実際に会った彼女の評価は真逆だった。

いくら大公家と仲の良くない両親でも、実際に彼女を見てまだ評価を変えないのはおかしい。あの教会で呪いに侵されていた子どもも、母が用意したのではないかという考えが頭をよぎる。

今まで考えないようにしてきた。

知っていてもたいしたことはないと思っていた。

数日前、母が知らない商人を城に招き、今まで見向きもしなかった安物の装飾品を買っていた。

母は、あまり良くない物だから近づかないように言って、コーデリアも特に気にしてはいなかったが、ユールシアが神聖魔法を使い、その光の中で崩れ去った、子どもが身につけていたお守りに見覚えがあった。

きっと母は良くないことをしようとしている。

父や家の者たちがどこまで関わっているのか分からないが、意識が変わり、それが良くないことだと思ったコーデリアは、きっと不安を覚えている〝妹〟のために何かしなければと考える。

「わたくしが……この〝お姉様〟が、あなたを守ってあげますわ！」

＊＊＊

何故か、私を敵視していたコーデリアちゃんが先に帰っちゃいました……。

メインディッシュのお姉様ほどではないにしても、おやつくらいには食欲をそそる彼女が、教会

の後には普通になっていたことは結構ショックでしたが、まあ、夫人とカペル公爵の熟成に期待しましょう。(泣)

さて、カペル公爵のお城に着いたら晩餐会《ばんさんかい》です！　休む間もなく晩餐会です！

ただみんなで飯を食うだけじゃないかと思うかもしれませんが、公爵家の行う晩餐会が家族だけで飯を食うはずがありません。

夜会ほどではないにしても色々と有力者が出席するはずですし、男子であるリックは着替えるだけでいいかもしれませんが、私は速攻でお風呂に入って、ヴィオたちに全身を磨かれて、色々と塗りたくられて、髪を結われて、決めていたドレスの着付けをしなければいけないのです。

ちょーめんどくせぇ準備をしなければいけませんのよ。

でも、昨夜もそうでしたが、一晩でも余裕ができると、あの二人がまたギスギスするかもしれないので仕方ありません。

ですが、晩餐会はいいとしまして何か宴会芸とか必要かしら？　ピアノとかお歌とかも一応貴族令嬢の嗜《たしな》みとして習っていますが、踊ったりしながら歌ったりしなくていいのですか？

「……ユル様はそこにおられるだけで良いと思いますよ」

本当に？　歌って踊ったりしなくてよろしい？

私の髪をわしゃわしゃ洗いながらヴィオがそう言って、お手伝いしている他の侍女だけでなく、私に忠実なティナやファニーまでも普通に頷《うなず》いていました。

……本当にいいのですか？　別に私が踊って歌ったりしたいわけではないのですが……。

居るだけで良いって、私はお飾りですか。

そしてようやく晩餐会の時間になりました！

別に待っていたわけでもないのですが、時間に余裕を作らないのが心の平穏に繋《つな》がるのです。

「ルシア様……綺麗《きれい》です」

「ありがとう、ノエル」

本日も私の護衛ですが、子爵令息としておめかししたノエル君が褒めてくれました。それだけならいいのですが……。

「ユールシア」

「はい」

立場的にエスコート役は王子様のリックです。肘を私のほうへ突き出し、私がその腕に手を回すと、リックとノエル君が私の頭上でまた睨《にら》み合《あ》っている気配が伝わってきます。

……あ、また胃が痛くなってきました。

私たちが会場に入ると、席に着く前に挨拶をしようと色々な人がいらっしゃいましたが、私たちの雰囲気を察して、そそくさと離れていきました。

やめて。これ以上、変な空気にしないで。

――あっ！

「カペル公爵様っ！」

主催として出迎えにいらしたカペル公爵を見つけて、私はとっさに引き留めようとするリックとノエル君の手を躱《かわ》して、カペル公爵のところへ向かう。

カペル公爵は、なんといいますか……例の会員であるゼッシュさんのお兄様らしく、まあ、頭皮がお綺麗な方でしたが、そんなことは気にしません！　今なら三割引きで闇をもたらしてもよいと思えるほど、待ち望んでおりました！

「ユールシア嬢、此度《こたび》は私の要請に応じていただき、あり――」

「まあ、まあ！　そんなことはございませんわ、カペル公爵さま。わたくし、お目にかかれるのを本当に楽しみにしておりましたのよ！　その頭皮も三割増しで輝いて見えますわ！」

私の最大級の賛辞に、何故かカペル公爵の笑顔が引きつる。

「ゆ、ユールシア嬢はお口が上手でございますなっ。そうやってゼッシュの奴も誑《たぶら》かし……おっと失礼。引き込んで――」

「カペル公爵も興味がおありですか！　興味があるのなら是非ともゼッシュ様にご相談なさると、親身に語ってくださると思いますわ！　会員の方々は、それはもう良い方ばかりで、本当に沢山の贈り物をいただきました！　是非、カペル公爵様もご一考くださいませ！」

食い気味に一歩カペル公爵へ踏み出すと、何故か彼の足が一歩下がる。

「ぜ、ゼッシュのことはどうでもよい。あやつはもう我が家とは――」

「なんということでしょう！　ゼッシュ様もカペル公爵様と同じくらい立派な方ですわ！　もし、お話しするのが恥ずかしいのなら、不詳わたくしが仲介をしますわ！」

カペル公爵の額に汗が流れ、唇が震え始める。どうしたのでしょう？

「ごほんっ！　それは本当にどうでもよろしい。それより今回の晩餐会は北のテルテッドより良い果実酒を取り寄せております。大公家の果実酒よりよほど……おっと失礼、まだユールシア嬢に酒は早かったですな」

頭皮の汗をハンカチで拭いながら、ニヤリと笑みを浮かべるカペル公爵。なかなか胡散《うさん》臭くて素敵ですわ。

「まあ、ありがとうございます！　わたくしのようなお子様のために飲めもしない果実酒を大量に取り寄せるなど、浪費具合が資産家らしくて公爵様らしいですわ！　お父様は堅実な方ですが、もう少しカペル公爵様を見習って、浪費をするべきなのかしら？」

私がカペル公爵のお金持ち具合を褒めると、彼の全身が小刻みに震えだした。

「そ、そうですな。若輩には分からないこともあるのです。そんなお子様であるユールシア嬢が、ヴェルセニア大公の娘というだけで、分不相応に担がれるのは大変でしょう？」

「まあ、まあ、分かっていただけますか！　どれもこれもお祖父《じい》様……国王陛下のご命令ですもの、わたくしも逆らえませんし、困っていましたのよ！　是非ともカペル公爵様から陛下に一言もの申してくださいませ！　なんならすぐにでも会談の予約を……」

「い、いや！　それには及びません！　ええ、及びませんとも！」

今度はカペル公爵が食い気味に私の言葉を遮る。顔中から汗が噴き出していますが、本当に大丈夫でしょうか？

「なかなか、ユールシア嬢も大変なようですな。では、ユールシア嬢はご自分の『姫』や『聖女』

の称号は重荷でいらっしゃる、と？」

何か苦痛を耐えるようにカペル公爵が無理をして笑ってみせる。

「わたくしが陛下から、そうであれと決められたのは四歳の頃でしたが、王都の貴族の方々は皆様賛成なさったようで、本当にわたくしやお父様が何か言う暇もなく決まってしまいましたわ！　公爵家の方々にもお嬢様はいらっしゃるのに、どうして何も仰らなかったのでしょうか？」

「それは血筋や魔力量……いや、我が娘は身体が弱いので仕方なくですな……」

「コーデリア様はお身体が弱いのですか⁉　それでしたらわたくしが癒やしましょう。王都にはゼッシュ様もいますのでそちらで静養でも……」

「娘をどこへ連れて行くつもりだ！　いや……大変失礼をした」

「良いのです。娘さんは大切ですもの、よく分かっておりますわっ」

共感するようにニコリと微笑むと、何故かカペル公爵の顔色が青くなる。

やはり父親ですから、愛娘と離れるのはお辛いのですね。せっかくノアが〝おもてなし〟したいと珍しく言っていましたのにとても残念です。

「そ、そうだ。では、聖女と呼ばれるのは本意ではないと？　あの事件で大勢の子どもが巻き込まれたと聞いております。誰のせいなのでしょうなぁ？」

「まあ！　リュドリック兄様やそこにいる護衛の彼も巻き込まれた方たちなのですよ！　お話を聞きたいですか？　呼んできましょうか？　三人だけでお話をされますか⁉」

「いや、結構！」

あの二人を押しつけようとしたら拒否されました！　勘のよい人ね！　〝きゅぴぃん〟と光が奔《はし》ったり、時が見えたりするのかしら？

「そ、それで、ユールシア嬢は、本当に『聖女』と呼ばれるほどの神聖魔法を使えるのですかな？　昨日のことは聞き及んでいますが、本当にユールシア嬢が行ったので？」

「ああ、実際に見ないと分かりませんよね！　見せますか？　やりますか？　先ほどから具合が悪そうですが『祝福の宴』も使えますよ？　今の魔力でやると大天使が舞い踊ると思いますが、それはそれで、壮大な――」

「や、やめてくれっ！　……っ、失礼！　急用を思い出した！」

「え!?　ちょ……」

ああ！　待って！　私の！　癒やしが！　去っていく……。

引き留めようとした私の声が聞こえなかったのか、突然背を向けたカペル公爵は、そのまま素晴らしい早足で何処かへ消えていきました。

……お手洗いかしら？　悪いことをしましたわ。

「……心配するだけ無駄だったな」

名残惜しげにカペル公爵が向かったお手洗い（？）の方角を見つめる私の背に、溜息《ためいき》交じりの声が届く。

「リュドリック兄様……？」

なにやら脱力したように肩を落としたリックは、少しだけ眉を顰《ひそ》めていました。あら、どうしたのかしら？

「どうしたって……其方《そなた》、今の会話はどういうつもりだ？」

「はい？」

何かあったかしら？　少々はしゃぎすぎた自覚はありますが、特におかしな会話はなかったように思います。

「リュドリック兄様やお父様にもご心配をお掛けしましたが、カペル公爵様も話してみれば、普通に紳士的な方でしたわねぇ」

「其方……」

「……ルシア様」

リックの隣でなにやら身構えていたノエル君も同じように肩を落として、そんな二人は互いに気づいて力のない笑いを浮かべると、二人して溜息を吐きました。

「もぉ、なんですの？」

「……いや、其方はそのままでよい」

「ええ、そうですね。ルシア様はそのままでいてください」

何故か息もぴったりに二人がそんなことを言ってくる。

あれ？　二人ってギスギスしていませんでした？　もしかして夜中の稽古で〝なかなかやるじゃねぇか〟的な男の子の友情でも芽生えたのでしょうか？

男の子は不思議ですね！　よく分かりませんが、これで私も胃痛から解放されそうです。

「ユールシア様っ」

そんな私たちのところへスカートを摘まむように早足で近づいてきたのは、カペル公爵の娘であるコーデリアでした。

ああ、やっぱり灰汁《あく》が抜けて、魂がこざっぱりしています……（涙）

「大丈夫？　ユールシア様、お父様に変なことは言われていませんかっ？」

「え……」

近づいてきたコーデリアは、リックやノエルが止める間もなく私をぎゅっと抱きしめた。

どういうこと？　あなた、リックのことが好きなのではないの？　ノエル君のこともちょっといいとか思っていたでしょ？　それがどうして私が抱きしめられているの？

「コーデリア様？」

「怖かったのですね、大丈夫です。この〝お姉様〟がいますからね！」

「は？」

お姉様？　どうしてそうなりました？

「リュドリック殿下もそちらの方も、殿方が二人もいて何をなさっているのですか！　可哀想に、ユールシア様がこんなに脅《おび》えているではありませんか」

「いや……別に」

「えっと……」

「言い訳は聞きません！　やはりここは、わたくしがあなたをお守りしてみせますわ。本当のお姉様だと思っていいのですよ」

「あ、はい」

あれぇ？　何故か私を敵視していたはずのコーデリアが、コルツ領にいる間は守ってくださるそうです。……あれぇ？　なんかこう期待していました、ドロドロとした汚泥のような悪意のやりとりはどうなりました？

そんな感じで晩餐会が始まりました。……あれぇ？　なんか思ってたんとちゃうわ。

通常の晩餐会なら大テーブルをみんなで囲んで、食事をしながら身近な人とおしゃべりをするのかと思っていましたが、これだけ人数がいるとそうはいきません。

結婚式の披露宴を想像すればいいでしょうか。八人掛け程度の沢山の円卓があり、そこに関係者ごとに分けられて食事をして、前菜や飲み物が運ばれてくる合間に、下の方々が上の方々のテーブルに赴いてお酒を注いだり、お話をしたりするそうです。

今回は私の歓迎会なので、てっきりカペル公爵家の方々と同じテーブルかと思っていましたが、何故か彼らとは違うテーブルみたいです。どうしてなのでしょうね？

それで私たちのテーブルには、私とリック、ノエル君と……ば、ばる……？　熊さんが席に着いて、何故かコーデリアまで当然のように私の隣に腰を下ろしておりました。

「ユールシア様、小食なのですか？　こちらはこの地の名産品でとても美味しいのですよ」

「はい……」

何故か、小さい子のお世話をするようにコーデリアが私の世話を焼いてきやがります。

だから、知らない人が作ったごはんなんて、味がしないのですよ！

何かチーズっぽい物を熟成させて味わいを増した感じのお料理を出されても、その旨みが感じられないのだから、ただの臭い粘塊なのですよ！

「お、おいしいですわ……」

「そうでしょ！　お姉様の分も食べていいのですよ！」

やめろや。

どうしたらいいの？　一応、お父様の娘として来ているわけですし、期待していた悪意もあまりありませんし、ノアやティナに〝味付け〟してもらおうとしても、がっちりコーデリアにガードされて、挨拶にくる人どころかリックでさえも近づけません。

て、いうか、リックはもう隣のノエルとご飯を食べながら普通に会話をしているし、誰でもいいから助けてください！

「ユールシア公女殿下……」

「まあ！」

そこに私の救世主が現れました！　……けれど。

「ああ……カリスト様ですか」

以前にシグレス王国で会った、貧相な（大変失礼）おじさんの姿に、思わず私のテンション駄々下がる。

「大司教様、わたくしのユールシア様に何のご用ですの⁉」

「い、いえ……その」

ところ構わず噛《か》みつくようなコーデリアの剣幕に、カリストが気圧されたように半歩下がる。

「まあ、まあ、お待ちになって」

ですが！　ここは誰であろうと逃すことはできません。私の口にねじ込もうとするコーデリアのカトラリーをやんわりと遠ざけ……いや、本当にいりませんから！

「お久しぶりでございますね」

私はカリストにニコリと微笑んだ。

「お、お久しぶりでございます、公女殿下！」

それはいいとしまして、どうしてシグレスにいた彼がこんな場所にいるのでしょう？

「よく来ていただきました。このたびは、そのお礼とご挨拶に参りました」

「…………」

私は柔らかな笑みを浮かべたまま静かに頷く。…………はて？　と思っていましたら、隣の席にいるリックが小さな声で囁《ささや》いた。

「（彼は数年後にタリテルドに戻るようなことを言っていたと、ノエルが言っているぞ）」

「（ああ！）」

もちろん覚えておりましたわ！

「それではカリスト様が新しい大聖堂の大司教となられるのですね？」

「はい、この地に公女殿下をお迎えできて光栄です！」

よかった……間違っていませんでした。確かに戻るとか言っていたような気もします。しかし、あの彼がカペル公爵家のお膝元でコストル教の責任者とは、世の中狭いですねぇ。

「それでその……」

「はい？」

「ここにくる前の教会で、呪いの喜捨を……その……」

「ああ……」

来るときのお話ですか。

「わたくしが魔法をかけて解呪と治療をした件でしょうか？　あの母子も大変でしたわね。偶然、コストル教に関係のないわたくしが魔法を使えて良かったですわ」

「え……いや、その」

「教会の方が魔法を使われていたら、喜捨が必要なのでしょう？」

「だから、その……」

「わたくしと同じ魔法を使えたら良かったのですが、もし教会で使える方がいらっしゃったら、治療の邪魔をしてしまったかしら？」

「いえ……」

よし、勝った。ていうか、弱いですね！　責任者がそれでいいのでしょうか？

まあ、治療費は宗教施設の重要な収入源ですから、責任者だから気にするのでしょうけど、今回は諦めてもらいましょう。

「ちなみに……あの神聖魔法でどれほどの魔力をお使いで？」

「そうですねぇ……。『祝福の宴』三回分くらいでしょうか？」

「っ⁉」

高位神聖魔法【祝福の宴《ファンタジア》】――。

あの悪魔召喚事件で死にたがっていたノエル君を周囲の子ども諸共治療した魔法で、後から聞いた話ではこの国でも使える人が少ない希少魔法だとか。

人間でも使えるのならそれほどレアでもないのでは？　今回はもうちょっとだけ多めに魔力を使いましたが、人間でも魂の限界まで絞りきればなんとかなりますよ。ね？　とリックやノエルに視線を向けると彼らは諦めきった顔をして、吠《ほ》えていたコーデリアもぽかんとお口を開けているではありませんか。

「そ、それほどの魔力を平然と……」

カリストは驚愕《きょうがく》したようによろめいて、何かを求めるような瞳を私へ向ける。

む？　もしかして魔力の使用量で喜捨の額が変わったりするのかしら？　コストル教は国教ではありますが、この地の大聖堂のために魔法を使う気はありません。

「ユールシア公女殿下に、是非ともお願いしたい儀がございます」

ほら来た！

「カリスト様、どうなさいました？」

私がインターフォン越しに新聞の勧誘員を相手にするような緊張感を持って接すると、彼は高い立場に就いたにもかかわらず、平伏するように頭を下げた。

「是非とも、是非とも！　あなた様の強大な魔力を、〝神〟のために使っていただきたいのです！　私にできることは何でもいたします！　だから是非とも！」

「ちょ、頭をお上げくださいっ」

なんてことをするのですか⁉　周囲からじろじろ見られていますよ⁉　これでは私が虐めているみたいではありませんか！

こういう手で来るとは……流石《さすが》は大司教ですね。何が流石かわかりませんが。

しかし、怪しすぎますわ！　なんの説明もしてないではありませんか。

「それで、どこで何を？」

「カペル公爵殿に場所をお借りして、その地で神への祈禱《きとう》を行う予定です。警備は私が懇意にしている〝勇者一行〟に依頼する予定ですので、安全面でもご安心いただけます！」

「勇者……さまですか」

ここでまた出てきますか……。

胡散臭い人たちで、思い出せばまた笑いがこみ上げてきそうになりますが、彼らがいるということは……〝お姉様〟もいらっしゃるのですね。

「よろしいですわ」

「おおお……ありがとうございます！　公女殿下！　いえ、聖女さま！」

「おい」

喜ぶカリストとは対照的に、やはり胡散臭さを感じていたリックが小声で文句を言ってくる。

「仕方ありませんわ、リュドリック兄様。これも勤めです」

「そうなのだが……」

国教から神のためと言われたら、よほどのことがないと王族は勤めとして断れません。——と、リックは考えているのでしょうが私の〝勤め〟は違います。

祈禱というのはやたらと怪しいのですが、もし私たちの裏社会管理計画とかち合うことなら、後で潰すために見ておいたほうが良いでしょう。

やはり、なんと言ってもお姉様です！　最近色々ありまして深刻に癒やしが欲しいのですよ！　お姉様は放っておくと怪しい人たちとか魔族とか関わっていくので、熟成に影響がでたら泣いちゃいますからね！

ああ、お姉様、わたくしはあなたと会えるのを心の底から楽しみにしておりますわ！


「ルシア……様」

「ノエル？」

軽い足取りで立ち去っていくカリストを見送っていると、それを見計らってノエル君が話しかけてきました。

「さっきのカリスト大司教は、信じられる人なの？」

「それは俺も聞きたい」

ノエルの言葉に乗るようにリックも眉間に皺《しわ》を寄せる。

「俺もそのカリストという大司教の名は初めて聞いた。仮にもこの聖王国で大司教となる者なら、知っていてもいいのだが」

なんかすっかり普通になっちゃっていますね、二人とも……。

別に悪いことではありませんし、ギスギスすると私の胃にも負担がかかるので、とても良いことなのですけど……なんか寂しい。

「一応はシグレス王国で大司教を務めていた方ですから、ただの感情や印象だけでお断りすることもできませんわ」

「それはそうだが……」

情勢からすればカペル公爵と何か変なことをしている感じかしら？　興味はないけど、上手に策略にかかってあげられたらカペル公爵家の弱みになるかもしれません。

「……ユールシア様」

ずっと静かにしていると思いましたら、コーデリアが何か思い詰めた顔をして私に声をかけてきました。

「あなたが行くのなら、そのとき、わたくしも行きますわ。お父様は止めるかもしれませんが、ユールシア様と一緒なら、お母様やお父様も思《おも》い止《とど》まるかもしれません」

「コーデリア様……」
彼女は何か知っているのでしょうか……。
その表情からは私のこと、家のこと、父親のこと、母親のこと、綺麗ごとと、貴族としてそうではいられないこと、色々なことを抱えてギリギリで踏みとどまっている感じがして……なんか、ゾクゾクしますね。（邪悪）
そうして晩餐会は特に波乱もなく……無かったですよね？　波乱もほとんどなく終わり、カリストの誘いに乗ることへの反対意見も封殺できたと思いましたら……。

「ユル様、わたくしは賛成できません」

「ヴィオ……？」

会場を出て、カペル公爵家から与えられた客室へ向かう途中、不意に私の後ろを歩くヴィオからそんな声が聞こえて足を止める。

ヴィオは私たちの給仕もしてくれていたので、カリストの話も聞こえていたのですね。

「皆様、先にお部屋へ向かってもらえますか？」

「ユールシア。俺も納得したわけでは……」

「ルシア様、リュドリック殿下の護衛はお任せください」

「おい、ノエルっ」

まだ納得していないらしいリックを、ノエルと熊さんが少々強引ですけど連れて行ってくれました。私の護衛として、ブリちゃんとサラちゃんがまだ残っていますが、従者の四人がそれとなく離してくれる。

今回の遠征では、私の護衛の他にもリックの護衛としてタリテルドの最高戦力である聖騎士が三人も来てくれています。三人？　少なくない？　と思う人もいるかもしれませんが、なんか魔法防御力が高い魔銀《みすりる》？　とかいうお高い素材で作られた全身鎧《よろい》を着て、上級の神聖魔法まで使う、単独でカバより強い人たちなのです。

そこまでの護衛がいても安心はできないのでしょうね……。

ヴィオが気にかけているのは、そこではありませんから。

「ヴィオ……。あなた、昔から教会が嫌いでしたね」

「覚えていてくださったのですか。その話をしたのはユル様が二歳の頃でしたが」

「ヴィオ。あなたは……フェルやミンも、わたくしは家族だと思っていますよ」

私が生まれたときから側にいてくれた彼女たちは、もう大事な家族と一緒です。そんな私の言葉にヴィオは目を細めて微笑んでくれました。

「なにが不安なのですか？」

「お答えしたら、考え直していただけますか？」

「まだ……わかりません」

困ったように笑う私に、ヴィオも緩んだ空気に少しだけ苦笑する。

「ユル様には以前、私とリア様……あなたのお母様との関係を話したと思いますが、覚えていらっしゃいますか？」

「はい」

ヴィオは魔術学園時代にお母様の後輩で、妹のように可愛がられていたと聞いています。彼女の実家が傾いたときや勉学が遅れそうになったときは、お母様が手伝ってくれたと。

「私はユル様と同じく、幼い頃より神聖魔法を使えました。水と風魔術の適性もあり、魔力も多かったことから、とある司祭の目に留まり、何度も誘いを受けました」

「そうなのですね……」

なんか……似たようなことがあるような？

「勉学や実家である商家の手伝いもあり、お断りしたのですが、彼は何度も執拗《しつよう》に勧誘をしてきまして、それでも断ると実家の周りでよくないことが起き始めたのです。そのときリア様が懇意になされているモルト大司教が動いてくださり、実家もなんとか立て直すことができました」

「……その司祭は？」

「モルト大司教は破門とするように働きかけていましたが、コストル教内で彼を庇《かば》う動きがあり、他国のコストル教会へ移籍となったそうです」

「はぁ……」

なんですか、それ？　確かにそんなことされたら、宗教嫌いにもなりますね。

でも……あれ？

「……その方のお名前は分かります？」

私は目を細めて微笑むように訊《たず》ねると、そんな私に何を感じたのか、ヴィオは一瞬躊躇《ちゅうちょ》するように口籠もり、重い口を開いた。

「確か……〝カリストリス〟と」

「まぁ」

私の笑みが自然と深くなる。自分ではどんな顔をしているか分かりませんが、わずかに冷や汗を流すヴィオだけでなく、引きつった顔で首を振るノアやニアを見ればなんとなく分かります。

「わかりました」

「で、では……」

「要請は受けたいと思います」

「ユル様っ」

心を変えない私に伸ばしてきたヴィオの手を、私はそっと両手で包み込む。

「あなたの不安。心配は理解しました。だからこそ、わたくしは〝家族〟であるあなたのために、それを晴らしたいのです」

「ユル……さま」

ヴィオは私の言葉に感極まったような表情で、私の手に自分の額を寄せた。

心の澱を晴らしましょう。私が〝人間〟に生まれてから知っているあなたの心を守りましょう。

でも、ごめんね……ヴィオ。

私は〝悪魔〟なの。

あなたの綺麗で小さなお姫さまではなくて、私は悪魔としてあなたたちが暮らすこの世界を、悪魔として救ってあげる。

めっちゃ楽しみになってきましたわ。

＊＊＊

荒涼たる北の大地――魔族《エビルレース》の国。まともな水はなく、空には数千年にも渡る無念が渦巻き、晴れることのない曇天となり、けして太陽を見ることはない。

大地も、そこに住む者たちの心も荒れ果てた世界、魔族の国にて、魔王城の地下深くにある巨大な魔法陣には絶え間なく魔力が注がれていた。

だが今は、そこを管理していた大柄な魔族の姿はない。彼は主人である魔王のため、自ら人族の国に赴き、この地へ送るための魔力を集めてくれている。

魔王軍の将軍の一人であり思慮深い彼が直に動けば、人族に気づかれることもなく魔力を集めることはできるだろう。

その証拠にこの一年余りは、これまでより遙《はる》かに多くの魔力を魔法陣に注ぐことができている。

「彼奴はおらぬのですかな、魔王殿《エビルロード》」

「……ギアスか」

地下の巨大魔法陣を見つめていた魔族国の王は、語りかけてきた声に振り返る。

魔導師のような古びたローブを纏《まと》った一人の老人がそこにいた。実際に老人であるかは分からない。それどころか魔族であるかどうかも分からない。

知っているのは、彼が魔王である男と同等の魔力を持ち、魔術に深い造詣があること。そしてその名が〝ギアス〟であることだけだった。

そんな怪しい人物がどうして魔王城の中にいるのか？　どうして魔王と会話をすることが許されているのか？

それは、強さを尊ぶ魔族の中でも卓越した魔術と知識……その知識によって、魔王の望みを叶えるため、この巨大魔法陣の技術を伝えた人物だからだ。

「……向こう側へ行っている。彼奴が動いてくれたのだから、おそらく遠からず吉報を寄越すであろう」

「ひっひ、それは重畳《ちょうじょう》……。これで我らの望みは叶いますなぁ」

「……そうだな」

ギアスが何を考えているのか分からない。もしかしたら大きな間違いを犯しているのかもしれないが、それがたとえ悪魔の罠《わな》であろうと、魔王は魔族という哀れな民のためにもう引き下がることはできなかった。

（せめて……無事に帰ってくれ……コードル）

第八話　呼び出されしモノ

晩餐会《ばんさんかい》から数日後、私たちは迎えに来たカペル公爵家の馬車に乗って、公爵家所有の古城へと向かっております。

「お姉様たちがいる、お仲間ご一行が迎えに来てくださるかと思いましたが、残念ですわ」

「……そうだな」

私の呟《つぶや》きにリックが何かありげな返事をする。あれれ？　リックはお姉様方と面識がありましたっけ？　親戚だから普通はあるか。

途中でお姉様方がアレになりましたから、色々とあったのでしょうね。

今回の馬車は領内の移動ということで、大公家の高速馬車ではなく一般的な六人乗りの馬車に乗っています。そういうわけでリックとノエル君は私たちの対面に座り、私の両隣には侍女のヴィオと……

「ユル様のお姉様ですか？　きっと素敵な方なのでしょうねぇ」

ついてくることになったコーデリアが私の腕を抱え込むように座っております。

私を父親から守ろうとしてくれて、いつの間にか私を愛称で呼ぶようになりましたが……だんだんシェリーとキャラが被っていませんか？　あそこまで突拍子もない娘《こ》にならないでね。割と本気で純真なままのコーデリアでいてほしいと心から願っております。

「お姉様ですか？　それはもぉ！　素敵すぎる可愛らしい方ですわ！」

「まあ！　わたくしもお目にかかれるのが楽しみですわ！」

私とコーデリアがそう言って微笑み合っていると、少しだけ奇妙な表情をしたリックが眉を顰《ひそ》めながら溜息《ためいき》を吐く。

「其方《そなた》は暢気《のんき》だな……」

狭い馬車はまあいいのですが、今回向かうその場所が、カリストがカペル公爵家から借りた城だと聞いて、リックもノエルも若干ピリピリしている気がします。

……私が心配だからですよね？　私がずっと〝笑顔〟だからではないのですよね？

だって、可愛らしいお姉様たちにも会えますし、カリストにもどんなお仕置きをしようかと考えていたら、自然とそうなっちゃうのですよ。

最近のわたくし、『人間らしさ』から外れかけていませんか……？

ウン、ワタシハ、マダ、ダイジョウブ。（？）

それからしばらくして……。

「ユル様、城が見えてまいりました」

「ありがとう、ヴィオ」

おっとりと人間らしく微笑み、私はヴィオのいるほうへ身体を寄せ、高価な硝子《ガラス》張りの窓からお外を見る。その古城はカペル公爵家の領都から離れた場所にあり、森が開けた場所から綺麗《きれい》な湖とその湖畔に立つ小さなお城が見えました。

それだけ聞くと、景色の綺麗な良い避暑地のように聞こえますが、コーデリアも初めて行くということは、たぶん、手入れが面倒なのでしょうね……。

湖周辺は私より背の高い葦《あし》だらけですし、お城の周りも見事に雑草という名の大草原になっておりますし、その影響か、お城にツタが這《は》ってなんだか古城と言うよりも廃城感がしております。

金持っているならなんとかしなよ。


「リュドリック殿下、並びにユールシア様、ようこそおいでくださりました」

古城の前で待っていたのは、数名の侍女を連れたカペル公爵夫人イザベラでした。その後ろで挨拶をしたそうにしていた本来のホストであるカリストが、何かパクパクと酸欠のお魚のように口を開けて、結局何も言えずに黙り込む。

「お母様！」

「まあ、コーデリア。リュドリック殿下とご一緒だったのね。沢山お話はできたのかしら？」

「わたくしはユル様と……」

「ダメですよ、ちゃんと恥ずかしがらずにリュドリック殿下とお話しするのですよ」

「お母様……」

この母子は仲が良さそうに見えましたが、あれは単純にコーデリアが洗脳されていたような状態だったのかしら？　そこからわずかでも外れると会話もできなくなるのですね。

そんな二人の様子にリックが溜息を吐くように前に出る。

「今回は、そこの大司教殿に招かれたと記憶しているが？」

リックが私の言いたそうなことを代弁してくれると、イザベラ夫人は悪びれもせずに微笑んだ。

「我が家の城で、我が家が資金を出しておりますのよ。せっかくですからカリスト殿に代わっていただいたのです」

「そうか。では実際何をするか、其方は知っているのか？」

「ホホホ、それは見てからのお楽しみと言うことで、まずは軽い食事を用意してありますので、こちらへ」

「……分かった」

どうでもいいですけど、イザベラ夫人は私のことを下に見ている感じがしますねぇ。何か複雑な感情がありそうですが……もうちょいついて熟成させたら美味《おい》しくなるのかしら？

「では参り――」

「さあ！　ユールシア様、こちらです！」

案内するために何か言いかけたイザベラ夫人にかぶせるように、ようやく出番が回ってきたカリストが元気いっぱいに案内役を買って出てくれました。

「皆様、参りましょう。コーデリア様も」

「……はい」

私がそう言ってコーデリアの手を取り歩き出すと、リックは素早く私の隣に並び、逆にノエルは数歩離れて傭兵《ようへい》たちに指示を出していた。

みんな、真面目だなぁ……。

私が暢気にそんな関心をしていた、そのとき――

「姫っ！」

古城の大広間へ案内されると、誰か、なんとなく聞いたことのあるような声が響く。

大広間でした、と言うべきなのかしら？　以前は夜会などが行われていたはずのその場所では、魔術師のような人たちが大きな魔法陣のようなものを準備していました。

なんでしょう？　召喚魔法陣と似ていますがどこか違いますね。そんな作業をしていた輪の中から、人の間をすり抜けるようにして近づいてきた青年が駆け寄ってくる。

「おお、麗しの姫よ。さらに美しくなられましたね」

「……お久しぶりですね、アルフィオ様」

出ましたね。シグレスの勇者（自称）、アルフィオ君です。

なんか視線がネチっこくて名前で呼ぶのも抵抗があるのですが、シグレス王家が認めていない人間を勝手に勇者とも呼べません。

聖王国で『勇者』は『聖女』並みに重要な称号なので、カリストが勇者と呼んでいるだけでも、ほぼアウトなのですよ。

アルフィオは私へ近づくと跪《ひざまず》き、お手々にキスでもするように私の手を取ろうとして——

「其方、一国の姫に対して気安くはないか？」

その手を掴《つか》んで止めたリックが跪いたアルフィオを上から見下ろし、高圧的な声を出す。

「……君は？」

遮られたアルフィオが下から不機嫌そうに問い返す。

「タリテルドのリュドリックだ。其《そ》の方《ほう》、この国に来て知らぬとは言うまい」

「……っ」

さすがに王子様の名前は知っていたのかアルフィオも引き下がり、顔を不満に歪《ゆが》ませながらも形ばかりに頭を下げた。

「これは、失礼しました。すみませんねぇ、俺はお貴族様でも、この国の人間でもないんで」

うわぁ……態度悪いなぁ。

金銭なり魔術なり剣術なり、自分の力に自信のある人は異様に権力を敵視するといいますか、こんな態度をとる人もいるのですよ。

ただ、今回は相手が悪い。王位継承権もある王族相手にとる態度ではなく、不敬というよりもその無礼さに、聖騎士の一人が剣の柄に手を添えました。……が、それに気づいたリックが片手を振って止める。

「其方の名は？」

「……シグレスのほうで勇者と呼ばれております、アルフィオといいます」

自ら〝勇者〟を名乗るアルフィオに、リックだけでなく騎士たちが不快そうな顔をする。

「なるほど。シグレス王国の王妃である伯母上《おばうえ》からは、其方のことは何も聞いていないが、まぁよいだろう。もう下がってよいぞ。仕事に戻るがいい」

うわっ、バッサリ切りましたよ！

所詮は（自称）勇者（仮）ですからね。他の場所ではともかくこの国では、最低でも精霊に祝福されて覚醒でもしていないと話になりませんね。

「……失礼するっ」

顔真っ赤どころか顔色をどす黒く変えて戻っていくアルフィオを、追いついてきた勇者ご一行が心配そうな顔で出迎えていました。

その中にお姉様方もいて、ものすごいお顔でアタリーヌお姉様が私を睨んでいましたが、私が満面の笑みを返してあげると、ぎょっとしたお顔で引いていきました。

ああ、もぉ！　アタリーヌお姉様はなんて可愛らしいのでしょう！


「……ノエル」

「はい」

そんな様子を険しい顔で見ていたリックが声をかけ、それに応じたノエルが前に来て、私を守るように今度はリックとノエルの二人が私の両側に付く。

なんでしょう、今のやりとりは？　もうすっかり以心伝心というか相棒みたいな感じですか？

前のようにギスギスよりか今のほうがずっと良いのですけど、もうすっかり通じ合っているようで……うん、なんだろ？

男の子はよく分かりません。

「ユールシア。あまり簡単に男の接近を許すな」

リックが突然、お父様みたいなことを言いだしました。

「ごめんなさい、リュドリック兄様。気をつけますわ。それより……珍しいですわね。あれほど強い物言いをされるとは……まるで物語の『王子様』みたいで、素敵でしたわ」

私の言葉に心を持ち直したのか、コーデリアも赤い頬で頷《うなず》いていました。

私も、昔のガキ大将と違う大人っぽくなったリックを見上げるように微笑むと、彼は顔を顰《しか》めるように目を逸らした。

「……其方は、俺をなんだと思っているのだ？」

顔まで逸らしたリックの顔を覗《のぞ》き込《こ》もうとする私の頭をリックが軽く小突いた。少し耳が赤くなっています？

「叩《たた》かなくてもいいではありませんか」

別に痛くはありませんが、ちょっとだけ不満を表すように頬を膨らませますと、そんな私の頭を後ろからノエルがそっと撫《な》でてくれました。

「ノエル？」

「いや……すみません」

慰めてくれたのかしら？　きょとんと振り返るとノエルは真っ赤な顔で手を引っこめてしまいました。あらら、わたくし実は、甘やかされるのが大好きですのよ？

リックもノエルも、格好良いのになんか可愛い。

でも……やはり〝彼〟とは違う。

それはいいのですけど……私たちの背後で何か噴き出すような音が聞こえたのは、またブリちゃんが悪いモノに取《と》り憑《つ》かれたのかしら……。


「これは、リュドリック殿下。迎えに出られず申し訳ありませんな」

イザベラ夫人とカリストの案内で、食事をするお部屋らしき場所に通されると、歓待の準備をしていたらしいカペル公爵が出迎えてくれました。

「なにぶん城がこんな状態なので、広い場所が用意できなかったのは申し訳ないのですが、全員は入れませんので、お付きの方々には別の場所に歓待させていただく所存です。もちろん、兵士の方々にも食事を用意しておりますぞ」

「そうか。配慮を感謝する」

カペル公爵の言葉に若干不審そうな顔をしながらもリックがそう返す。

言っていることは特におかしくありません。全員を同時に歓待できるはずもなく、護衛や兵士などは別の場所で食事となるのが一般的です。

でもまあ、それも相手を信用しているから、なのですが。

それにしても……

カペル公爵は、どうしてわたくしと目を合わせてくださらないのでしょう？

彼はリックとばかりお話をして私のことを見てもくれません。一瞬視線が合いましても即座に目を逸らされるのです。そんな速さで顔を逸らして首が痛くありませんか？

前回はあれほど楽しくお喋《しゃべ》りをしていましたのに！

「広くない……のですか？」

「……いや、申し訳ありませんな。急遽《きゅうきょ》用意したので内装が揃《そろ》っていないのは、どうか勘弁いただきたい」

私がぽつりと零《こぼ》すと、本人も気にしていたのか私を無視しきれずに、どっと汗をかきながらやっとお返事してくれる。

でも、ツッコむところはそこではありませんよ。

食事をする場所としては広くありません。その代わり、やたらと置いてある正体の分からない魔力を帯びた箱のような物をどかせば、随分と広くなるのでは？

まあ、これ以上ツッコミを入れると、今も汗を流しているカペル公爵の言動がさらにおかしくなりそうなので、この辺りにしておきましょう。

「それとコーデリア。あなたはこちらにいらっしゃい」

「お母様っ」

イザベラ夫人が冷たい声で娘を呼ぶ。コーデリアの希望は私の側にいることでしたが、娘がいつまでもリックと会話をしないことで呼び戻すことにしたようです。

「いつからこんな子になったのかしら。わたくしの言うことを聞けないようなら、ここから出ていってもらいますすよ？　あなたはわたくしの言うとおりにしていればいいのです」

「……はい」

少し苛立《いらだ》つような冷たい物言いに、コーデリアが下唇を噛《か》んで下を向く。

「……イザベラ。何もそこまで強く言わなくても」

「あなたがコーデリアに甘いからこんな娘になるのです。後ほどあらためて教育をいたします。今日は大人しくしていなさい」

カペル公爵のほうは娘に情があるようですが、イザベラ夫人のほうはそうでもなさそうで、洗脳が解け始めたコーデリアは目を見開いて母親から父親のほうへ身を寄せていた。

「（ユールシア……）」

「（はい？）」

そこに熊さんたちと何やら話していたリックが私の耳元で囁《ささや》いてくる。

「（本来ならバルナバス卿《きょう》にも会食に参加してもらう予定だったが、代わりにノエルに参加してもらうことになった）」

「（それはいいのですが、どうしました？）」

私がそう問い返すと、リックは少しだけ眉を顰めた。

「（バルナバス卿には傭兵たちを纏《まと》めてもらい、すぐに動けるようにしてもらう。ここから先、何があるか分からないからな)」

なるほど、そういうことですか。

リックと熊さんは、カペル公爵が直接的に動くかもしれないと考えているのですね。イザベラ夫人はともかく、カペル公爵の魂はそこまでしでかしそうな感じではないのですけど……。


会食が始まり、私たちはカペル家の使用人が案内した席に着く。

結局、こちらのお部屋にいるのは私とリックとノエルだけになりましたね。ヴィオや私の従者たちも、同時に食事をしていただくようにと別室へ連れて行かれました。

まあ、念のために従者たちには、何かあったら私の関係者だけはどこかへ退避させるように言ってあるので大丈夫でしょう。

……大丈夫だよね？

まあ、そんな些細《ささい》なことはどうでもよいのですよ！

「アタリーヌお姉様？　そんなに眉間に皺《しわ》を寄せてしまったら、せっかくの可愛らしいお顔が台無しですわ」

「……あなたなんかに『姉』と呼ばれるなんて、なんの冗談かしら？」

ああ、もぉ！　本当に素敵すぎますわ、アタリーヌお姉様!!

カペル公爵はなんと、アタリーヌお姉様とオレリーヌお姉様のお二人も、この会食に招いてくださったのです！

勇者一行（笑）の皆さんは来られていませんが、さすがに末の妹を招いて、家を飛び出したとはいえ姉である彼女たちを呼ばないわけにはいきませんからね。それとも元々公爵令嬢でしたから、カペル公爵とも面識があったのかもしれません。

大きなテーブルの対面の席から、今にも噛みつきそうな愛らしいお顔で私を睨むアタリーヌお姉様。お隣のオレリーヌお姉様はそんな私たちに落ち着かないみたいで、オロオロとしております。

……それにしてもこの方は、あまり美味しそうになりませんねぇ。

「ごめんなさい、お姉様。大好きなお姉様方に会えたので、少々、はしゃいでしまいましたわ、お姉様」

「……あんた」

あら？　しおらしく謝ったのに何故かさらに睨まれました。

「そうそう、アタリーヌお姉様は、あの方々のお仲間になられたようですが、ちゃんとお食事はなされていますか？　高貴なお姉様方がどのように過ごされているのか、わたくし、とても心配していたのですよ？」

「ふんっ、少々頼りなくも見えますが、あの方の知識は素晴らしいもので、魔術や農業の特許も多く、あなたなんかに心配される筋合いはありません」

ツン、とそう言ってそっぽを向くアタリーヌお姉様。

「あらまあ！　それはとても素敵ですわ。少々お稚児趣味でもあるのかと思いましたが、安心いたしましたわ。お姉様方が嫁がれる先が見つかるのなら、お父様の心配も減りますわね」

「あんたっ！」

ダンッ！　とアタリーヌお姉様がテーブルを手で叩いて立ち上がる。はて？

彼が私の手に二度もキスをしようとして阻まれたのを見ていましたよね？　それ以上の美点があるのなら何故怒るのでしょう？　聖王国ではもうお二人の嫁ぎ先を探すのはほぼ絶望的なので、ちょうど良いと思ったのですが？

「や、やめなさい、ユールシアっ」

「オレリーヌお姉様？」

横からアタリーヌお姉様を宥《なだ》めながら、オレリーヌお姉様が私に注意をしてきました。

珍しいですね。彼女が自分から私に話しかけてくるなんて。なんとなくオレリーヌお姉様の視線が私とその隣に反復横跳びしていたので、そちらを見ると……。

「ユールシア……」

それまで私たち姉妹の愛の会話を黙って聞いていたリックが、眉間を揉《も》みほぐしながら長い溜息を吐く。

「その辺りにしておけ。久しぶりに姉たちに会えて嬉《うれ》しいのは理解できるが、其方はその……感情が高ぶると、素直すぎる発言が多くなる」

「はぁ……」

素直すぎる？　自覚がありませんねぇ。カペル公爵も私を避けるのは、そのせいですか？

「アタリーヌ……久方ぶりだな」

「リュドリック……さま」

リックは遠い過去に思いを馳《は》せるように……アタリーヌお姉様は泣くことを耐える幼子のような潤んだ瞳で見つめ合う。

「……（オレリーヌお姉様？）」

「（ひいっ……）」

視線で語りかけただけなのに、脅えすぎではないですか？

二人に何があったのかお聞きしたかったのですが、さらに視線で〝圧〟をかけると、オレリーヌお姉様は二人に視線を向けて、何も言うなと必死に首を振る。

ふむ。歳の近い親戚なのですから、リックとお姉様方は、幼なじみのような関係だったのでしょうか。でもそれだけでは無いような感情が渦巻いておりますね。

そういえばリックは昔、婚約をしていたと聞きましたが……もしかしてお相手はアタリーヌお姉様でしたか？

王家と公爵家の婚約が破棄となるなんて、本当にどんだけのことをしたのですか、お姉様。

「さ、さあ、食事にいたしましょう！」

このずどんと重い空気に耐えられなくなったカペル公爵が、突然叫ぶようにそう言って侍従たちに指示を出す。

まぁいいか。皆さん、なんだか大変ねぇ。

しかし……なんという会食風景なのでしょう。

カペル公爵はその場を和ますためか一人で喋り続け、その隣に並ぶイザベラ夫人は彼を無視していますし、リックはリックで不機嫌そうに黙々と食事を続け、アタリーヌお姉様は食事が喉を通らないのか一口も手をつけることなく、オレリーヌお姉様はオロオロとしながらやけくそ気味に食事をしています。ちなみに最初からいるカリストはずっと空気です。

いったい何が原因なのでしょう……。様々な要因はあると思いますが、なにか起点となった大きな原因があるような気がするのです。（自覚無し）

ですが、わたくし、これでも魔界で一番空気が読める悪魔でしたので、食事をせずに水だけを飲んでいましょう。

「あら、ユールシア様のような高貴なお方に、こちらの食事は合わなかったかしら？」

そんな私を見てイザベラ夫人がそんなことを言う。

「お母様、そんな言い方……」

「黙りなさい、コーデリア。これもユールシア様のためなのですよ」

なんでや。

それはそれとして……ツッコミ待ちでしょうか？

「カペル公爵……その者たちは？」

あ、リックが先にツッコミを入れたようです。

リックの護衛役である聖騎士まで排したのに、知らない男性が席に着き、その後ろに彼の従者らしき人たちが普通にいらっしゃいますよ？

「おおっと、これは失礼っ。すっかり紹介を忘れておりました」

この慌てようは、さっきの件で、素で忘れていましたね。

「こちらは、今回の儀式に関して、技術的な指導のためにテルテッドのほうからお招きした、コードル殿です」

消防署のほうから来ました的な紹介をされた巌《いわお》のような風貌の大柄な男性は、立ち上がるとニコリともせずに頭を下げる。

「コードル・ドレンと申します。あなた方のお噂《うわさ》は聞いております。研究一筋の無骨者ゆえ無礼があってもご容赦を」

研究者ですか。まるで軍人か人外のようにも見えますね。

「テルテッドの男性は皆様、コードル様のように鍛えていらっしゃるのですか？」

私がそう声をかけると、コードルは一瞬言葉に詰まりつつも、じっと見つめる私の笑みから目を逸らすようにして答えてくれる。

「……〝武装国家〟では、強さがなければ侮られるので」

武装国家テルテッド。

タリテルドが『聖王国』と呼ばれ、シグレス王国が『農業大国』と呼ばれていますが、これらはすべて正式名称ではありません。

タリテルドではそれを誇るように聖王国と呼びますが、他国相手に名乗りはしません。

シグレス王国は農業大国と呼ばれますが、シグレス王国の人間相手には使いません。

テルテッドでは一部の軍人のみ自国をそう呼びますが、やはり他国相手に名乗りません。

だから彼がテルテッドの人間ではない、ということにはなりませんが、コードがテルテッドの軍人というのも違いますね。

もう、ツッコんでもいいでしょうか？

「だからそれほど、人を超えた力をお持ちになっておられるのですね」

ニコニコと私がそう話しかけると、コードルが目を見開いて私を見る。

だってさあ、コードルと彼のお付きっぽい数名の従者たちは、ぶっちゃけ〝人間〟ではありませんよね？

だからといって、私たち悪魔や精霊のような精神生命体でもありません。

なんと言えばいいのでしょうね。この国ではあまり見ませんが、この世界には動物が魔素を取り込みすぎて心臓に魔石を生成した、『魔物』という生物がいるそうです。

私は直にそれを見たことはないのですが、もしその魔物が人の姿をしていたら、このような気配になるのではないでしょうか？

コードルが何かを考えるように黙り込み、そんな空気の中で一応王子様のリックが話題を作るようにカペル公爵へ話しかける。

「ところでカペル公爵。カリスト殿の話では、ユールシアの魔力を『神』のために使うと言っていたそうだが、具体的には何をするつもりだ？」

質問というより詰問気味の口調で問うリックの言葉に、カペル公爵は若干安堵《あんど》した顔をしながらも、まるであらかじめ決められていた台詞を読むように語り出す。

「カリスト殿の理想に感銘を受けまして、支援をしてまいりました。彼のその理想とは、コストル神、もしくは女神の眷属《けんぞく》を一時的にでも降臨させられる受け皿を造り、この世界を導くための対話をするというものでした」

「……そんなことが可能なのか？」

「それですら第一段階です。いずれは大神と対話をすることが目標となりますが、そうなればこのタリテルド聖王国は、南方の〝教国《きょうこく》〟さえもしのぐ真の神の国となるでしょう！」

そんな夢見がちなことをカペル公爵は熱く語る。

教国……たしかこの大陸の最南にそんな国があると聞いたことがあります。

タリテルドと同じ宗教色が強い国ですが、その国では女王が〝神〟として民を導き、崇められているみたいです。夢の世界にもそれっぽい国はありましたねぇ。

タリテルドとは政治形態も宗教の在り方も根本的に違いますのに、カペル公爵には変な対抗意識でもあるのでしょうか。

それもまあ、彼らが信じるような神様なんて本当にいるのなら、の話ですが。

「では、あなたのような方がテルテッドに居られたのは、その研究のためでしょうか？」

「……そうですな」

私が再びコードルに語りかけると、彼は眉間に皺を寄せながらも短く答えてくれる。

人間の世界で生きる人外も大変ねぇ。もしかして人間のふりをしているのは内緒だったのかしら？　その苦労、大変よく理解できますわ。

お力にはなれないかもしれませんが頑張ってくださいねっ、と励ますように微笑んだら、コードルの従者たちが慌て始め、彼は引きつったお顔でまた視線を逸らされました。何故⁉

「ゆ、ユールシア様、お食事が進まないのなら、飲み物などいかがかしらっ」

突然、イザベラ夫人が早口で話に割り込んでくる。

どうしたのでしょうね？　私は飲み物もいらないのですが、食事もしないのに飲み物も断ったら失礼になるかもしれません。

「イザベラ……？」

「コードル様がテルテッドの珍しい飲み物をお土産にくださったのよ。せっかくですから、ユールシア様にも味わっていただきましょう」

「そうなのか……」

カペル公爵は知らなかったようです。旦那様も知らない物を男性からプレゼントされているなんて、イザベラ夫人も罪な女ですね。

イザベラ夫人は侍女に何かを命じて、数本のボトルを持ってこさせた。私だけではなく全員に注いでいるので、よほど美味しい物なのでしょうか。

オレンジ色の不思議な色合いをしていますね。なにか……キラキラしたものが見えるのですが、なんでしょう？

「それでは、タリテルドとテルテッドの未来に！」

カペル公爵はそう言って乾杯をするようにグラスを上げる。

あら……これって。

「どうした、ユールシア？」

「いえ、美味しかったので」

ちゃんと味がありますね。ほろ苦い甘さのある〝悪意〟という味が。

でも、これ……

「……っ」

「ユールシアっ⁉」

私が突然呻《うめ》いたことで隣にいたリックが慌てて立ち上がる。でも、そのリックもふらつくように額を押さえ、それに気づいて動こうとしたノエルと共に倒れ込む。

お姉様たちやコーデリアも眠るように意識を失い、私の異常を察した従者たちが隣の部屋から扉を蹴破るように飛び込んできた。

ああ、なんてことでしょう。

「ユールシア様！」

「主人様！　ファニー、転移を！」

「だ、だめ……」

「主人様の魔力が安定していないっ」

従者たちはあまり飲んでいないようね、良かったわ……。

「……〝光在れ《ひかりあ》〟……」

私を中心に光が広がり、倒れた人たちを包み込む。

たぶん、中和はできたはず……。

「お願い……」

これほど強いなんて……。だから、あとはお願い。

＊＊＊

「……人間どもっ！」

愛する主人《あるじ》を害されたティナが怒りのままに力を振るおうとしたとき、それを〝吸収〟の力を持つニアが肩を摑んで止めた。

「離しなさい、ニア！」

「ダメだよ、ティナ！　ユールシア様のお言葉を忘れたの⁉」

「くっ」

四人の大悪魔《アークデーモン》たちは事前にユールシアから指示を下されている。

それは今回のことに限ったものではなく、もしユールシアが対応できない状態になった場合、まずは主人の身近にいる人間を守るというものだった。

ユールシアとしては、人間としてのしがらみで動けないとき、問題が起きた場合に従者たちが暴走しないように釘《くぎ》を刺しただけなのだが、大悪魔たちはそれを忠実に守ろうとしていた。

この場で大悪魔が本能のまま暴れたら、まず人間であるユールシアの友人たちが死ぬことになる。守る、守らない、の話ではなく、力を解放した大悪魔の瘴気《しょうき》に人間が耐えられないのだ。おそらくは肉体だけでなく魂までも穢《けが》れてしまう。

「三人ともよく聞け。主人様の命に従い、まずは主人様が懇意にしている人間どもの安全を確保する。ヴィオや他のメイドも倒れたことから、別の場所にいる者どももおそらく眠らされているはずだ。見つけ出して全員を城の外に放り出せ。ファニー、君と僕とでやるぞ」

「うん！」

纏《まと》め役《やく》のノアがまずはファニーに指示を出す。纏め役を命じられているので冷静さを保っているが、普段自分を『私』と言うノアが素に戻るほど内心は怒り狂っていた。

「で、ですが、主人様は……」

「今の状態では、主人様の転移は無理だ。体内の魔力が暴れて、僕たちの魔力では主人様を安全に運べない」

「では、どうするのです！」

「主人様が安定するまでニアの能力で抑える。ティナは主人様とニアを守れ」

「分かりましたわ」

役割を決め、ノアがリュドリックとノエルを担ぎ、ファニーがユールシアの姉たちを抱き上げ、部屋の外に連れ出していく。

「ニア、大丈夫？」

「なんとか」

残ったティナとニアが、二人がかりで暴走しようとするユールシアの魔力を押さえ込み、その反対側でその場に残った人間たちが動き出した。

「ど、どういうことだ⁉」

悪魔たちが動き始めた頃、何も聞かされていなかったカペル公爵が倒れていく客人に目を剝いて慌てていた。

「ユールシア様の従者たちが殿下を連れ出したようね。……面倒な」

「イザベラ⁉」

妻の物言いにカペル公爵が振り返ると、彼女は倒れた娘のコーデリアを優しく抱きながら、冷たい瞳で金色の少女を見つめていた。

「コーデリアは無事なのか⁉　あの酒はお前がやったのか⁉」

「何を慌てていらっしゃるの？　コーデリアは眠っているだけですわ。できれば全員眠らせておきたかったのだけど、ユールシア様が事前に対策をしていたのかしら？　本当に聖女らしくて忌々しい娘だこと」

「何を言っている⁉　この事態をどう収拾するつもりだ！」

確かにユールシアは倒れる寸前光を放っていた。それが解毒の魔法だとすればイザベラは本当に彼女たちに毒を盛ったということになる。

事態に慌てつつも状況を理解しようと必死となっている夫に、イザベラは温かみのない冷たい笑みを向ける。

「あなたのお手伝いをしてあげたのよ？　彼女の〝魔力〟が欲しいのでしょう？」

「イザベラ……」

カペル公爵が最初に企てた計画は、この国を守るための魔術機構を構築することだ。

カペル家は王家の血を引く公爵家だ。もしも王家に何かあった場合はそれに代わって民を導き、王家に間違いがあればそれを正すことも公爵家の役割だった。

今の王家は人が好《よ》い。平穏な時代なら良いが、今は南方の〝教国〟のように、大陸の中央で肥沃な土地を持つタリテルドを狙う国も少なくはない。

そのためカペル公爵は、安定しない召喚魔法や精霊魔法を魔術的に組み合わせ、神や精霊といった高位存在の力を安定して借りることのできる機構を提案した。

だが、聖王国という神の権威が強い国で、それを操ろうとしているとさえ思えるカペル公爵のやり方は王家に受け入れられず、計画は断念せざるを得なかった。

それでもカペル公爵のやり方に賛同してくれた他の貴族家もあった。コーエル家がその筆頭であり、次期当主と目されていたアルベティーヌは気位こそ高いが、彼女の貴族らしい高潔さは尊敬に値するとカペル公爵は思っていた。

だが……当時第二王子であったフォルトが婿に入ったことで、コーエル家の方針は一変する。

彼はアルベティーヌを退け、自らが公爵になると、国家の護りの要は隣国との協力や連携にあると考え、外交に力を入れ始めて王家もそれを推すことになった。

そのときからカペル公爵家とコーエル公爵家は政治的に争い始めたが、次第に元王子を有するコーエル家の意見が通るようになる。そしてアルベティーヌが亡くなり、コーエル家が名のみを残して事実上の解体となってフォルトが大公となると、両家の溝はさらに深まった。

おそらく国王陛下は、我が子と孫娘を守りたい気持ちもあるだろうが、国の護りを強化する意味も込めて王家の予備となる大公家を復活させたのだろう。

確かに現在残る四つの公爵家は王家の血筋から分かれた分家ではあるが、数百年の時が過ぎて王家の臣下に成り下がってしまっていた。

臣下である以上、その命を国家のために費やすことは当然なのだが、臣下を死地に送るには今の国王は優しすぎた。だからこそ我が子にその役目を与えるため、そして自らがその責を負うためにフォルトを大公にしたのだろう。

だが、だからこそ国家のために命さえ懸けようとした公爵家の矜持《きょうじ》を汚された気がして、カペル公爵はそれを許せず、内密に自分の計画を再開することを決めた。

理論上は可能ではあるとカペル公爵は考えていた。だが、その術式の構築は困難を極め、現時点でも判明している課題……膨大な魔力確保の目処がつかなかった。

しかし、その術式と魔力確保の両方を解決する伝手を持ってきてくれたのは、後妻となったイザベラであった。

彼女はカペル家に仕える暗部の家系であり、その伝手を使い、シグレス王国に飛ばされていたカリスト大司教と、テルテッドの研究者であるコードルをカペル公爵に紹介した。

カリストはカペル公爵の考えに理解を示し、コストル教として協力することを約束した。

コードルもその知識をもって術式を作り上げ、大量の魔力を確保する方法を教えてくれた。

二人とも癖があり怪しい人物ではあったが、それまで味方のいなかったカペル公爵は理解してくれた彼らを信じて、計画を進めることにしたのだ。

コードルが言うには、魔力には〝質〟があり、できるだけ火や水などの属性を持たない、純粋な魔力が良いらしい。

特に神聖魔法を使える人間をカリストの協力で集め、高純度の魔力を確保していたが、それでも必要量に足りないと悩んでいたカペル公爵に、再び妻のイザベラがある人物を教えてくれた。

属性魔術を使えず、膨大な魔力をもって〝聖女〟と呼ばれるユールシアなら、おそらく数百人分の純魔力を得られるはずだと。

あの男の娘に頼るのは業腹ではあったが、自らの思惑と違うことに魔力を使われるのなら、アルベティーヌを蔑ろにしたフォルトと王家に対する意趣返しにもなると、カペル公爵はイザベラの提案に頷いた。

それがどうしてこうなったのか。

「あなた、いい加減腹をくくられたらいかが？　いずれにしろ事が公になれば、王家や大公家とも良い関係ではいられませんよ」

「お前がそれを言うかっ！」

最初はこの城にいるだけで魔力を吸収する機構を作り、その中心にユールシアを置いて、本人に気づかせず魔力を得るはずだった。だが、イザベラとコードルはそれでは足りないと考え、意識を奪った上で〝搾り取る〟ほうが効率が良いと考えたらしい。

その状態でユールシアの魔力を奪えば、それだけで規定値に近い魔力を得られるという。そのために彼らはユールシアに一服盛ったのだ。眠らせるだけではない。魔力を解放し易くする危ない薬も使っているはずだ。

だが、そのために予定になかったリュドリック王子さえ巻き込んだとすれば、カペル家は大公家、そして王家との確執が確実となる。

カペル公爵はあくまでタリテルド聖王国のためにこの計画を進めている。王家と敵対し、国を二分してまで進めることは本意ではなかった。

「それなら、日和見《ひよりみ》な今の王家に代わって、あなたが〝王〟となれば良いのではありませんか」

「何を言うか⁉」

「王家や大公家に内密に事を進めていたのも、国を守りたいからでしょう？　国のために何をするのが最善なのか、あなたには分かっておられるのでしょう？」

イザベラの美しい微笑みと甘い吐息に、カペル公爵は思考が痺《しび》れたように纏まらず、困惑する。

「こちらにはリュドリック殿下もいらっしゃいます。あなたが無理と言われるのなら、殿下にコーデリアの婿となってもらい、新たな王となってもらえばよいのです」

「………」

イザベラは以前より、リュドリックに婿としてカペル家に入ってもらうことを言っていた。だがそうなれば、カペル公爵の二人の息子はどうなるのか？

それもあってイザベラの提案を退けていたカペル公爵だったが、今は思考が痺れて深く考えることができなくなり、倒れ込むまで眠る愛娘を抱きしめることしかできなかった。

「それではこれからは、このイザベラが采配を振るいます。まずはユールシア様の従者が連れ出した殿下の確保。それと旦那様とコーデリアを別館へ移動させなさい」

「はっ！」

指示を出すイザベラに数名の者たちが音もなく動き出す。それから意思を問うようにイザベラが周囲を見回すと、すでにカペル家の使用人として、数年前より入れ替わっていた暗部の配下たちが一斉に頭《こうべ》を垂れた。

「よろしい」

イザベラは元実家の者たちの態度に満足げに頷く。

彼女は聖王国の民でありながら神という存在を心から信じてはいない。それでも『神』と呼ばれるほど〝力〟のあるモノが存在することを知っていた。

一部は土地神などとして信仰される『精霊』や『悪魔』がそれだ。それらの力の一端でも借りて使うことができれば大きな益となるだろう。だからこそ神を信じていないイザベラも、それを研究するカペル公爵の考えに同意した。

だが、イザベラの目的はカペル公爵の目的とは違っていた。

カペル公爵の後妻となったイザベラはカペル家麾下《きか》の暗部をすべて統括する立場にある。実家の父も兄も弟も今は自分の配下であり、カペル家に忠実な彼らは家のためだというイザベラの考えに理解を示し、カペル公爵本人を謀《たばか》ってでもイザベラの計画のために動いてくれた。

「あ、あの……イザベラ夫人、これはどういうことで？」

「あら、カリスト様……」

イザベラが視線を向けると、そこには何が起こったのか理解できずに落ち着きのない姿を見せるカリスト大司教の姿があった。

おそらく敬虔《けいけん》な信徒である彼は、用意した薬入りの酒を飲まなかったのだろう。

カリストは一線を退いたとはいえ枢機卿《すうききょう》の後ろ盾を持つ。それゆえに問題を起こしても破門とならずに他国へ追放されたのだが、その思想は今回の計画の役に立つとわざわざ帰国の手助けをした。

けして有能な男ではないが、その一途な思想とコストル教会への影響力は馬鹿にできない。だからこそ切り捨てられない面倒さを感じながらも、イザベラはカリストに微笑みかけた。

「問題ございませんわ、カリスト様。これで我らの〝神〟が降臨なされるのです。あとはゆるりとお待ちくださいませ」

「そ、そうですか……」

カリストは倒れたユールシアを気にしていた。おそらく彼女を本物の聖女とでも考えているのだろうが、それも〝神〟と呼ぶにふさわしい〝力のあるモノ〟が降臨すれば問題はなくなる。

王家と敵対して国家が二分しても、聖王国と呼ばれる国で、国教であるコストル教会さえ支持してくれるのなら、いくら王家派の貴族が騒いでもいずれ沈静化する。

「イザベラ」

そこにもう一人、近づいてくる者がいた。

テルテッドの研究者コードル。イザベラは彼の正体を知っている。

彼らが自ら明かしたわけではないが、彼らが暗部を通じてこちらに接触してきたとき、利用できると考え、あえて追及しなかった。

コードルはこちらを利用しているつもりかもしれないが、利用するのはこちらのほうだ。

それに協力者として関係を築けていれば、タリテルドは人類側に与《くみ》していながら人類の敵と裏で手を組み、人間国家の中で事を有利に運ぶことができると、イザベラは貴族的な思考と暗部的な思考の双方でそう結論を出した。

「どうしました？　コードル」

「俺と部下は準備を進める。聖女の従者に邪魔をさせるなよ」

「かしこまりましたわ」

＊＊＊

「……何が起きた？」

ユールシアの神聖魔法で毒素が中和されたリュドリックが目を覚まし、ふらつく頭を押さえながら身を起こす。

「……起きられたので？」

「其方は……」

どこか知らない森の中、見回したリュドリックの視界に飛び込んできたのは、他の場所にいたはずのバルナバスやヴィオを含めたユールシアの関係者で、先ほどの声はそんな彼らを森の地面に寝かしていたユールシアの執事のものだった。

どこか面倒くさそうに肩越しにこちらを見るその視線に、リュドリックはわずかに退《ひ》いてしまう。

ユールシアの従者たちは主人である彼女にのみ絶対的な忠誠を誓い、この国の王子であるリュドリックには表面上の敬意しか払っていなかった。

その執事は事あるごとに冷たい視線をリュドリックやノエルへ向ける。他の従者は女性ゆえそれほど関わることもないが、同じ男だからこそ自分たちを監視するような彼の視線がリュドリックは少し苦手だった。

「……る、ルシアは？」

どうやら次に目を覚ましたらしいノエルが、額を押さえながらも開口一言目で放った言葉にリュドリックは慌てて周囲を見る。

「そうだ、ユールシアは⁉」

彼女の姿がない。最後に覚えているのは急激な眠気に襲われて意識を失う寸前だった。

「何があった⁉　何故、ユールシアがいない⁉」

襟首を掴むように食ってかかるリュドリックに、ほぼ同身長の執事はビクともせずに冷徹なままの冷たい視線を返してくる。

「カペル公爵家に一服盛られたようです。現状、ユールシア様はすぐに動かせる状態ではなかったので、護りに専属騎士と専属侍女を一名ずつ残してあります」

「なにっ⁉」

淡々と状況を説明する執事にリュドリックは愕然《がくぜん》とする。ユールシアを守る。ただそれだけのために無理を言って付いてきたというのに、自分はいったい何をしているのか？

「すぐに行かないと……」

ノエルがふらつく足取りで愛する少女の許《もと》へ向かおうとするが、それを執事がまた冷たい声音で止める。

「そのざまで何ができるので？　主人様が倒れられる寸前に神聖魔法を使われましたが、まだ動かないほうが良いでしょう」

「貴様こそ、ユールシアを放って何をしている⁉」

感情もなく事実を告げる執事にリュドリックは激高するが、その怒りは彼の腕を掴んだ執事が放つ冷たい殺気で霧散する。

「ユールシア様の命令です。あの方が事前に、何かあった場合はまずあなた方の身の安全を確保するように言われました。そうでなければ我々が主人様の側を離れることもなかった」

「……くっ」

暗にリュドリックたちが不甲斐《ふがい》ないから自分たちまで迷惑を被ったと言う執事に、リュドリックは言い返せずに睨むことしかできなかった。

「……其方、名は？」

「……ノア」

二人が睨み合う傍らで、小柄な銀髪のメイドが数名のメイドを担いで現れ、地面に寝かすと空気を読まずに声をかける。

「ノア、これで全部！　他のニン……人たちは向こうに置いてきたよ！」

「わかった、ファニー。これから主人様の許へ戻るぞ」

「うん！」

「僕も……」

それに続こうとするノエルの前に手をかざし、ノアはまだふらつくノエルを見下ろした。

「あなた方は、この者たちを守ってください。それも役目でしょう。ユールシア様は我らが命を懸けてお守りします」

「ノア！　早く！」

先を急かすファニーにノアが頷いて駆け出した。ユールシアの従者たちはどれほどの身体能力があるのか、瞬く間に見えなくなった二人にリュドリックとノエルは啞然《あぜん》とするしかできなかった。

「くそっ」

置いて行かれたリュドリックが木の幹を殴りつける。止められたノエルも一瞬俯《うつむ》きかけたが、すぐに上を向いて、強い瞳で前を見る。

「僕は行くよ……なんと言われても、僕が守りたいのは彼女なんだ」

「……ああ。俺もそうだ」

ノエルの言葉にリュドリックも自分のやることを思い出して前を向く。だが、ノアの言うように倒れた者たちを守る者も必要であり、それを放置することは彼に負けたようで嫌だった。

「ノエル、魔術で治せないか？」

「そうですね……僕の神聖魔法で癒やせるか分かりませんが……」

「……行ってください」

そのとき、二人の会話に割り込む声があった。三番目に目を覚ましたヴィオはふらつきながらも二人に手を伸ばす。

「――〝光《ひかり》あれ〟――」

「ヴィオさん！」

「其方……」

ヴィオの神聖魔法が二人の少年にかけられ、残っていた毒素を浄化する。

「この者たちは私がなんとかします。だから、ユル様を……。貴族であるお二方に頼むことではないと分かっておりますが、でもっ」

「分かっている。気持ちは俺たちも同じだ」

「ええ、任せてください。絶対にルシアを助けます！」

「お願いしますっ」

祈るように少女の無事を願うヴィオに二人は強く頷いた。

そこに――

「いたぞ！」

「リュドリック殿下だ！」

そんな声が聞こえて少年たちが振り返る。

他の場所に運ばれていた護衛たちが目を覚まして探しに来てくれたのか？

「リュドリック殿下」

「ああ」

だが違う。自分たちの護衛ではない。二人の執事らしき男たちが抜き身のままの剣を持って近づいてくることに、二人はそれを即座に敵だと断じた。

「確保しろ！」

「殿下に傷はつけるな！」

ただの執事ではない。明らかに戦闘訓練を受けた動きで近づいてくる男たちに、ノエルがリュドリックを守るように前に出る。会食途中の二人は武器を持っていない。ノエルがこっそりとナイフを持ち込んでいたが、それで二人を相手にするのは危険だと考え、魔術の詠唱を始めた。

「おぉおおおおおお‼」

だが、その瞬間に飛び出したのはリュドリックだった。先ほどまで毒を受けていたとは思えない速さで飛び出したリュドリックは、虚を突かれたその執事の顔面に拳を叩き込み、殴られた男はもう一人を巻き込みながら吹き飛んでいった。

「……殿下？　その力は……」

「……わからん」

とても少年に出せるような力ではない。手の中に何か温かな光があるような気がして、リュドリックは己が手を見つめる。それほどの力で人間を殴ったのだから拳も痛んだが……

「平気？」

「ああ、あいつ……ノアに摑まれた腕のほうが痛かったさ」

「うん、彼もルシアを大事に思ってくれているんだ」

リュドリックの腕がわずかに痣《あざ》になっていた。それはノアが主人であるユールシアを大事にしている証なのだと考え、その想いが自分にも力を貸してくれたのだとリュドリックはそう思った。

「ノエル……これからは敬称も敬語も不要だ」

「……わかった。行こう、リュドリック」

二人の少年は一人の少女のために走り出す。

自らの想いを胸に秘めて。

＊＊＊

「ニア、どうなっていますの⁉」

「もうちょい……」

暴れるユールシアの魔力を抑えるためにニアの額に玉の汗が浮かぶ。

依り代を得ていても悪魔であるニアは本来汗をかかない。だが、ユールシアの魔力を抑える作業は〝吸収〟の能力を持つ大悪魔のニアでも容易ではなく、精神生命体であるゆえにその負荷のイメージから汗が滲《にじ》むような現象が起きていた。

「いい加減、諦めたらいかが？」

「お前っ！」

そこに邪魔をするようにイザベラが声をかける。それに即座に反応して怒りを漲《みなぎ》らせたティナをニアが慌てて制止する。

「ティナ！　魔力を抑えて！」

「――っ」

ここで大悪魔のティナが怒りにまかせて魔力を解き放てば、ユールシアへ悪影響が出る。それを理解して魔力を抑えたティナに、イザベラは一瞬怖気を感じながらも優雅に笑ってみせた。

「無駄な努力をして……これで、あの女の娘はもう終わりよ！」

「何を――」

ティナが再び声をあげようとしたそのとき――

「ちょ、待って！」

「ニア⁉」

普段はのんびりしているニアが突然慌てた様子にティナが振り返ると、部屋全体に敷かれていた絨毯《じゅうたん》が突如光を放ち始めた。

いや、そうではない。その絨毯の下にある何か文字のような幾何学模様が光を放っていた。

ティナの声が響く。幾何学模様の光が倒れたユールシアを中心に集まっていた。その形は……

「主人様ぁあっ！」

「魔法陣⁉」

ティナがその正体に気づき、とっさに魔力を込めた拳を床に振り下ろす。力を抑えているといっても大悪魔の力だ。石の床でも拳で階下まで貫ける……はずだった。

バキンッ！

「――っ」

「ティナっ！」

振り下ろしたティナの拳が身体ごと弾かれる。

「ダメ！　ユールシア様の魔力が暴れて抑えられない！」

その光と同時に、落ち着き始めていたユールシアの魔力が再び暴走を始め、ニアは必死に抑えながら悲鳴のような声をあげた。

おそらく先ほどティナの拳を弾いたのも、ユールシアの魔力が床全体に流れているからだ。それを止めるために床の魔法陣を壊そうとしても、そのためにはユールシアの魔力を上回らなければならない。

「ユールシア様……っ」

「主人様!!」

ユールシアを中心とした魔法陣がひときわ強い光を放ち、彼女の身体が押さえ込んでいたニアを弾くように、ふわりと浮かび上がる。

「あはははっ、これで終わりよ！　さあ、見知らぬ異界の神よ！　魔力だけでなく、その小娘も生け贄《いにえ》にしてしまいなさいっ！」

感極まったようにイザベラが高らかに笑う。

そして……それは、唐突に始まろうとしていた。


「始まったか……」

術式を発動させたコードルは、流れてくる魔力の膨大さに戦慄を覚えながらも、その魔力を発している人物に意識を向ける。

聖女、ユールシア。実際にはその幼さゆえに正式な聖女ではないが、幼くともそう呼ばれるほど強大な魔力を秘めた少女だ。

当初の計画では、コストル教の神聖魔法を扱える子どもをカリストに集めさせ、純度の高い魔力を奪うはずだった。そのためにわざわざ危険を冒して聖王国に渡り、慎重に事を進めてきた。

そのすべては……

「魔王様……これで悲願が叶《かな》います」

コードルは魔王の腹心であり、魔将と呼ばれる魔王軍最高幹部の一人だ。

初めは魔族の天敵とも言える聖王国へ手を出すつもりはなかった。広大なシグレス王国では数百名規模の誘拐を行って被害者から魔力を搾り取り、テルテッドでは貴族に成り代わり、魔王軍で扱う武具と魔力収集術式の開発をさせていた。

だが、テルテッドで同じように闇で暗躍していた吸血鬼と争うことになり、排除しようとしたが逆に潜入工作員を減らされたことで新たな策が必要になった。

そこに接触してきたのが聖王国、カペル公爵家の暗部だった。彼らはコードルが開発させていた武具の技術を欲していたが、同時に魔力の収集方法も探していた。

工作員たちは彼らの策に乗ったふりをして逆にその目的を探り、その報告を受けたコードルは彼らの目的が利用できると分かると、強大な存在を呼び出して使役する術式の技術提供を申し出た。

聖王国でコードルたちが活動できなかったのは、魔族の天敵というだけでなく、信心深い人間ばかりの内部に入り込む伝手が無かったからだ。彼らはその伝手の中で、最上と思われる公爵家の伝手を魔族にもたらしてくれた。

潜入させていた部下からその報告を受け、巨大魔法陣の管理をしていたコードルは自ら最上の魔力を採取するために聖王国タリテルドに潜入した。

そしてコードルはその〝噂〟を聞くことになる。

幼き身で我が身を犠牲として子どもたちを救い、数十名の死にかけていた子どもを癒やした、神に愛された天子。聖女ユールシア。

聞こえてくる数々の噂。賞賛の数。たとえ噂半分だとしても一人でそれだけの魔力を放てるのなら、その魔力の価値は至上のものとなるだろう。

魔王の悲願には大量の魔力が必要だった。だが、技術的に魔力を保持しておける期間には限度があり、時間経過と共にわずかながら減じていく。

必要なのだ。早急に。高純度で大量の魔力が。

それをたった一人で補えるかもしれない人物が、魔族の敵である聖王国に存在した。

しかもそれは、魔族の怨敵である〝聖女〟だった。

地方国家のただ神聖魔法が使えるだけで聖女と呼ばれている有象無象とは違う、魔族の歴史にもある歴代の聖女の中でも、初代聖女を超えるとも言われる、本物の『聖王国の聖女』だ。

その証拠に、完璧に人間に擬態しているコードルやその部下が人間ではないと、たった一人、彼女だけが見破っていた。

聖女ゆえの慈悲か、大公家の姫ゆえの無垢《むく》さからか、その場でコードルたちの正体を無理に暴かず、優しげに見つめてくるその瞳に、コードルは感嘆の息を漏らすと同時に激しく恐怖した。

彼女は……ユールシアは〝本物〟だ。真の聖女が現れたのなら、カリストが連れてきた紛い物とは違う本物の〝勇者〟も現れるだろう。

魔族の伝説にもある聖女は、強大な魔力と慈悲の心で勇者を勝利へと導く存在だ。聖女が傍らにいるかぎり、勇者はほぼ不死身の存在となり、あらゆる敵を討ち倒すことができるという。

コードルも武人だ。できることならユールシアが選んだ勇者と戦ってみたかったが、ユールシアの聖女ゆえの慈悲と甘さが油断を呼び、その魔力を人間たちのためでなく、魔族のために使われるとはなんと皮肉なことか。

「抜かるな」

「「はっ！」」

コードルの声に部下たちが応える。

これが聖女の純粋な魔力なのか、ユールシアの全身が輝き、〝黄金〟の魔力が魔法陣を通じて魔族国へ送られ、想定を遥《はる》かに超える膨大な魔力に術式を刻んだ城の魔法陣が軋《きし》みをあげる。

これだけの魔力があればコードルと魔王が十年も集めていた魔力に匹敵する。それも意識のないユールシアから無理矢理奪っているからだが、魂の奥底から眠っている力を無理に引き出された彼女は死ぬことになるだろう。

「……すまぬ」

自分たちが人間でないと知りながら、それでも優しい瞳を向けてくれた金色の少女に、コードルは魔将ではなくこの世界に住む一人として冥福を祈る。

だが――

しかし――

キィイイイン――――ッ!!

限界を超えた魔法陣がひび割れ、そこから溢《あふ》れた〝黄金の光〟がユールシアを呑《の》み込《こ》んでいく。

何が起きたのか？　この現象は何か？

「ティナ！　手伝って！」

「分かりましたわ！」

ニアの切迫した悲鳴に、主人の魔力で右腕を負傷しながらもティナが全力で抑え込みにかかる
――だが。

『――――っ！』

大悪魔二人がかりの全力の魔力でも抑えきれず、爆発するような衝撃が間近にいた二人の大悪魔を吹き飛ばした。

それでもギリギリその衝撃に耐えた悪魔たちは、呻《うめ》くような掠《かす》れた声を漏らし……。

「ニア……」

「なんてこと……」

普段の態度からは想像もできない真剣な表情で冷や汗を流した。

「主人様の〝本体〟が引き出された……？」


しなやかで小柄な豹《ひょう》の体躯《たいく》。

体長の数倍も伸びる長大な尻尾。

片翼だけでも数十メートルはある巨大なコウモリの翼。

そのすべてが輝くような〝黄金〟の体毛に覆われ、その中で鮮血のように輝く深紅の瞳が周囲の脆弱《ぜいじゃく》な生き物を映し、天に届くような咆吼《ほうこう》を放つ。

生きとし生けるものの天敵。

大悪魔を超える魔界の神。

世界の災厄にして、すべてを喰《く》らいつくす暴食の悪魔――。

人の心と、人の身体という枷《かせ》から解き放たれ、魔獣、〝金色《きんいろ》の獣《けもの》〟がこの世界に顕現した。


シャァアアアアアアアアアアアアアアアアアアアアアアアアアアッ!!!

第九話　魔獣

「なんだ……あれは」

リュドリックが掠《かす》れた声を漏らす。突然、自分たちが向かっていた城から〝黄金の光〟が放たれ、その輝きの美しさと……それ以上に感じられた禍々しい気配に身体が震えるのを止めることができなかった。

「なに、あれ……」

「殿下っ」

同じようにノエルも震えた声を漏らし、自力で毒素を無害化して途中で合流できた三人の聖騎士たちも、おぞましいものを見るように冷や汗を流す。

「いけません、殿下。あれは関わってはいけないものです……」

「何を言うか！」

神聖魔法を覚えた聖騎士ゆえに、リュドリックたちよりも正確にあの光から邪悪なものを感じているのだろう。だからこそリュドリックはそれを看過することができなかった。

「其方《そなた》たちの役目はなんだ⁉　確かに私の護衛もあるのだろうが、聖王国の姫であり、聖女であるユールシアを護らなくてどうする！　それでも邪を払う聖王国の騎士か！」

「……申し訳ございません」

その詫《わ》びの意味はなんだろうか？　おそらく聖騎士としてはリュドリックの言うとおりユールシアを救いに行くべきだろう。だが同時にリュドリックを護ることも必要なのだ。

「我らが公女殿下を救いにまいります。殿下はノエル殿とここで……」

「ならん！　戦力を出し渋ってなんとかなるとは思えん。それに」

「はい。僕は彼女を救いに行きます」

二人の強い瞳を見て、聖騎士のリーダー格の男は小さく溜息《ためいき》を吐きながらも頷《うなず》いた。

「私が公女殿下を、命を懸けてお救いします。なので、もし本当に危険なら我らを信じ、お下がりくださいますか？」

「それでもよい」

リュドリックは頷くが、二人が下がることはないだろう。そう思いながらも二人の性根を眩《まぶ》しく思い、聖騎士は理解を示した。

「では行くぞ！」

「「「はっ！」」」

襲撃者から奪った剣を手に、リュドリックを先頭に聖騎士たちが続く。

その後に続くノエルは、天に伸びる黄金の光……その色合いに既視感を覚え、胸騒ぎが大きくなるのを感じた。

「まさか……あの光は」

＊＊＊

「……ああ、これが……」

離れてさえ痺《しび》れるようなその強大さと美しさにイザベラは息を呑《の》む。

確かに全身の産毛が逆立つようなおぞましさと寒気は、気を失うか退いてしまいそうな圧力を感じるが、イザベラは暗部の家系で生きてきた精神力でそれに耐えてみせた。

耐えられたのは、それを知っていいたからだ。

大司教カリストはそれを『神の眷属《けんぞく》』だと言っていた。偉大なる大神は呼び出すこともできないが、その眷属と対話をしてその力を振るってもらう、と。

コードルはそれを、『神と呼ばれた、封印された精霊のようなもの』だと言っていた。魔法陣という枷《かせ》に嵌《は》めて、その力を自分たちのために使えるようになる、と。

この場に現れるとは聞いていなかったが、これで自分の望みが叶《かな》うのだと思えば、徐々に高揚感が湧き上がってくる。

同じ元子爵令嬢でありながら王子に見初められ、王家の一員となるヴェルセニア大公家の第一夫人となったリアステア。すべてにおいてイザベラの上に立つあの女の娘を生け贄《いにえ》として、今度は自分が王妃となり娘が姫となるのだ。

他人が聞けばくだらないと言うだろう。だが、カペル家と暗部の繫《つな》ぎ役《やく》としてだけの、愛のない第三夫人となるはずだったイザベラにとっては、人生を懸けるに値することだった。高い地位につくことが女の幸せだと信じていた。

リュドリックはいまだ捕縛の報告を受けていないが、あの薬は神聖魔法でも簡単に治せるものではなく、すぐに捕らえることができるはずだ。リュドリック本人が薬を盛られたことを自覚してしまい、コーデリアの婿となって協力することを拒んだとしても、魔族《エビルレース》が使うという暗黒魔法なら魅了もできるだろう。

「……ふふ」

ようやく実感が湧いてきた。これからイザベラの本当の人生が始まるのだ。

そのためにはまず一歩踏み出さなければいけない。主人としてイザベラがその存在に命令しようと気力を振り絞って一歩踏み出そうとした、そのとき――

「おおおおお、神よ……っ！」

その横からふらふらと、滂沱《ぼうだ》の涙を流しながらカリストが前に出る。

カリストは念願であり悲願である世界平和――愚かな民の管理をできる大いなる力を持つ存在を目にして感動の涙を抑えられなかった。

その黄金に輝く姿は正にカリストが思い描いていた神を超えるものであり、人の姿ではなく獣の姿であることも、人間という種を超越した神の眷属である神獣なのだと、疑いもなくそう思えるほどの力に溢《あふ》れていた。

感じるこの恐怖も震えも、大いなる存在を前にした畏怖なのだと、カリストは迷いもなく手を伸ばす。

「かみよ――」

その瞬間――伸ばした手の指先から黒く染まり、カリストは恍惚《こうこつ》の表情を浮かべたまま、瞬く間もなく、腐り果てた人の残骸となって崩れ落ちた。

一瞬の静寂――

「――ひっ」

その一瞬後に、同じように近づこうとしていたイザベラが、喉に籠もるような悲鳴をあげて転がるようにその場を離れようとした。

それが――

その行為が、イザベラに生じた激しい恐怖が、それまで身動き一つしなかった〝金色《きんいろ》の獣《けもの》〟の興味を引いてしまった。

「誰かぁあああああああああああああっ!!」

助けを求めるイザベラの背を黄金の光が駆け抜け、真紅の爪で引き裂き、大量の鮮血が飛び散る中で〝金色の獣〟が倒れるイザベラの背を踏み潰す。

「ああああああああああああああああ――――」

何が悪かったのか？　何がいけなかったのか……？

自分は何も悪いことはしていない。

すべてにおいて優れている自分が、すべてを手に入れるのは当然のこと。

それなのに……。

口からも大量の血と断末魔を噴き出した彼女は、自分が何をしてしまったのか……〝何〟に手を出したか知ることもないまま、その周囲にいたイザベラの配下である暗部の者諸共、大量の瘴気《しょうき》を浴びて腐った残骸へと成り果て、その歪《ゆが》んだ生涯を閉じた。


「まさか、〝魔獣《ビースト》〟だというのか……っ」

魔王軍の魔将コードルは、聖女の魔力を喰らい金色に輝く獣を目にして戦慄する。

武人でもあるコードルは、できれば人間どもと正面から戦い、本物の勇者と戦ってみたかった。

だが、敬愛する心優しい魔王が求めたのは人間に勝つ力ではなく、魔族たちが出来る限り死ぬことなく〝世界〟を奪い取れる、特殊戦力――『大いなる存在』の召喚だった。

自分たち定命の者からすれば永遠とも思える永い時を経た、高次元の悪魔。

たった一体でさえ国家の危機となる〝大悪魔《アークデーモン》〟が、互いに喰《く》らい合った中から現れるという、三種の支配者級《マスタークラス・デーモン》の悪魔。

〝悪魔公《デモンロード》〟

〝魔獣《ビースト》〟

〝魔神《デヴィル》〟

その神にも等しい一柱《ひとはしら》のうちいずれかでも、その力を使うことができれば魔族は救われる。だが、もし制御できずに解き放たれたら、魔族が滅びるどころの話ではなく世界存続の危機となるだろう。

だが、それだけの力がなくては、我の強い魔族や、欲の強い人間どもを管理することはできないのだ。

魔王とコードルは十年以上の時をかけて慎重に事を進めていた。もしこれほど危険な存在を呼び出そうとしていることが人間国家に露見すれば、人間たちは国家の枠組みを超えて魔族そのものを根絶しようとするだろう。

魔王もそんな危険な存在をまともに使おうとは考えていない。魔王は強大な力をコードルも初めて聞く『抑止力』という言葉を使い、武力による交渉で人間国家を制御しようとしたのだ。

それを召喚し制御するために、魔王城の地下にある巨大魔法陣には大量の魔力が注がれ、準備が整い次第、コードルの部下たちが集めた人間の生け贄数百人を対価に、悪魔と契約をする手はずとなっていた。

ユールシアの意識を薬で失わせ、魔法陣と暗黒魔法の術式を使ってその魔力を奪うことに成功した。その人間離れした魔力量に魔法陣が悲鳴をあげていたが、その魔力で魔王の望みは叶うことになるだろう。

だが――

その呼び出そうとした存在が、何故かこの場に出現していた。

しかも、なんの枷もない解き放たれた状態で。

「馬鹿なっ！」

コードルは混乱する。そんな伝説や古文書、神話に語られるような存在が、どうしてここに現れてしまったのか。まさか、聖女ユールシアという最上級の魔力を与えたことで、彼女を生け贄にするためにこの場に現れてしまったのか。

カリストやイザベラ、真実を伝えず、利用してきた人間たちが不用意に触れて殺された。いや、これは〝捕食〟だ。絶対的な捕食者による食事にすぎない。

金色の魔獣は、死した人間どもから魂のようなものを吸い込み、その背にある巨大な翼を使ってふわりと宙に浮く。

「何を……」

この魔獣は何をしようとしているのか？　世界の破滅か、生物の滅亡か。

だがコードルは、魔獣がある方角に顔を向け、真っ赤な瞳をわずかに細めるのを見て、顔色を青くする。

北だ。その方角にあるのは魔族国だ。おそらく金色の魔獣は生け贄になった聖女だけでは飽き足らず、魔族国へ送られた彼女の魔力を求めているのだと察した。

「……う……ぉおおおおおおおおおおおおおおおおおっ!!」

恐怖を振り払うように雄叫びをあげ、コードルは剣を引き抜いて斬撃を放つ。

「コードル様っ!?」

「あれの注意を引け！　魔王様の許《もと》へ行かせるな！」

突如、人間の偽装を解き、灰色の肌をした魔族としての本性を晒《さら》して魔獣に攻撃をしたコードルに部下たちが困惑の声をあげるが、コードルは偽装や計画に気を割くほどの余裕はなかった。

あの魔獣が魔族国へ辿《たど》り着《つ》けばすべてが終わる。もし魔王の身に何かあれば魔族の未来はそこで潰えることになる。

「……分かりました。我らの命、魔王様に捧《ささ》げます」

コードルの気迫に何かを感じたのか、部下たちも人間の偽装を解いて隠していた武器を抜く。

〝魔族《エビルレース》〟とは北の地に追放された者たちの総称であり、混血に混血を重ね、魔物とまで血を交えた彼らは、外見上で灰色の肌以外同じ特徴を持つ者はいない。

この作戦に参加した者たちはコードルの部下の中でも、比較的人間種に近い外見を持ち、人間に紛れて生きることができる理性的な者たちだ。ゆえに戦闘能力はさほど高いわけではないが、我の強い魔族の中で彼らは貴重な存在だった。

「……すまぬ」

それでもコードルは退くことはできなかった。勝てるとは考えていない。生き残ることも考えていない。だが今は魔族国へ向いている魔獣の意識を自分たちに向けなければいけなかった。

すべては魔族が生き残るため――

「やるぞっ！」

「「「おおおおおおっ!!」」」

「……っ」

ユールシアの暴走を必死に抑えようとしていたニアは、彼女を不用意に刺激する者たちに怒りを漲《みなぎ》らせた。

何故、ユールシアの〝本体〟が現れたのか。分かるのは、今のユールシアに普段の意識はなく、本能のみで動く暴走状態にあることだけだった。

飲まされたあの酒に何か混ぜ物がされていたようだが、人間に効くような薬物が悪魔に効果があるはずもなく、現に同じ物を飲んだニアたちにはなんの影響もない。

無意識状態でも狙っていたイザベラの魂を喰らったことでわずかでも落ち着き、その隙を見てニアが周囲の人間を皆殺しにしてでも魂を集め、それを対となるノアに撃ち込んでもらい主人の意識を呼び戻そうと考えていたが、下手な刺激を受けた今となっては何が切っ掛けで暴れ始めるか分からなかった。

「ニア！　ティナ！」

そこに主人の異常を感じ取ったノアとファニーが空間転移で戻ってきてくれた。

「ユールシア様⁉」

「主人《あるじ》様は⁉　何が起きた⁉」

「主人様は何が原因か不明だけど暴走状態みたいなの！　ニアが抑えてくれているけど、それもいつまで持つか分からないわ」

言葉も出せないほど力を振り絞っているニアに代わってティナが説明する。

普段のユールシアなら何が相手であろうと後《おく》れを取るとは思えない。だが、状況も状態も不明である今のユールシアは、自分自身の力で傷ついてしまう恐れもある。

「ユールシア様っ！」

「待て！」

その状況を見たファニーが飛び出そうとしてそれをノアが止める。だが、その瞬間――

「――!?」

大悪魔の魔力を察した〝金色の獣〟が消え、《天災級》であるノアとファニーを跳ね飛ばし、石壁に埋め込むように叩《たた》きつけた。

「ニア！」

「分かってる！」

ティナの叫びにそれまで抑えに回っていたニアが黒い魔剣を抜き放って、渦巻く魔力を断ち斬ってその一部を吸収するが、大悪魔のニアでさえ耐えきれず黒い魔剣が軋《きし》みをあげる。

シャァアアアアアアアアアアアアアアアアアアアアアアッ!!!

〝金色の獣〟が咆吼《ほうこう》を放ち、抑えつけようとする魔力ごとティナとニアを吹き飛ばした。

そこに――

「うぉおおおおおおおおおおっ!!」

決死の覚悟を決めたコードルが大剣を構えて飛び込んでいく。

「獣魔撃《じゅうまげき》っ‼」

コードルは獣人系の血を濃く引く魔族だ。彼は己の強い生命力と魔力を組み合わせ、闘気ともいうべき力を纏《まと》い、強力な一撃を繰り出した。その威力は衝撃の余波だけで石の床を砕き、魔剣の刃が〝金色の獣〟に直撃する——だが。

「なっ」

ガキンッ‼

渾身《こんしん》の一撃が〝金色の獣〟の翼に弾かれた。黄金の飛膜に傷一つない様を見て驚愕《きょうがく》するコードルに、鞭《むち》のようにしなる黄金の尾が彼だけでなくそれに続こうとした部下たちごと薙《な》ぎ払《はら》う。

「ぐぉおおおおおおおおおおおおおお⁉」

目に見えない速さで迫るそれを、コードルは黄金の軌跡だけを頼りに大剣を盾にして防ぐ。

だが、魔王城に伝わるその魔剣が尾の一撃でコードルの脇腹ごと砕かれ、切り飛ばされたコードルの左腕が部下たちの肉片と共に飛び散った。

一騎当千、魔族国だけでなく人間国家にも知られる魔将コードルが、ただの一撃で羽虫を払うかのように吹き飛ばされた。

「ぬぉおぉお……」

左腕を失い、脇腹を抉《えぐ》られてなお、コードルは折れた魔剣を構えて立ち上がる。

「くそ……」

「勝手なことを……っ」

むやみに〝金色の獣〟を刺激する輩に、瓦礫《がれき》を払いのけるように立ち上がったノアが、苛立《いらだ》ちを抑えきれずに吐き捨てる。

「主人様ぁあ！」

ティナが瓦礫を弾き飛ばすように飛び出し、今度は魔力ではなく大悪魔の身体能力を使って〝金色の獣〟を抑え込もうとした。

「ティナちゃんっ！」

続いて瓦礫から這《は》い出《で》たファニーが声をあげた瞬間、恐るべき速さで襲いかかってきた〝金色の獣〟がティナの左腕を肩口から食い千切る。

「――っあ！」

敬愛する主人に攻撃されたティナが一瞬硬直する。

「ティナ！」

続けて〝金色の獣〟が黄金の翼をティナへ振るい、それを飛び出したニアが黒い魔剣で受け止めるが、背にしたティナごと吹き飛ばされた。

「けほっ……きっつぃ」

受け止めたニアが吐血のように黒い塊を口から吐く。たった一撃で存在さえも削られるような攻撃だが、〝吸収〟の力を持つニアでなければ喋《しゃべ》ることもできなくなっていたはずだ。

それでも二人の危機はまだ去ったわけではない。

「来る！」

〝金色の獣〟の姿がぶれるように霞《かす》み、その刹那、おぞましい速さで襲いかかってきた。

「キラキラぁああ！」

とっさに前に出たファニーが〝悪夢〟の幻惑を使って〝金色の獣〟の攻撃を二人から逸らす。

ゴォオオオオオオオオオオオオ!!!

その衝撃の余波だけで轟音《ごうおん》と暴風が巻き上がり、城の外壁まで砂糖菓子のように吹き飛んだ。

「……出鱈目《でたらめ》だ」

その隙に二人を回収して〝解放〟の能力で癒やしたノアは、その隔絶した力の差に戦慄しながらも〝金色の獣〟から目を逸らさず、厳しい表情で仲間たちに語りかけた。

「ニア、ティナ、まだ動けるか？」

「ギリギリ……」

「わたくしは……いけますわ」

ユールシアを抑えるために消耗し続けてきたニアはまだ回復しきれていないが、四人の中で一番の武闘派であるティナは、再生した左腕の具合を確かめながら爛々《らんらん》とした目を主人に向けた。

「主人様の〝愛〟は受け止めてみせますわ」

「……よし、行くぞ」

一瞬奇妙な間を置いて答えたノアが飛び出すと、二人の少女悪魔が続く。

「ニア！」

「了解！」

双子の強みか、それだけでファニーと入れ替わるように前に出たニアが、魔剣で〝金色の獣〟の攻撃を受け止める。

ガァアアアアン!!

「くぅ！」

「ニア！　僕がサポートをする！　ティナは攻撃をしろ！　ファニーはそれを助けるんだ！」

ニアが盾役になるのは当然だ。彼女しか〝金色の獣〟の攻撃を受けることはできない。だがそのためにはニアの減った魔力をノアが回復する必要がある。

ニアの〝吸収〟の能力は、敵の攻撃が魔力に準じるものならその攻撃を魔力に変換することもできる。だが、それが〝吸収〟の力を上回る場合、吸収量よりもダメージ量が大きくなり、わずかに吸収できた威力をノアが魔力に変換して、ニアを回復することでギリギリ攻撃を耐えていた。

「主人様を攻撃⁉　正気ですの⁉」

攻撃、守り、補助、の役割の中で攻撃役になったティナがノアに問い返す。

「生半可な攻撃ではなんの痛痒《つうよう》にもならない。なんとかして衝撃を与えて目覚めさせるには、これしかない！」

「――――――――――っ!!」

ノアの言葉に唸《うな》り声《ごえ》をあげていたティナは、すぐに主人のほうを向くと真っ黒な牙と爪を剝き出した。

「やりますわよ!!」

やけくそ気味に叫んで飛び出したティナが、ニアを攻撃しようとした〝金色の獣〟の真横から魔力撃を打ち込んだ。

ゴォオオオオオン!!

巨大な金属同士をぶつけ合うような轟音が響き、攻撃をしかけた側のティナが衝撃に負けて弾かれる。

ギロリ、と真紅の瞳が向けられ、ティナの背筋に悪寒が奔《はし》る。

〝金色の獣〟の尾が鞭のようにティナを襲い、それをとっさにファニーが幻惑を使ってティナの身体を避けさせた。

「ハァアアアア!!」

それを隙と見たニアがノアから受け取った魔力を魔剣に乗せて〝金色の獣〟へ打ち付ける。

バキンッ!

だがその一撃は〝金色の獣〟を揺るがすことなく、大悪魔二体分の魔力を乗せた魔剣の切っ先が砕けて破片をまき散らした。

シャァアアアアアアアアアアアアアアアアア!!

そのとき〝金色の獣〟が呻《うな》りをあげ、その広げた口内に膨大な力が渦巻いていく。

「避けろ‼」

ノアが悲鳴のように叫びを上げ、ニアの〝吸収〟とファニーの〝悪夢〟が全員を包み込んだその瞬間、口内から巨大な衝撃波が閃光《せんこう》のように放たれ、残った城の部分を砂のように粉砕し、その向こうに見える山の一つを抉り取った。

＊＊＊

「伏せろぉおおおっ‼」

聖騎士の発する叫びにリュドリックたちが反射的に身を伏せた瞬間、爆発するような暴風が駆け抜け、周囲の細い木々を大地の根ごと薙《な》ぎ倒《たお》す。

「ノエル！」

「くっ」

身を伏せても小柄なノエルが吹き飛ばされそうになり、とっさに伸ばしたリュドリックの手を取って衝撃に耐える。

「なにが……」

「あれを見ろ！」

重い鎧《よろい》で風圧を耐えた聖騎士の一人が声をあげると、全員がその方角を見て唖然《あぜん》とする。

「城が……」

「向こうの山が無くなっている⁉」

自分たちが目指していた、見えていたはずの城が跡形もなく消滅しただけでなく、その向こうにあったはずの山の一つが抉られ、巻き上がった膨大な土煙がキノコ雲を作り上げていた。

「これは……」

明らかに尋常ではない異常が起きていることに、リュドリックが乾いた声を漏らし、息を呑む。

もはやカペル公爵が何かを企んでいるとか、そんなレベルの事態ではない。もっと何か危機的な状況が起きているのだと思うと、足を踏み出すのも躊躇《ちゅうちょ》した。

恐ろしいのではない。もちろん恐れはあるが、それは王族という立場にいるリュドリックに何かあった場合、護衛たちの責任問題になるだけでなく、王族を一人失うことでの外交面での国力の低下など、国家情勢に影響するからだ。

「……ここで止まる気はない。もし俺に何かあっても兄上がいる。ここでユールシアを救い、事態を収めることが王族である〝私〟の役目だ」

「「……はっ！」」

リュドリックの王族としての言葉に聖騎士たちも決意を固め、ノエルも力強く頷いた。

「行くぞ‼」

＊＊＊

「……無事か？」

「一応は……」

粉砕された城の中から瓦礫を押しのけるようにノアが現れ、仲間たちも瓦礫の中から衣装は破けていたが全員が無事な姿を見せた。

精神生命体である悪魔ゆえに見た目は無事だが、内部にはダメージが溜まり魔力も随分と減っている。

「これが……」

「主人様の力……」

魔界の最高位悪魔の一柱、魔獣――〝金色の獣〟――。

四人の従者たちは、主人であるユールシアが自分たちより格上の存在だと誰よりも知っている。

自分たちの創造主であり、母であり、姉であり、魔界の太陽である敬愛する主人……。

四体もの大悪魔を魔界から呼び出し、再びお側に仕えることを許してくれたユールシア。その〝本性〟は確かに強大ではあったが、感じられる魔力は大悪魔まで進化した自分たちとそこまで大きく変わらないことにも気づいていた。

だがそれは、自分たちが主人のために必死に力をつけた結果だと考え、その力をユールシアのために使えること、自分たちの力を必要としてくれることに、心の底から喜びを覚えた。

だが……違っていた。

ユールシアは自分のことを『なんの取り柄もない悪魔』だと言っていた。特殊な能力もなく、速さだけが取り柄の悪魔だと……。

だがそれは、あくまで能力的な話だ。その〝本体〟が顕現して牙を剝いたことで、四人の悪魔たちは自分たちと隔絶した力の差を思い知らされる。

思い出し、考えてみれば、その答えは魔界にいた頃から見えるところにあった。

ユールシアが〝彼〟と呼ぶ存在も強大ではあったが、普段はさほど圧を感じることもなかった。だがひとたび力を振るえば、その力は魔界の大地を揺るがした。

おそらくは、最高位の悪魔たちは自分の力を隠しておくこともできるのだ。しかし、その力はどこに隠れているのか？

高位の悪魔は自分の魂の中に固有の亜空間を創ることができる。大悪魔を遙《はる》かに超えるその力は亜空間に切り離されていた。

ユールシアは固有の亜空間を持っていなかったはずだが、力を振るう〝金色の獣〟を前にして、従者たちはようやく真実に気づく。

彼女の本体である〝金色の獣〟は、無理矢理物質界への扉を通ったせいで魔力を失い、ユールシアの魂の奥底で眠っていた。

ユールシアは最初に魂を喰らうまで悪魔の力を使えなかったという。当たり前の話だ。世界を壊せるほどの力を人間の食事などで回復できるはずがない。それまでは供物のような形で徐々に力を回復させていたが、本来の力を取り戻すことはできなかった。

　だが四人の従者が揃《そろ》い、〝餌〟である〝魂〟を摂取するようになったことで、眠っていた〝本体〟にも魔力が注がれていった。

　そして、固有亜空間に仕舞われずにいた〝本体〟の力は、魂の中でいつ弾けてもおかしくないほど膨れ上がり……魔力を引き出すという魔族の奸計《かんけい》が、奥底に眠っていた〝金色の獣〟を飢えた状態で引きずり出してしまった。

「気を抜くなっ！」

　ノアたちがまだ存在することに気づいた〝金色の獣〟が、黄金の翼をひるがえして空の高みから真紅の瞳を向ける。

　力を使ったことで〝飢え〟を感じ始めているのだろう。魔力の塊である悪魔を〝餌〟として見ているのか、隔絶した力の差を感じて硬直するノアたちに〝金色の獣〟が再び襲いかかろうとした、そのとき――。


「無事かっ‼」

　遠くから声が聞こえ、その正体に気づいたノアが苦虫を嚙《か》みつぶしたような顔をする。

　こちらに向かってくるのはリュドリックとノエルだった。彼らはこの惨状に臆することなく三人の聖騎士を引き連れ、まっすぐに駆けつけてきた。

「何故、来た⁉」

　ノアが苛立ちを隠すことなく怒鳴りつける。ノアは彼らの身を案じたわけではない。リュドリックたちの安全は主人であるユールシアから命じられたことであり、正気を失っているとはいえ、そのユールシア自身に彼らを殺させるわけにはいかなかった。

「そんなことを言っている場合か！」

ノアの言葉にリュドリックが叫び返す。聖騎士たちは不敬とも言えるノアの態度に眉を顰《ひそ》めていたが、リュドリックがそれを気にしていないように接しているのを見て、ノエルと同じような関係なのだと察した。

「気を逸らさないで！」

そこに抜き身の剣を構えたまま、ノエルが〝金色の獣〟を睨みつける。

「なんだ……あれは？」

リュドリックや聖騎士たちの背筋に冷たいものが奔る。見た目は、黄金の体毛と翼を持つ小柄な豹《ひょう》……。だが、その見た目の美しさとは裏腹に、一目でそれがおぞましいほどの力を持つ次元の違う存在だと否応なく理解させられた。

「ノア……ユールシアはどうした？」

「それは……」

ノアが思わず言《い》い淀《よど》む。その態度に何を感じたのか、ハッとした顔で目を見開いたリュドリックは空に舞う〝金色の獣〟を見上げた。

「構えて!!」

ノエルが再び声を張り上げ、その瞬間、彼らに向けて再び襲いかかってきた〝金色の獣〟にノエルがとっさに剣を構え――

「ハァアア!!」

その間に割り込んだニアが魔剣を盾にしてその攻撃を逸らし、ニア本人も弾かれるように飛ばされて瓦礫に叩きつけられた。

「ニアさん！」

「下がって！」

驚愕の声をあげたノエルが振り返る間もなく、ノアとファニーが人間たちを吹き飛ばすようにその場から退避させ、まっすぐに向かっていったティナが〝金色の獣〟に体当たりをするように追撃を躱《かわ》す。

「其方《そなた》ら、それほどの力を……」

「今はそれどころではないでしょう」

リュドリックとノエルを抱えたノアが二人を放り出し、立ち上がろうとしたリュドリックは隣にいたノエルが呆然《ぼうぜん》としているのを見て声をかける。

「どうした、ノエル？」

「リュドリック……あの〝黄金〟の輝きに見覚えはない？」

「なに？」

ノエルの言葉にリュドリックが何かを思い出すように顔を顰《しか》め、その言葉を聞いたノアが口元を歪《ゆが》めた。

ユールシアと関わりが深く、その〝真実〟に気づこうとしている少年たち。

ユールシアと同じ〝黄金〟の色……。

彼女が消えてそれが現れたとするのなら、その〝答え〟は何か？


そこに、ズタボロになりながらも命を繋いだコードルが現れ、残された右腕に折れた魔剣を構えて声を張り上げる。

あの破壊の中にいたコードルは、四人の悪魔たちが張った防御の後ろにいたことで、幸運にも生き残ることができた。

「聞け、人間ども！」

「よく聞け！　そいつは魔界の高位悪魔だ！　放っておけばこの世界が滅ぶことになる！　死にたくなければ俺に力を貸せ‼」

魔族は神聖魔法を使えない。その代わりに暗黒魔法の【傷《ウーンズ》】を使い、傷を肩代わりさせることで癒やすこともできるが、今のコードルの傷ついた左腕と脇腹には黒い瘴気《しょうき》のようなものが纏《まと》わり付き、呪いのようにその身を蝕《むしば》んでいた。

ほぼ半死体であるコードルだが、魔王への忠誠心だけでその命を繋ぎ、呼び出してしまった高位悪魔と曲がりなりにも戦えている人間たちにわずかな光明を見た。

絶対にあのバケモノを魔王の許《もと》へ行かせてはならない。その使命感だけが死んでいてもおかしくないコードルの身体を生かしていた。

「あの肌の色……まさか、魔族とでもいうのか⁉」

リュドリックが灰色の肌をしたコードルを見て目を見開く。その呟《つぶや》きが聞こえたのか、コードルが彼らに目を向けた。

「俺は魔王軍の魔将コードル！　あの魔獣が暴走を始めれば、この国だけでなく世界そのものの危機となる！　いいから力を貸せ‼」

「何を！　この事態もお前らが――」

「待って、リュドリック！」

勝手な言い分に食ってかかろうとしたリュドリックを制して、ノエルがコードルに剣を向け、空に浮かぶ黄金の獣に憎しみにも似た視線を向ける。

「やはり……あの〝獣〟は……」

「まさか……」

ようやくノエルが言いたいことを理解したリュドリックが戦慄した表情を浮かべる。

姿が見えないユールシア。

そして現れた、彼女と同じ色合いを持つ獣……。

「「「「…………」」」」

それを聞いたノアたち悪魔は、真実に気づいた彼らに殺意を滲《にじ》ませる。

人間ごっこはもう終わりだ。たとえ後に主人から罰を受けようとも、人間の世界で生きようとするユールシアの望みを叶えるため、この場にいる人間どもを魂さえも残さず殲滅《せんめつ》することを決め、悪魔たちがその本性を現そうとした――が。

「まさか、あの輝きは、ユールシアがあの獣に取り込まれたからだというのか⁉」

「ええ、おそらくルシアは、あの獣を呼び出すための〝生け贄〟にされたのでしょう……なんて酷いことを！」

「分かったかガキども！　あの魔獣は取り込んだ聖女の魔力を吸収して力を増している！　あの〝黄金〟の輝きがその証拠だ！」

ノエルが頷くようにリュドリックに答え、愛する少女が生け贄の末に獣に取り込まれたのだと結論を出し、それをコードルも認めた。

その〝答え〟を聞いて、力を入れていたノアの肩が斜めに下がる。

彼らの中でどれだけ評価が高いのか、リュドリックやノエルだけでなく、敵であるコードルでさえもユールシアの聖女としての清らかさを疑うことなく、彼女が悪魔と関わりがあるなど欠片ほどにも考えていなかったのだ。

「ア、ハイ」

ノアは脱力するような感覚を覚えながら気の抜けた返事をすることしかできなかった。


（――ノア――）

（――どうした？――）

そのとき主人の相手をしていたファニーから念話が届く。

(――ユールシア様、変だよ?――)

(……なに?)

落ち着いてよく見れば異変に気づく。

吹き飛ばされたニアが大きなダメージもなく再び戦線に戻り、ティナもファニーも先ほどよりも余裕があるように見える。

(これは……そうか!)

ノアは思考を高速で巡らせ、一つの結論に辿り着く。

これだけ膨大な魔力を撒《ま》き散《ち》らしている〝金色の獣〟の近くにいて、どうして人間たちが無事なのか?　顕現した直後は放たれる瘴気だけで人間など魂ごと腐り果てて、貪り食われたというのに今は〝金色の獣〟から瘴気が放たれていない。

イザベラや魔族のような黒い魂を得て、〝金色の獣〟の魔力は増しているにもかかわらず、主要な人間は誰も死んでいなかった。

この現象はおそらく……

(この場に、主人様が懇意にする〝人間〟がいるからだ)

ユールシアの意識は完全に消えていない。おそらくは無意識下でリュドリックやノエルを捕食対象と見ていないのだ。

ノアたち従者についてもそうだ。ギリギリで耐えていたとはいえ、本来の魔力と速さで襲ってこられたなら自分たちもすでに殺されていただろう。だが、ギリギリのところで〝金色の獣〟は追撃を止めて、悪魔たちが抗える隙を与えてくれた。

あのコードルにしてもノアたちの後ろにいたからこそ、あの力の奔流を受けて生き残れたのだ。

四人の悪魔たちは自分たちのことも無意識に手心を加えてくれていた主人に感動し、ノアは口論を続けているリュドリックやコードルに、まるで詐欺師のような爽やかさで割り込んだ。

「お任せを……。私どもによい考えがございます」


「行くぞ！」

「「「ハッ！！！」」」

リュドリックの号令と共に三人の聖騎士が動き出す。だがその先頭にいるのはリュドリックでも聖騎士でもなく、まだ十二歳の少女騎士ニアであった。

最初はいたいけな少女の後ろにいることを、聖騎士たちは良しとせずに難色を示したが、話が纏まるまで攻撃を受け続けてきた〝聖女の加護を受けた従者〟の力を見せられれば、聖騎士たちも認めるしかなかった。

「ユールシアを取り戻す!!」

ノアの提案した策は取り立てて変わったものではない。四人の悪魔がしてきたように主人に衝撃を与えて精神を揺さぶることだ。これまではそれによってユールシアの意識を呼び起こそうとしていたが、今回は違う。

「皆様、できるだけ強い衝撃を与え続けてください。その隙にあの存在からユールシア様を切り離します！」

ノアの言葉に人間たちが希望を宿して、〝金色の獣〟へ向かっていく。

今まではユールシアの意識が悪魔の本性に呑み込まれているのだと考えていたが、無意識でもリュドリックたち人間に手心を加えているとしたら、まだ〝本体〟を封印できる可能性がある。

ユールシアは固有亜空間を持っていない。だからこそ最初に、その大きすぎる本体が物質界に顕現したとき、ユールシアは憧れていた〝光の世界〟が壊れることを無意識に忌避して、本体の魔力から使い切り、うっかり全魔力を失ったことで、うっかり〝人間〟として生まれ変わってしまったのだろう。

今の〝金色の獣〟が暴走しているのは、今までのユールシアよりも巨大な本体の魔力を持て余しているのだ。時間が経《た》てば馴染《なじ》むはずだが、これだけ膨大な魔力をそのままにしておけば、〝世界〟が敵に回る可能性も高い。

そのためにノアたちはユールシアの固有亜空間に彼女の本体を封じようと考えた。

だが、そんな物が簡単に作れるのか？　だが彼らには当てがある。

ユールシアの余剰魔力を少しずつ集めて、彼女のためだけに大悪魔が四体がかりで創りあげた、ユールシアだけの固有亜空間……現世の魔界、『失楽園《ロストエデン》』――。

そこにユールシアの本体を封じて、彼女の正式な固有亜空間にして安定させるのが、ノアたちの策だった。そのためにニアを抜かした三人の大悪魔が崩壊した城の跡に巨大な魔法陣を創り、準備を整えている。

主人の巨大な魔力を封じるためにこれ以上の人員は減らせない。人間たちをうっかり死なないようにニアが守りに着くのも仕方のないことだ。

ならば、〝金色の獣〟を揺るがす攻撃は誰が行うのか？

「遅れるな、人間！」

「言われなくても！」

言い争いをしながらコードルとノエルが剣を構えて〝金色の獣〟へ攻撃を始めた。

二人とも強い力を持っているが所詮は定命の生物であり、単独の戦闘力では、大悪魔どころか上級悪魔にさえも届かない。

だが、ノエルもリュドリックもユールシアの知己であり、その一撃は戦闘力以上にユールシアの精神を揺さぶるはずだ。


シャァアアアアアアアアアアアアアアアアアア‼


己に向かってくる矮小《わいしょう》な生物に〝金色の獣〟は威嚇《いかく》するような咆り声をあげて襲いかかり、それをニアが受け止め、全力で受け流す。

「そこだっ！」

そこに片腕のコードルが突撃して、折れた魔剣を渾身《こんしん》の力で振り下ろす。だがその一撃は黄金の翼に弾かれ、その隙を縫うようにノエルが飛び込んで剣を振るうが、長い尾に剣を弾かれ、身体ごと吹き飛ばされる。

「まだだ！」

ノエルは吹き飛ばされても倒れはせず、踏ん張るようにブーツの踵《かかと》で大地を抉りながら、再び戦いの場へ飛び込んでいく。それに合わせて〝金色の獣〟が動き出すが、その攻撃はニアによって防がれた。

「こちらだ、獣よ！」

「ノエル殿に癒やしを！」

瘴気に冒されているコードルや、なんども瘴気の攻撃を受けたニアは、神聖魔法の効果が薄いと拒否をされたが、聖騎士たちは攻撃を一手に引き受けるニアの援護や、神聖魔法でノエルの回復を行い、誰か一人に負担が偏ることを避けていた。

「……これが〝人間〟か」

人間たちの中でただ一人魔族側であるコードルは、人間たちの〝強さ〟に感嘆する。

強さだけなら獣人や魔物の血を取り込んだ魔族のほうが上だ。肉体の強さは最も多い人間種である人族などとは比べものにはならない。

だが〝人間〟は、力を合わせて戦うことができる。

恐怖と暴力によって群れをなしている魔族とは違い、誰かのために戦うことができるのだ。

たとえその対価が自分の命であろうと、愛する者のため、心に勇気を宿して戦う。だからこそ人間には、勇気の象徴たる『勇者』がいて、愛の象徴である『聖女』がいるのだ。

「聖女か……」

彼らが救おうとしている金色の少女。幼さに似合わぬ美しさと洞察力を持ち、コードルの正体を見破ってなお、その慈愛を持って微笑んでくれた心清らかな乙女。

彼女が心優しき魔王と出会ったなら、彼のことも救ってくれるだろうか……。

魔族のためにこの世界を壊すことを企て、そのために意図せずとも彼女を生け贄にしてしまった魔族が言えることではないが、そう願わずにはいられなかった。

コードルは、魔王の下へバケモノを行かせないため、共闘の名の下に人間たちを利用している。だが今の彼の〝想い〟は少し変わっていた。聖女の清らかさに触れ、わずかでも浄化されてしまったかのように、コードルは敬愛する魔王のためだけでなく、聖女……あの小さな女の子を救うために命を懸けて剣を振るっていた。

「魔王様……申し訳ありません」

おそらくここでコードルは死ぬだろう。魔王は悲しむかもしれないが、けして叱りはしないだろうと、コードルは再び魔剣を構えて飛び出した。

「くそっ！」

リュドリックは焦りを感じていた。ユールシアがあのバケモノに取り込まれ、いまだに取り戻せないこともそうだが、それ以上にこの戦場で何もできない自分に憤りを覚えた。

リュドリックは優秀だと言われてはいるが、あくまで〝十二歳の少年にしては〟の話だ。

剣技は騎士並みだが、聖騎士たちに比べれば劣る。

魔術は人並みに使えるが、何年も傭兵《ようへい》をしていたノエルには及ばない。

ユールシアの加護を受けたという従者たちも、それだけでなく聖女の従者であろうと血が滲むような努力をしてきたはずだ。誰かを護る力も、主人を救おうとする知恵も、それを実行に移せる実力も、何も敵わない。

今この場でリュドリックは誰よりも劣っていた。

この場の指揮官はもっとも地位のあるリュドリックになっているが、全員が自分の役割を深く理解しているため、指示を出す必要もない。

（俺は、何をしている……っ）

リュドリックは自分の無力さに拳を強く握りしめる。

ユールシアを護るためにこの遠征に参加した。王族であるリュドリックが参加することに苦言を呈した心配をする声もあったが、彼が無理を言って参加したのは、自分が王家の予備だと理解しているからだ。

もしリュドリックに何かあっても、兄であるティモテがいる。

それでも危険を冒す理由にはならないが、リュドリックは兄を差し置いて自分が王になることを推す派閥があることを理解しており、自分がいなくなったほうが国は纏まるのではないかと考えたこともあった。

ユールシアの父である大公が王位継承争いをするのを嫌って、自ら王家を離れようとしていた気持ちがよく分かる。同時に家族のために離れ切ることができなかった思いにも共感できた。

「ユールシア……っ」

甘いと言われることもあるが、そんな家族を愛していた。そんな家族のため、絶対にユールシアを救い出す。ユールシアは家族だ。血が繫がっている親戚だからではなく、すでにユールシアは自分の〝妹〟だと思っている。

だが、初めからそうだったわけではない……。

初めて出逢《であ》ったリュドリックが七歳のとき、人形のような美しさを持ちながら、人間くさい残念さを併せ持つその愛らしさに思わず見蕩《みと》れた。

誘拐事件の中で何もできなかった自分と違い、まだ四歳にもなっていなかった彼女が、子どもたちの身体のみならず心まで救う、その姿に憧れた。

彼女は本物の聖女だ。ただ王族というだけで敬われるリュドリックと違い、彼女が公女でなくても聖王国は彼女を守り敬うことになったはずだ。

そうであれば良かった。もしユールシアが王家の血を引いていなければ、リュドリックはなんの障害もなくユールシアを慕うことができた。

だが、聖女であり王族でもある彼女を手に入れるということは、王になることと同義になる。

兄のティモテは歳が離れていることで、ユールシアをただの〝妹〟としか見ていない。だからこそリュドリックも、ユールシアの〝兄〟となるしかなかったのだ。

そのためにリュドリックは〝大人〟になろうと足掻《あが》いた。身体だけでなく心も成長して割り切るために大人になろうとした。

〝兄〟として〝妹〟を護るためにリュドリックは成長した……つもりだった。

だが今、ユールシアは魔族の奸計《かんけい》により命の危機に瀕《ひん》している。

なんのために大人になろうとしたのか？　なんのために兄でいようと決めたのか？　自分のやってきたことは無駄だったのか？

ユールシアを救えなかったら、心を偽った意味がない。

「──おおおおおおおおおおおおおおおおっ!!」

その瞬間、愛する少女のために戦うと決意したリュドリックに〝何か〟が宿る。

〝鋼《はがね》の精神《こころ》〟──『大地の大精霊』の加護を得たリュドリックの全身を〝銀色〟の光が包み込み、内から湧き上がる新たな力に少年は天に吠《ほ》えた。

「ルシア……っ！」

ノエルは一心不乱に剣を振り続ける。

傷ついても、吹き飛ばされても、怯《ひる》むことなく退がることもなくただ前に進み、その手の剣を振り続けた。

愛する少女、ただ一人のために。

幼い頃に家族を全員殺され、虐待によって傷ついたノエルはすべての希望を失い、絶望の中で己の死を願っていた。

だがそのノエルを救ったのは、自分よりも幼い小さな金色の〝聖女さま〟だった。

聖女ユールシア。絶望の中で死を望んでいたノエルに、諦めることは許さないと厳しい言葉を使い、慈愛の微笑みをくれた彼女に、ノエルは神が遣わした天使の姿を見た。

すべてを失っても希望はある。それを与えてくれるユールシアこそ、神が地上に与えた希望の光……真の聖女なのだと思えた。

最初は憧れだった。絶望の中で人が宗教に縋《すが》るように、〝聖女〟の存在に依存して心の拠り所として生きてきた。幼い身で必死に生きて、才能も認められて養父と出会い、流浪の民の子であったノエルが今では貴族の一人として生きられるようになった。

家族たちの墓も作ることができて、自分がまともに生きられるようになったことを墓前に報告して、ようやく人間になれた気がした。

だが、ただ憧れているだけで幸せだった幼子から、少しずつ大人になるにつれて、彼女との差が明確に自覚できるようになった。

領地一つもない中級貴族の養子と、聖王国の姫であり、真の聖女である彼女との間には山脈のように高い壁が存在していた。

再会できたことは嬉《うれ》しかった。だが年齢が上がると共に気安く接することも難しくなる。

すべてを失ったノエルはユールシアと出逢ったことで、生きる希望を取り戻し、養父や仲間たちや友人のような〝大事〟なものが少しずつ増えていった。

だが大事なものが増えるたびに、それがしがらみとなって、彼女との距離が離れていった。

彼女は変わらずに接してくれている。幼い頃の笑顔のままで、幼い頃よりもさらに美しくなってノエルに微笑んでくれる。

そんなユールシアが今、異常な力を持つバケモノの中で消えようとしている。

彼女の従者たちはこの獣に攻撃を続けることで、獣からユールシアを切り離せると言っていた。

彼らもできることなら自分らで主人を救いたいと願っているだろう。その実力は充分にありながらそれが出来ないのは、聖女の薫陶を受けた彼らしか彼女を救い出せる魔術を使えないからだ。

彼らはノエルを信じて、主人であるユールシアを任せてくれた。

それなのにノエルは、いまだに彼女を切り離せるほどの〝一撃〟を入れられずにいる。

「どうして……っ！」

どうして出来ないのか？　あのときの一撃を。

トゥール領の地方都市で、慰問に来てくれたユールシアが誘拐されたとき、ノエルは心の中から湧き上がる〝想い〟を光に変えて、半獣人《ライカンスロープ》を討ち倒した。

その一撃が……あの〝光〟が出せない。唱えれば光は出せる。だがあのときのような爆発的な力は、あれから一度も出ることはなかった。

あの時と何が違うのか？　ユールシアの加護を受けたことによる一時的なことだったのか？　それを自分の力だと勘違いしていただけなのか？

「そう……か」

ユールシアを救えない絶望が心を満たす。だが以前と違うのは、絶望に満たされていても心の奥に〝勇気〟という光があった。

光が使えないのなら、その代わりはある。それは――

「僕の……命だ!!」

護りもいらない。彼女を失った人生もいらない。あのときと同じように、この命そのものを武器として捨て身の渾身の一撃を与えるしかない。

憧れた聖女を救うため――いや、違う。

愛する少女を救うためにノエルは命を投げ出すことを決めた。

その心が――かつての〝光〟を呼び戻す。

「――っ！」

消えていなかった。最初からそこにあった。ただ見えていなかった。

心の中に〝光の精霊〟を感じた。

聖王国の伝説にはこう記してある。

その存在は、この世に巨大な邪悪が現れたとき、光の精霊によって選ばれ世界を救う……と。

光の大精霊の加護を受け、この世界でただ一人の〝真の勇者〟として覚醒したノエルは、愛する少女のために心の中の〝想い《ことば》〟を叫ぶ。

「――『†§†《光よ》』――っ!!」

ノエルが構えた剣から巨大な光の柱が立ち上り、その白い光が〝金色の獣〟に振り下ろされた。

ノエルの光と〝金色の獣〟の力がぶつかり合う。

「おおおおおおおおおおおおお!!」

それと同時にリュドリックが、銀色の光を放つ剣をノエルの逆側から叩きつけた。

「ノエルっ！」

「リュドリックっ！」

互いの名を呼び、同時に頷いた二人がさらに二つの光を叩き込むと、それまでビクともしなかった〝金色の獣〟がついに吹き飛んだ。

「今だ!!」

ノアが声をあげ、ティナとファニーだけでなくニアまで駆けつけ、四人がかりの魔力で巨大な魔法陣を起動させる。


キシャァアアアアアアアアアアアアアアアアアアアッ!!


それでも〝金色の獣〟は動きを止めず四人に向けて口から衝撃波を放つ。さすがにノアたちでも無防備で受ければただでは済まない。

「やらせるかぁあああ!!」

だが、そこに飛び込んできたのはコードルだった。彼は魔剣と自分の身体を盾にして衝撃波を受けると、驚愕した表情を浮かべる待ち望んでいた〝勇者〟に、わずかに悔しげな顔を見せた。

「やれ！　勇者たちよ、聖女を救い出せ!!」

その次の瞬間、ノアたちの魔法陣が起動して赤い光が〝金色の獣〟を包み込み、そこから剝がされるように〝黄金〟の光が放たれた。

「ユールシアっ！」

「ルシアぁあ!!」

太陽のような強烈な光で何も見えない。

魔法陣は起動したのか？　ユールシアは無事なのか？　少年たちの心からの叫びが何をもたらしたのか、その光が黄金の羽毛のように飛び散り――。

「あああ……」

その光の中心に少女の姿が浮かび上がり、破けてボロボロになったドレスを翼のようにはためかせる、気を失ったユールシアが天使のように舞い降りて、彼女を愛する者たちの手に戻った。

第十話　真の聖女になりました……そして

「………え？」

目を覚ますと何故か分かりませんが空がありました。

え？　なに？　どうなっているの？　なんで瓦礫《がれき》の中で寝ていたの？

「ユールシアっ！」

「ルシア！」

近くから声が聞こえて振り返ると、妙に襤褸《ぼろ》っちいといいますか薄汚れたリックとノエルが、泣きそうな顔で駆け寄ってくるのが見えました。

彼らは何か知っていそうですね。よっこらしょ、と身体を起こすと、身体にかけてあったマントのような物がずれて、リックとノエルの顔が赤くなる。

「殿方はご遠慮くださいませ」

「うぉ!?」

「うわ！」

すかさずティナが二人の襟首を摑《つか》んで後方に放り投げる。あれ？　ドレスがボロボロに破けている？　大事なところは見えていませんが、普段はお手々と顔くらいしか露出していないので、それに比べたら肌色面積多めですね。……あっ。

「っ痛《つ》ぅ〜」

「主人《あるじ》様⁉」

頭痛がして思わず頭を押さえると、こちらに背を向けて壁になってくれているノアを除いた、女の子三人が駆け寄ってくる。

「あ〜……大丈夫です。あなたたちは平気なの？」

「特に大きなダメージはありませんが？」

「それなら、いいのですけど」

この症状って……

完全に『二日酔い』ってやつですよね？

やっぱりそうだ。呑《の》んだ瞬間にやばいって思ったのですよ。私の元になった女の子時代を含めても、お酒を呑んだのは初めてなのですもの……。それに変な魂でも食べましたか？

自分がここまでお酒に弱いとは思わなかったわ。身体がまだ子どもとはいえ、たった一口で前後不覚になるとは……。口当たりが良かったので油断しました。

もう二度とお酒なんて呑みませんから！

それはそれとして……元はお城らしき瓦礫の山を見回しながら、なんとなく状況を察した私の背中に冷たい汗が流れる。

「えっと……何が起きたのか、教えてくださる？」

「あ、はい」

女の子三人から主観の入り交じったわかりにくい説明を聞いて要約すると、私、とんでもないことをしでかしたようですね……。

本体のネコが出てきて暴れた？　とりあえずそれは私と関係のない野良の悪魔だとしたみたいですが、困ったことをしてしまいましたね。

「わたくしがお酒を飲めなくて、意識を失ったせいで皆様にご迷惑をかけたのでしょう？　お城を壊して、カペル家の皆様には悪いことをしましたわ」

酔って暴れたとかお恥ずかしい。私の個人資産は日々増え続けていますけど、お城の修繕費なんてとても出せませんからどうしましょう？

私がおっとりと頬に手を当てて困っていると、戻ってきたリックとノエル君が脱力するように深く溜息《ためいき》を吐く。

「ユールシア……」

「ルシア……は、もうそのままでいいよ」

何故でしょう……なんか、また呆《あき》れられている気がしますわ。

「悪いのは気を失った其方《そなた》ではなく、そうなるように仕向けた魔族のコードルだ。人間に擬態していたからカペル家がどう関わっていたのかまだ分からんが、奴を連れてきたイザベラ夫人が行方不明の今、罪に問うのは難しいかもな」

「そうですの……」

もしかしてセーフ？　私は悪くないから弁償しなくてもよい？　必殺、悪いのは全部あいつのせいですね！

「そいつと話してみるか？」

「……え？」

まだ生きているの？

「ほとんど死んでいる。正直、生きているのが不思議な状態だが、そいつはお前が目覚めるのを待っていた」

そう言うリックからはなんとなく、その魔族に対する憐憫《れんびん》のようなものを感じました。

でも、魔族《エビルレース》ってアレですよね？　北に住んでいる人間以外の悪いことをする人たちで、人間国家の敵ですよね？

悪いのは彼なのですが最後に共闘までしたそうで、彼が盾になってくれなかったら相当にまずい状況だったとか。いや、本当にごめんなさい。

「主人様、まずはお着替えをなさいますか？」

「……服はあるの？」

立ち上がろうとした私にティナとファニーが、何か首に付けるチョーカーのようなものを差し出してきました。なにこの真っ黒なの。

「これ、なに？」

「私とファニーが僭越《せんえつ》ながら主人様の魔力で作らせていただきました。お納めください」

「うん?」

よく分かりませんが、服の代わりにこの黒いチョーカーを作ったの？　意味が分かりませんがとりあえずティナとファニーがドヤ顔しているので、首に巻いておきましょう。


「……聖女……か」

「はい」

チョーカーとマントを身体に巻き付けた私がそこへ行くと、半身が瘴気《しょうき》で崩壊して、本当になんで生きているの？ 状態なコードルが横たわり、薄く目を開けて私を見る。

「……癒やしは必要ですか?」

「必要……ない。貴様……聖女は、魔族にも……情けをかけるのか？　お前の魔力を……奪い、バケモノを呼び出そうとしたのだぞ?」

ああ、そういうことですか?

私は彼の側に跪《ひざまず》き、そっと残っていた手を握る。

「なにか、必要な事情があったのでしょう?　ちゃんとお話ししてくだされば、お力になれたかもしれませんのに」

私がそう言うと、背後でリックが何か言いかけてノエルに止められる気配が伝わってくる。それ以上に魔族である彼には衝撃だったらしく、見開いたその瞳から涙が零《こぼ》れた。

「聖女よ……北へ向かえ。そこで魔王様に会ってくれ……」

「ええ」

私がそっと頷《うなず》いて微笑みかけるとコードルは安堵《あんど》したように目を閉じて、その身体が崩壊して塵《ちり》となって消えていきました。

ヨシ、良質な魂、ゲット。

「それより、リュドリック兄様もノエルも、随分と力が上がっていませんか？」

「分かるのか？」

そりゃあもう分かりますとも。ノエル君は以前から光の精霊の残滓《ざんし》みたいなのがありましたが、今の二人からは相当な精霊の力を感じます。

「精霊の……〝加護〟ですか？」

「そうらしいな……」

「ルシアは分かるんだね」

私の言葉にリックとノエル君が頷き、それを聖騎士たちも認めていました。

「公女殿下。おそらくは伝承にある『勇者』……それと、初代勇者と共に戦ったという戦士の英雄クラス、『聖戦士』かと思われます」

聖騎士の小父様《おじさま》たち、なんかうきうきしていませんか？　仕方ないですけど。

ああ……面倒な魂になりましたね。まさか、お姉様方の勇者（笑）ではなくて、この二人が覚醒するとは思いませんでした。

……長いこと私の側にいたせいで、相当、魂に負荷が掛かっていたのでしょうね。

まあ、なっちゃったものは仕方ありません。

「…………」

私はそっと遠くの空を見る。

……感じるわ。あなたの鼓動が……。

そう……来たのね。


「二人とも、そして聖騎士の皆様も、わたくしが聖女だと言ったら認めてくださる？」

私の突然の言葉にノエルとリックの二人は戸惑いながらも頷いてくれた。

「もちろん」

「ああ、其方が聖王国の聖女だ」

「もちろんです。公女殿下の他にいるはずがありません」

聖騎士さんたちも認めてくれました。

これだけの魂が認めたなら大丈夫ね。よかったわ……これで出来る。

「ノエル、剣を貸してくださいな」

「ルシア……様？」

「二人とも、そこに膝をついてくださいませ」

ノエル君のボロボロになった剣を借りた私に、リックとノエル君は不思議そうな顔をしながらも素直に膝をつき、私はまずリックの肩に剣で触れる。

二人ともまだ安定していない。彼らに力を与えた精霊からすれば憤慨ものでしょうが、今ここで確定させせないといけない。

ごめんね……悪魔で。

「リュドリック・フォン・ヴェルセニアよ。聖王国の聖女の名において、汝《なんじ》に『聖戦士』の称号を与える」

「——っ！」

その瞬間、魂が確定されてリックの全身を白銀の光が包み込む。

その隣で目を見開いているノエル君の肩に剣を乗せると、ハッとした顔で私を見つめた。

「ノエル・バルナバスよ。聖王国の聖女の名において、汝に聖王国の『勇者』の称号を与える」

「ルシア……さま」

リックと同じようにノエルの全身も白い光で包まれた。

「ユールシア・フォン・ヴェルセニアの名において、新たな精霊の加護を受けし子らに光の祝福を——〝光在《ひかりあ》れ〟——」

私を中心に黄金の光が放たれ、人間たちが感動したように私たちを見つめていた。

まあ、この程度は許されるでしょう……。ちょっとした保険です。

そうでないと……

ここで生き残れないから。

「なんだ、あれは……」

聖騎士の一人がそんな呟《つぶや》きを漏らし、全員が見上げたその方角……遠くに見える山の向こうに、巨大な黒い雲が渦巻いているのが見えた。

方角は北……確かそこには〝魔族〟の国がある。

「主人様！」

何かを察知したノアが声をあげ、リックとノエルの全身から放たれていた光が、弱い人間たちを護るように広がっていった。

「これは……」

「皆さん、下がって」

私が一人で前に出る。二人とも私を止めようと立ち上がろうとして、動けない身体に驚いていた。

私が〝聖王国の聖女〟を騙《かた》り、無理矢理精霊の力に干渉してまで、彼らの加護を確定させたのはこのためです。

精霊が彼らを護るためにその動きを封じている。

人間たちを生き残らせるために……。

「――〝光在《ひかりあ》れ〟――」

その瞬間、山脈の向こうにある黒雲から、〝漆黒の稲妻〟が迸《ほとばし》り、私たちを襲ってきたそれを、私は光を溜めた手の平で受け止めた。

「ルシア！」
「ユールシア！」

ゴォオオオオオオオオオオオオオオオオオオオオオオオオオオッ!!!

獣の咆吼《ほうこう》を思わせる轟音《ごうおん》が響き、黄金の光と漆黒の稲妻がせめぎ合い、二人の光に護られたそれ以外の周囲の生物が、虫も動物も小さな精霊でさえも死滅していく……。

漆黒の稲妻がすべてを破壊しようとして、大精霊たちが必死に希望となる人間たちを護る。

その瞬間、焼け焦げたマントと破けたドレスの代わりに、黒いチョーカーが新たなドレスに変化して、私を護るように身体を包み込む。

私が稲妻を握りつぶすと、その余波が周囲に飛び散り、瓦礫の壁に黒い文字のようなものを刻みつけた。

ああ……。

ついに来てしまったわ……。

……〝彼〟が。

＊＊＊

〝魔王〟ヘブラートは、魔族の王の子として生を受けた。

母は何人かいる王の妾《めかけ》で、ヘブラートを産んですぐに他の妻に殺されたと聞いた。

父には何人もの妻と何人もの子どもがおり、彼らは次の王となるべく骨肉の争いを続けていた。

後ろ盾のないヘブラートはすぐに殺されるはずだった。

だがヘブラートは生き残った。彼を不憫《ふびん》に思った一部の者が匿ってくれたのもあるが、一番の理由はヘブラートが智者《ちしゃ》であったからだ。

ヘブラートは幼い頃より自分とは違う〝記憶〟を持っていた。

自分とは違う、ある男の人生。走馬灯のように流れていく男の人生からヘブラートは、ものの考え方や倫理観を学んだ。

男の人生はけして幸せなものではなく、すべてを他者に搾取され、そのあげくに過労死したようだった。ヘブラートはその生き方を一部反面教師として学び、直接的な行動しか取れない敵対者を次々と罠《わな》にかけて殺していった。

それがいけないことだと知っていても、生き残るために足掻《あが》き続け、すべての父の妻と兄弟を排除してみせたヘブラートの冷酷さを父は気に入り、彼を後継者に指名した。

その過酷とも言える英才教育を施されたヘブラートは真実を知り、絶望する。

あの男の人生が〝前世〟だったとしてもヘブラートにとってはただの〝知識〟でしかない。男がどんな生き方をしようと今のヘブラートには関係のないことだった。

だが、その男の知識はヘブラートの思考に強い影響を及ぼしていた。

太陽の光も届かず、碌《ろく》な作物も育たず困窮する〝魔族〟の国は荒れていた。それでも自分の生まれた国だ。ヘブラートは男から学んだ倫理観から次の王として良い国を作ろうとした。

だが、その思いは叶《かな》わない。

何かを作ることもできず、他者から奪うことしか知らない魔族たち。他者を騙《だま》すことしか考えずに上昇志向もなく、他者の足を引っ張ることしかできない魔族はすでに詰んでいた。

おそらくあと百年もしないうちに魔族は滅びる。

その前に魔族の考え方を変えることが不可能だと理解したヘブラートは絶望し、決意する。

魔族の王は『魔王《エビルロード》』と呼ばれているが、それはあくまで魔族の統治者としての称号でしかなく、初代魔王のような『魔王級』の存在ではない。

『魔王級』とは大精霊や大悪魔のような《天災級》より一段階上である《災厄級》の存在であり、それが現れるとき精霊によって『勇者』が選ばれることから『魔王級』とも呼ばれるようになった。

魔族の王が、本当に《魔王級》の力を持っていれば、魔族を力で従え、その意識を変えることもできたかもしれない。

だが、父王もヘブラートも、二段階下の《災害級》の力しかなく、種として詰んでいる魔族を救うにはより大きな力が必要だと考えた。

ヘブラートは齢十五で父王を殺して自らが魔王となり、コードルのような数少ない理解者と共に行動を始めた。

それから二十年……。魔王城の地下にある巨大な魔法陣には莫大《ばくだい》な魔力が貯められている。

その魔力をもって巨大な力を持つ悪魔を召喚する。

だが悪魔の召喚には大きな危険が伴う。そのためにヘブラートは幾つもの文献を調べ、比較的理性ある対話が可能な、〝悪魔博士《あくまはくし》〟と呼ばれる、知性ある悪魔を呼び出す算段になっていた。

「もうすぐだよ……フランソワ」

もうすぐヘブラートの望みが叶う。この二十年で敵も増えたが大事な仲間も増えた。魔将コードルもそうだが、ヘブラートは愛する娘のためにもこの計画は絶対に失敗はできなかった。

その娘と血の繋《つな》がりはない。家族に迫害をされて追放されたドワーフの娘で、彼女を不憫に思ったヘブラートは幼い彼女を拾い自分の娘として育てていた。

その娘のためにも、信じてくれる魔族のためにも、ヘブラートがあらためて決意を固めたとき、不意にそれは起こった。

「なんだ、これは……」

腹心である魔将コードルが魔力を求めて人間国家へ向かってから、定期的に送られてくる魔力によって、召喚に必要な魔力量の八割ほどは集まっている。

コードルからは聖王国にいる〝聖女〟が大量の純魔力を有していることから、必ずその魔力を奪ってみせると連絡を受けていた。

聖女という魔族の怨敵を相手取るコードルを心配していたが、送られてきた魔力量の膨大さに魔法陣は瞬く間に許容量を超え、その魔法陣を包むような〝黄金〟の魔力を見て、これが想定外の異常事態だと察した。

「接続を切れ!!」

「と、止まりません！」

召喚用とは別の魔力受信用の魔法陣を扱う部下にそう叫ぶが、魔力の量が多すぎるのか、魔力が来るのを止められない。

すると召喚魔法陣が魔力を受けるままに輝きを増して、勝手に起動を始めた。

「誰が動かした⁉　それを止めろ！　壊しても構わん！」

警備兵にそう叫びながら魔王ヘブラート自ら剣を抜いて飛び出した。

悪魔の召喚は慎重に行う必要がある。魔力のみで強引に呼び出しても目的の悪魔を召喚することもできず、下手をすれば魔力目当てに群がってきた数百万もの悪魔を、世界に解き放ってしまうことになる。

最悪の場合……契約さえもできないバケモノが呼び出されてしまうことも……。


――……ガァアアア……――


地の底から聞こえるような〝獣〟の唸《うな》り声《ごえ》……。

飛び出したヘブラートが魔法陣の魔力に弾かれる。そのすべてを呪うような〝声〟のおぞましさに、ヘブラートは最大の魔術を放つ。

「――【灼熱《フレア》】――っ！」

白熱する巨大な火球が放たれ、周囲を蒸発させながら巨大魔法陣に直撃する。

計画は振り出しに戻るかもしれないが、それでも、先ほどのおぞましい存在を制限もなしに解き放つことはできなかった。

だがその瞬間――


ガァアアッ!!!


魔族国すべてを揺るがす〝獣〟の咆吼《ほうこう》が響き渡る。

怒り、怨嗟《えんさ》、憎しみ――負の感情を込めたその咆吼だけで灼熱《しゃくねつ》魔法を吹き飛ばし、それは燃えさかる炎の中から出現した。

「おおおおおお……」

それを陰から見ていた老人――ギアスが歓喜の声をあげる。

「これで望みが叶う……ひゃはははっははははははっ!!」

老人が狂喜して笑うその向こうでついにそれは全貌を現し、その正体を察して、ヘブラートが絶望した顔でへたり込む。

ヘブラートは知らなかった。〝悪魔《あくま》博士《はくし》〟と呼ばれる悪魔がすでに殺されていることを。それを殺した〝獣〟がその場にいたことを。

ヘブラートは運悪く、その存在を呼び出してしまった。

「馬鹿な……」

十メートルを超える闇のように〝暗い〟漆黒の巨体。

かつて世界を恐怖に陥れた、豹《ひょう》の姿をした太古の悪魔……伝説の〝魔獣〟──。

それは──

「……魔獣《ビースト》……〝暗《くら》い獣《けもの》〟……っ！」

その漆黒の魔獣はいまだ自分を縛ろうとする魔法陣の束縛を力ずくで引き千切り、漆黒の稲妻を放ちながら南の方角に咆吼をあげた。


『────〝金色《きんいろ》の獣《けもの》〟ぉおおおおおおおおおおおおおおおおおおっ!!!』

＊＊＊

わたくしユールシアは、普通に王都まで戻ってまいりました。

まあ、なんと言いますか、アレのせいで大騒ぎになりましたが、私が分離して、金色から黒くなった悪魔がちょっかいかけてきたということで落ち着きました。

落ち着いたのか……？　まあ、あれ以上は何も起こらなかったので落ち着いたのでしょう。

カペル公爵とコーデリアは無事で、コーデリアは母親が行方不明となったことで随分と落ち込んでいましたが、洗脳も解けたのでいずれ折り合いもつくでしょう。

カペル公爵も了承して、ゼッシュさんのところで療養も考えているようですよ？

そのカペル公爵ですが、事の顛末《てんまつ》を聞いて相当に反省したらしく、憑《つ》き物《もの》が落ちたように罪を償おうとしていましたが、とりあえずお祖父《じい》様のお沙汰待ちです。

でもまあ、話をよく聞けば一番悪そうなのがイザベラ夫人と魔族なので、そんな酷いことはないと思います。悪いのは全部魔族のせい。

カペル公爵は私にも素直に頭を下げてきて、正式に例の会の会員となり、現在はふさふさとなっております。……また資産が増える。

それはいいのですが……。

『ニャ』

「……ニア？　その剣を振るの、やめなさい」

「ええ〜〜〜」

不満なのかよ。

お城のお部屋で、ニアが得意げにブリちゃんやサラちゃんに自慢しているのは、私の魔力で作った魔剣でございます。

それ以前に部屋で剣を振るの、誰か止めてよ……。

あの戦いでニアの持っていた黒い魔剣が耐久限界になりまして、ノアでも修復不可能となったことで新しい剣をお強請《ねだ》りされたのです。

どこで拾ってきたのか、ちょうど折れた魔剣が落ちていたそうで、ニアが〝私〟から吸収した魔力で魔剣を造ってみたら、なんか私の髪色そっくりな黄金の魔剣になりました。

先ほどの『ニャ』は斬撃音です。

ふざけんな。

「ニアちゃん、それをこっちに寄越しなさい。新しい物を買ってあげますから」

「イヤです」

私がニコリと微笑みながらそう言うと、ニアは剝き身のままの刀身を抱きしめ、泣きそうな顔でプルプルと首を振る。

「「ユールシア様……」」

ダメです！　ブリちゃんもサラちゃんも他の子も！　そんな目で見られても同じ剣はもう造りませんよ！　あなたたち最後まで寝ていたから戦ってないでしょ！

まったくもぉ！　なんですのこの魔剣！　なんで私と同じ声で鳴くのですか⁉　あの拾ってきた魔剣、呪われていたのではないでしょうね⁉　私の羞恥心が試されています。

「それは良いのですが、ユル様。そのドレスはやはりまずいかと」

「ダメですか？」

できれば黄金魔剣のことも流してほしくはないのですが、差し迫ってのことならヴィオが正しかったりする。

わたくしの成長が著しく、以前のドレスは少々合わなくなっておりまして、急遽《きゅうきょ》決まった今回の式に新しいドレスが間に合わなかったのです。

もういいじゃん、既製品で。

「ユル様の晴れの日ですから、リア様も旦那様も既製品はお許しにならないかと」

「困りましたね……」

ちらりとティナを見る。彼女は沈痛な顔で首を振る。

やっぱりダメですわ。

いや、ドレスはあるのですよ。私のサイズぴったりの物が。

あのとき、燃え尽きたドレスに代わって私を包み込んだのは、ティナとファニーが作ってくれた黒と銀のドレスでした。

チョーカーから変形ってどうなっているのでしょう……？　まあ、二人とも自分のお仕事着も作れるので作り自体は問題がないのですが、問題はアレです……。

デザインはいいのですよ？　性能もいい。二人がどんだけ本気を出したのか知りませんか、性能だけでも『自動洗浄』『自動修復』『温度調節』『サイズの自動調整』『スカート丈の自動変更』などなど盛り沢山。その気になればデザインもある程度変えられるとか？

凄いではありませんか？　これならこの一着で随分と経費を浮かせられますよ。

では、何がいけないのでしょう？

「さすがに国民向けのお披露目で、〝黒〟はちょっと……」

「ですよね！」

黒もキレイだし、ファニーの銀糸も刺繍《ししゅう》で入っているし、デザインもゴスロリっぽい感じだから悪くはないのですが、ヴィオは静かに首を振っていた。

「……どうしてティナが作ると黒くなるのかしら？」

「さあ？」

私とティナとその後ろでファニーが面白がって同時に首を傾げる。

「そんなことありません！　ユル様の美しさはさらに輝いておりますわ！　なめらかななめなめしたい肌の白さと黄金の髪が黒いドレスと相まって、さらに引き立っておりますの！　聖戦士だか勇者だか知りませんが、あんなぽっと出の有象無象と比べものにはなりません！　ああ、その神々しさは女神の如く――」

「どうどう！　シェリー！　ステイ！」

遊びに来てくれていたシェリーがまた暴走してベティーがそれを羽交い締めで止める。

ベティーもなんか慣れてきた感がありますけど、シェリーは聖王国の人間なのにそんなことを言っていいのかしら？

今回はなんと私たちのお披露目となります。国王であるお祖父様の孫として色々と大規模な式をされていますが、今回はなんとお城の周りに集まった国民に向けて、お城のテラスからお披露目をすることになりました。

なんじゃそりゃ……。

国王陛下の孫だからってそんなことしていいのでしょうか？　でもお披露目にしなければいけない理由があるのですよ……。

「仕方がないので、今回はそのドレスの上から白いサーコートを纏《まと》いましょう。リュドリック殿下とノエル様も、同じように白のサーコートを纏うので、統一感は出るかと」

「そうですね」

「大丈夫。ユルは可愛いわ」

「はい、お母様」

今回のお披露目は私一人ではありません。リックとノエル君も一緒です。もうすでに用意してあった純白のサーコートを黒いドレスの上に着て、付き添いのお母様の合格をいただいた私がテラスへ向かうと、そこにはもう二人が待っていました。


「遅いぞ、ユールシア」

「まあまあ、リュドリック。女性は時間が掛かるものですよ」

遅くなったのは私のせいだけではありませんからね？

「二人ともとても素敵ですわ」

お姫様らしくおっとりと微笑んで誤魔化しておきましょう。でもリックとノエル君が格好いいのはお世辞でもありません。

二人が着ているのは普段の装いではなく、正式な鎧《よろい》装備でした。

リックは聖騎士と同じ白銀の全身鎧に専用の白いサーコートで、かなり派手です。

ノエルはもう少し軽装で、主要部分は白銀ですが、革鎧も使って軽装と重装の中間ぐらいですが、やはり専用の白いサーコートを纏っております。

聖騎士の鎧と何が違うのかというと、私のもそうですが、サーコートの胸元には聖王国タリテルドの紋章が銀糸で記されているのです。デカデカと。

「ルシア……様も綺麗《きれい》です」

「ユールシアは、やはり聖女らしい姿が似合うな」

「ありがとう」

ノエル君もリックも、本当にそういうことをさらりと言うようになりましたね。

二人がやたら派手なのは、その腰から下げている〝黄金魔剣〟のせいでもありますけど。

ニアに剣を作ったのを見られていまい、二人とも剣をボロボロにしていたので、結局造る羽目になりました。

普通の剣から造ったので私の〝声〟は無しですが……なんで不満そうなんですか！

「では、エスコートしていただけます？」

私がなんとなく手を差し出すと、同時に手を取ろうとしたリックとノエル君が軽く睨《にら》み合《あ》い、二人が私の両手を片方ずつ取って歩き出す。

え……？　この状態で国民の前に出るのですか？

現れた私たち三人に、城下に集まった人たちから歓声が沸き上がる。

そこには国王陛下であるお祖父様と王太子である伯父《おじ》様、それとコストル教の教皇猊下《げいか》がいて私が揃《そろ》うと、国民に向けて正式な告知を始めた。

大地の精霊の加護を受けたリックは、聖王国の『聖戦士』の称号を。

光の大精霊の加護を受けたノエルは、聖王国の『勇者』の称号を。

そして――

「ユールシア・フォン・ヴェルセニアよ。聖王国とコストル教の名において、民を守りし汝の功績を称え、聖王国の『聖女』の称号を与えるっ！」

「……謹んでお受けいたします」

その瞬間、国民たちからどよめきと足を踏みならす音が王都を揺るがし、若干テンションの低い私を、リックとノエルが万歳するように手を上げさせた。

王都中を紙吹雪が舞い、私が愛想笑いを浮かべると、さらに大歓声が沸き上がる。

本当に聖王国の人たちって聖女さま大好きですよね。

どうしていきなり、王家と教会が『聖女』の認定をしたのか？

それはあの時の〝漆黒の稲妻〟が原因でした。

今も遠く北の山脈の上に見える黒雲……そこから放たれた漆黒の稲妻はあの城跡の生物を殺し、その飛び散った稲妻は黒い文字を残しました。

それをコストル教会と魔術師協会の方々が調べた結果、それが高位悪魔だけが使う、特定の相手に向けて使われる〝文字〟だと分かりました。

それが読めたのは、あの場で〝私〟だけ。

私宛に放たれたその〝文字〟の内容はただ一言……『来い』とだけありました。

その内容は一般には伝えられていないのですが、どこから漏れたのか、色々な噂《うわさ》が飛び交い、最終的に奇妙な噂となって流れ始めたのです。


『──悪魔の獣は、聖女を〝花嫁〟として狙っている──』……と。


そんな噂と国民の不安を払拭するために、私が定めた称号を公式の場であらためてリックとノエルの二人に与え、私の称号も正式に与えられました。

そうなると私たちで、あの黒雲を調べに行かないとダメなのでしょうね……。

この国民の熱狂も裏を返せばそんな不安から来ているのだと思います。

リックとノエルはそんな国民の不安を理解して笑顔で手を振り、私は両手を掴まれているので手を振ることもできず、精一杯の笑顔を振りまいておきました。

あの～～～……

私、〝悪魔〟なんですけど、大丈夫ですか？

エピローグ

「なんだったんだよ……あのバケモノ」

カペル公爵領から遠く離れたとある貴族領にて、ようやくまともな宿に泊まることができた彼はエールを煽《あお》りながら愚痴を吐く。

あの事件のとき、勇者と呼ばれたアルフィオとその仲間たちは、歓待されていた別の館で他の者と同じように眠らされていた。

アルフィオたちの運が良かったのは、毒消しが使える神聖魔法の使い手が少なかったことだ。あのときヴィオはユールシアを救う支援を増やすため、バルナバスと傭兵《ようへい》たちを起こすためにアルフィオたちの回復役であるエルフ、アンティコーワに神聖魔法を使った。

だがアンティコーワは傭兵たちを起こすことなく自分の仲間たちに神聖魔法を使い、離れたところに寝かされていた貴族の少女二人も起こして、そのまま他の者を起こさずに立ち去った。

アルフィオたちにも理由があった。自分たちが公女を救うために魔力を温存するため、そして動けるようになるまで何度も魔法を使い、アンティコーワの魔力がかなり減っていたからだ。

だが、公女を救いに行ったそこで見たのは、恐ろしい金色のバケモノだった。

城を破壊し、山を吹き飛ばすバケモノとどう戦えばいいのか？　少人数の者たちがそのバケモノと戦っていたが、とても手を出せるものではなく、アルフィオだけでなくアンティコーワや戦士のチェリアも青い顔をしていた。

それだけでなく、アルフィオたちはその場にいた魔族《エビルレース》の姿を見て驚愕《きょうがく》する。

コードルはアルフィオもカリストを通じて紹介されていた人物だ。カリストは自分たちを同じ目的に進む同志だと言って、イザベラ夫人も紹介してくれた。

だが、そのイザベラ夫人もカリストも姿が見えない。もしかして巻き込まれて亡くなったのか？

だとすればあの魔族ともっとも関わりの深い者はアルフィオたちとなる。

魔族は人間種の敵だ。この聖王国では匿うだけでも罪となる。そしてコードルが本当に魔族なら彼を引き込んだ容疑者と見られかねない。

だから、アルフィオたちは逃げ出した。

アルフィオは、あのバケモノが恐ろしいのではなく、仲間たちが冤罪《えんざい》に巻き込まれると説得して、その場から逃亡を図る。

だがその道中も楽ではなかった。目立つ乗合馬車のようなものは使えず、大きな街にも寄ることもできない。最初は大人しく従っていた女性たちも次第に不満を言うようになり、アルフィオは仕方なく久しぶりに大きな街に立ち寄ることになった。

「なんで俺たちがこんな目に遭うんだよ……」

ただ大司教の誘いに乗って動いていただけなのに、結果的に見れば聖王国に魔族を引き込んだ容疑者だ。下手をすれば大司教とイザベラ夫人を殺した大罪人として、指名手配をされていたかもしれず、人相書きがこの街まで回っていなくて心から安堵《あんど》した。

「わたくしはあの子が、魔族に関わっているのだと思いますわ」

「アタリー……」

身体は魔術で清潔にしていたが、久しぶりの入浴で輝きが増したアタリーヌが、アルフィオのいるテーブルまでやってきた。

出逢《であ》った頃はまだ幼さが残っていたが、十四歳の成人近くまで成長した彼女はさらに美しくなり、風呂上がりなことあって、その歳に似合わぬ妖艶さにアルフィオも思わず生唾を呑《の》む。

よく見ればその後ろに隠れるようなオレリーヌの姿もあったが、彼女は姉に比べて年相応に細身でアルフィオの視界に入っていなかった。

「お姉様、あの子も一応はわたくしたちの妹で……」

「オレリーヌ！　あの子を妹なんて言わないで！」

アタリーヌはやはり異母妹のことが気に入らないらしい。そうしているとアンティコーワやチェリアも入浴から戻り、全員でテーブルに着くと、アタリーヌから話を聞いたアンティコーワが深く頷《うなず》いた。

「確かにあのお姫さまが、噂《うわさ》ほどの実力があるとは思えません。このわたくしを差し置いて、聖女だなんて、裏で何をしているか分かりませんわ」

「その通りですわ、アンコ様っ」

意見が合ったアタリーヌとアンティコーワが手を取り合うのを呆《あき》れた顔で見ていたチェリアが、話題を変えるようにアルフィオに顔を向ける。

「それで、アル……これからどうするの？」

今のところコルツ領で事故が起きたらしいと話はあるが、大きな騒ぎにはなっていない。

おそらくはその話題をうやむやにするためだろう、『勇者』『聖戦士』『聖女』を国家が認定するという噂が回り、コルツ領の話題は流されてしまっていた。

そのおかげもあってかアルフィオたちは指名手配もされていない。だがそうなると、事情を知るアルフィオたちが逃げ出したことは、後ろめたいことがあったのだと思われかねない。

「……この国を出るか」

アルフィオはもうこの国から離れるつもりでいた。

シグレス王国で魔族がらみの事件を解決して〝勇者〟などと呼ばれていい気になっていたが、あの金色のバケモノやそれと戦う者たちを見て、戦うことに嫌気がさしていた。

正直に言えば危ないことはもうしたくない。そこそこの冒険をして、そこそこの敵と戦い、そこそこの報酬を得て、何も知らない民衆から勇者と呼ばれて生きていきたい。

今更、実家の農家をするつもりはないが、とりあえずもう聖王国を離れて、故郷のシグレス王国へ戻るつもりだった。だが……

「それでこそ、アルですわ！　あなたこそ本物の勇者だと教えてあげましょう！」

「……へ？」

突然立ち上がってそんなことを言い始めたアンティコーワに、アルフィオは思わずフォークに刺していた腸詰めをポロリと落とす。するとそれを聞いたアタリーヌがハッとした顔でアルフィオを振り返る。

「そうだったのですね！　では魔族の企みを暴きつつ、あの子が魔族と関わっている証拠を集めて、陰謀を暴いてみせましょう！」

「そうなのですね、お姉様！　アル様、そんな深いお考えがあったとは……」

貴族姉妹がそう言って目を輝かせ、そんな仲間たちにチェリアは苦笑しながら力強く頷いた。

「では、行きましょう！　北の魔族領へ」

彼女たちは、あの場から逃げるという選択をしても、まだアルフィオを信じていた。

もしかしたら彼女たちは、自分が選んだ男が紛い物だということを、信じたくなかったのかもしれない。

「……ハイ」

そんな女性陣たちの期待と無言の圧力にアルフィオは逃げ道を失い、曖昧に頷くことしかできなかった。

アタリーヌは一人、目的地とは逆の南へ顔を向け、これから戦いに駆り出されるであろう少年の身を案じ、それに巻き込んだ末妹を恨むように新たに誓う。

（あんたの正体は、絶対にわたくしが暴いてみせますわ！）

＊＊＊

私が聖王国の聖女として正式に認められ、勇者や聖戦士も認定された、王都中でのお祭り騒ぎがようやく静まりかけた夜遅く……。

私は灯りもつけない月明かりだけが照らす王都の自室にて、手の中の物にそっと微笑みかける。

小さな瓦礫《がれき》の欠片……。でもそこには〝漆黒の稲妻〟から飛び散った黒い瘴気《しょうき》が焼き付くようにこびり付いていた。

私の他には従者であるあの子たちさえいない。

私以外、他の誰にも邪魔はさせない。

私はその中の瓦礫に魔力を注ぎながら、そっと目を閉じる。

そして……


『……ようやく見つけたぞ……』

地の底より響く、懐かしい声……。

再び目を開くと、無限に続く荒れ果てた大地と、吸い込まれるような漆黒の空が広がる荒涼とした世界でした。ここが……〝あなた〟の世界なのね。

「ひさしぶり……元気だった？」

魔界の魔獣……〝暗《くら》い獣《けもの》〟……。

十年ぶり……ううん、魔界に刻なんて関係ないか。

魔界では永遠ともいえる刻を二人で過ごしてきた。それからあの子たちも加わったけれど、二人でいたときが一番長かった。

十年なんてほんの一瞬……。でも、〝彼〟にとってそれは短い時間ではなかったみたいね。

『……何故、〝人〟の姿をしている？　〝金色《きんいろ》の獣《けもの》〟よ』

私の姿をじっと見つめ、〝彼〟は苛立《いらだ》たしげな威圧を解き放つ。

「種族名で呼ぶのはやめて。私は〝ユールシア〟よ」

心象世界に暴風のように渦巻く〝彼〟の威圧の中で、私だけがそよ風に吹かれたように黄金の髪を揺らして微笑みを返すと、〝彼〟の気配から驚きが伝わってくる。

『なん……だと？　お前ほどの悪魔が人間などに〝名〟を付けられたというのか……』

悪魔は悪魔に名付けをできない。

精神生命体同士が名付けをし合うと、存在を削り合ってしまうから。

そして、物質界の生物が悪魔に名付けをしようとすれば、悪魔の存在が強いほど、名付け側の魂に負荷が掛かる。

それに耐えるためには強大な魔力と精神が必要で、大抵の場合は悪魔がまだ弱いときに名付けられ、私の場合は当時大部分の魔力を失っていたからお父様やお母様は平気だった。

私がそっと前に出て、〝彼〟がゆっくりと歩み出る。

触れ合うほどに近づいて私がそっと手を伸ばすと、〝彼〟は私の肩にそっと牙を立てた。

「相変わらず、私を噛《か》むの好きね……」

『ふん』

いつものように〝彼〟は不機嫌そうにそう返す。

ちょっと痛いけど、思ったよりも痛くない。そんな懐かしくて優しい甘噛みにほんのりと甘い酩《めい》酊《てい》感《かん》を感じて目を閉じると、〝彼〟のざらついた舌がちろりと私の首筋を舐《な》める。

「こら、調子に乗るな」

『……ふん』

ああ……本当に懐かしいわ。

あの頃もずっと二人でこうしていたね。

『どうして……』

「……ん？」

『どうして、俺から離れた？』

ぽつりと呟《つぶや》いた〝彼〟の気配が強くなる。

「私が見たかったから」

夢の世界を……憧れた〝光の世界〟を。

私は〝彼〟に嘘《うそ》をつかない。〝彼〟も私に嘘をつかない。

ただ、私の肩を噛む彼の力だけが少しずつ強くなった。

『……〝人〟の姿をしているのはそのためか？』

「ええ、そうよ。偶然……だったけど、とても気に入っているわ」

生まれ変わる前に死んでしまった〝私〟の身体。

「あなたは、どうしてここへ来たの？」

わかっているわ。わかっていてもあえて訊《たず》ねるの。

あなたの〝言葉〟で聞きたいから。

『お前の〝魔力〟を感じた……』

少しずつ〝彼〟の力が強くなり、私の肌に牙がめり込んでくる。

「……それだけ？」

聞きたいのはそんな言葉じゃない。

『お前は魔界に連れて帰る。その人間の身体を壊してでも』

私を壊すように〝彼〟の牙が食い込んでいく。

私は優しく微笑みながら、〝彼〟の頬にそっと指先で触れた。


「――〝黄金《おうごん》の光《ひかり》在《あ》れ〟――」


解き放たれた黄金の光が〝彼〟を吹き飛ばす。

『ぐぉおおお……っ、馬鹿な、悪魔が聖なる光だと⁉』

眩《まぶ》しげに目を細め、〝彼〟が本気の殺気と威圧を放つ。

以前の私だったらたぶん〝彼〟の威圧で痛手を受けていたでしょう。でも、今の〝彼〟で、今の〝私〟ならそんなに怖くない。

『お前……俺に逆らうのか？』

怒りの唸《うな》りをあげる〝彼〟を見て、私は小さく溜息《ためいき》を吐く。

「あなた……〝ダメ〟ね」

そんな言葉しか言えないのなら、あなたに壊されてあげないわ。

あなたが本当に心から望むのなら、私はいつでも魔界に帰ってよかった。でもダヽメヽなあなたの我《わ》が儘《まま》は聞いてあげられない。

ああ……でも私の望みも、ただの〝我が儘〟ね。

お互いに〝我が儘〟で殺し合うなんて……なんて悪魔らしいのでしょう。

『殺す……っ！』

「そう……でも――」

あの子たちが創ってくれた私の固有亜空間から魔力を汲《く》み出《だ》す。

私の背からコウモリのような黄金の翼がはためき、白目が黒に侵食されて瞳が血のような真紅に変わり、本来の力を取り戻した私の魔力が暴風となって荒涼とした世界に吹き荒れた。

「あなたに出来るの？　そヽのヽざヽまで？」

おそらく魔族が私の魔力を使って呼び出したのでしょう？　でも〝彼〟ほどの高位悪魔を呼び出すのは無理があった。

たぶん、魔法陣の魔力があっても、私がいるこの世界に来るために相当に魔力を使ったはず。召喚魔法陣の束縛をすぐに破れないほど消耗している。

そんなあなたが、〝魔獣《ビースト》〟と〝魔神《デヴィル》〟の力……そして、〝名〟と〝依り代〟を得た私に勝てるというの？

『お前……』

私と〝彼〟の魔力と威圧がぶつかり合い、黄金の暴風と漆黒の稲妻が吹き荒れ、〝彼〟の心象世界がひび割れ、砕かれていく。

「それに〝夢《ここ》〟で壊しても、私を連れてはいけないわよ？」

ここは私と〝彼〟の精神を繋《つな》げただけの心象世界。精神生命体である私たちだから触れたり噛んだりはできるけど、ここで壊しても意味はない。

『…………』

しばし私を睨みつけていた〝彼〟は跳び下がるように私と距離を取る。

『……来い、ユールシア。お前が来るまで俺はこの世界を破壊する……』

「……ええ、いいわ」

あいつの気配が消えて、私は戻ってきた自分の部屋でそっと目を開く。

本当に我が儘な獣《ひと》ね……。

〝彼〟の気配を北から感じる。遙《はる》か遠くに見えるあの山の向こう……黒雲の下……。

どちらにしても私はそこへ行くことになる。
〝彼〟は私が来るまで、私が憧れた世界を壊すと言った。
でも、それはダメよ。
この世界は、私だけのものだから、たとえあなたにもあげないわ。
だから私があなたに会いに行ってあげる。
あなたの望みを叶《かな》えてあげる。
でも、もしあなたが私の〝望み〟を叶えてくれないのなら……
「――あなたを喰《く》らい尽くして、私の中で愛してあげる――」

『悪魔公女』第一部　ゆるいアクマの物語
第三章　獣の花嫁――――終

書き下ろし――小悪魔たち

魔界で拾われ、〝金色《きんいろ》の獣《けもの》〟に育てられた小さな悪魔たち。彼、彼女ら……正確に言えば悪魔に性別はないが、〝ノリ〟でそう定められた小悪魔たちは特に疑問に思うことなく主人を〝神〟と崇め、目出度《めでた》く物質界で再び仕えることを許された。

だがそこからが問題だった。なにしろ依り代が悪かった。依り代とは精神生命体である悪魔が物質界で存在するために必要な〝器〟だ。器も無しに現世に降り立つと言うことは、うっかり陸に上がってしまったお魚さんに等しい。とにかく無いと困る。無いと困るけど、それが粗悪品だとそれはそれで問題がある。

品質は悪くない。才能もあった。だが彼らの評判はすこぶる悪かった。皆が溺愛する姫であるユールシアを隠《かく》れ蓑《みの》にして、自らの才能を欲望を満たすために使っていたことが最悪だった。

そんな彼らを依り代にした小悪魔たちに敬愛する主人であるユールシアはこう言った。

「とりあえず、なんとか頑張ってね！」

その言葉に小悪魔たちは奮起した。愛する主人に激励されたのなら僕《しもべ》として奮起するのは当然である。たとえそれが、ちょうどよく依り代候補が四つもあって、性別も合うし、まぁいいか、的なノリで決めた〝適当〟だったとしても、その主人が『ああ、やっちまったなぁ』と内心思っていたとしても、創造主の役に立てるのなら奮起は当然なのだ。

そんな感じで普通に働き始めた小悪魔たちだが、もちろん周囲の大人の目は厳しかった。もう改心したとユールシアに言われてはいても、疑いの目で見てしまうのは仕方のないことだった。特にユールシアの教育係を自認するヴィオは、普段は付けない両端がつり上がった伊達《だて》メガネ（ざますメガネ）をかけてまで彼らの行動に目を光らせていた。

だが、小悪魔たちが普通に仕事をするだけで次第に周囲の見る目が変わってくる。

「……え？　あの子たちよね？」

「どうしてあんなに仕事ができているの？」

「ちょっと、仕事速すぎない⁉」

元々才能だけはあったのだ。しかも赤ん坊として生まれたユールシアと違い、依り代となった人間は貴族としての教育も受けている。やることなすこと〝ぶきっちょ〟なユールシアとは違うのだ。（重要）

「あの子たち、あんな可愛かったっけ？」

「……どうしてあんなに髪が艶々《つやつや》なの⁉」

「肌が凄く綺麗《きれい》なんですけど……」

小悪魔たちの容姿も評判に影響した。取り憑《とつ》かれた依り代は悪魔の影響を受ける。高位の悪魔の場合、人間の姿に似せるように最適化される。生活習慣などに起因する身体の歪《ゆが》みが消え、左右が対称になり、不摂生による悪影響も無かったことになる。

普通の人間からすればふざけるなと言いたくなるような現象であるが、彼らも意図して行っているわけではない。通常はその状態になるまでかなりの時間が必要なはずだが、ユールシアの力業《ちからわざ》で無理矢理人間の姿とさせられたのだ。

そこまで変われば周囲も当然疑問に思うはずだが……。

「生活態度を改めれば、顔つきも変わってくるのです」（キリッ）

見る目の厳しいヴィオがメガネの縁をあげながら節穴ムーブをかましたせいで、さほど問題にならなかった。目が悪くないのに格好から入ってメガネをかけたせいである。

しかし、彼らは悪魔である。基本的に人間とは相容れない存在だった。

「……あの子たち、いつ眠っているの？」

「食事を摂っているのを見たことがないわ……」

「ずっと仕事をしているよね……？」

悪魔は睡眠を必要としない。人間の食事をする必要も無い。人間が欲する〝欲求〟が無い。

趣味で寝ることはあるが、やることがあるのなら眠らない。食事もユールシアと同様に魂を含んでいる物か、感情が込められた物しか味を感じないのだから食べたいとも思わない。

何も欲しない彼らのことを疑問に思う人間も増えてくる。その辺りが人間とは違う悪魔の限界であり、これがもし猟奇的な物語の舞台なら、次第に不穏な空気が流れ始めて、それに気づいた人たちが事件に巻き込まれる展開になりそうなものだが、そうはならなかった。

「あ、ユル様、おはようございます！」

「はい、ごきげんよう」

ほほほと暢気《のんき》に笑う〝ユールシア〟が彼らと共にいればそんな不穏な空気は霧散した。

何事にも完璧な彼らが主人のユールシアといるときだけ、まるで母か姉に構ってもらうような歳相応の顔になり、何よりユールシアの貴族らしからぬ、人間よりも人間くさい〝どんくささ〟が、すべての不穏な空気を中和してしまっていた。

ユールシアが関わると、すべてが〝ゆるく〟なってしまう……。

そうして四人の従者が城で受け入れられてユールシアは安堵《あんど》していたが、そんな彼女よりも心底安堵している人物がいた。

「よ、よかった……」

それはユールシアの父、ヴェルセニア大公フォルトであった。

フォルトが彼らを娘の従者にしようとしたのはあくまで善意だった。善意しかなかった。

悪魔召喚事件に関わった貴族家の子ども。関わった多くの貴族家がお取り潰しになり、少なくない数の貴族が断罪された。それでも悪いのは親であり子どもに罪はない。まだ幼い子どもだけが罰を受けず、孤児となった子どもたちの多くは親戚などに引き取られていった。

だが、彼ら四人は引き取りにくる親戚も居らず、犯罪者の子どもを引き取りたいという者もなく、孤児院に入れるしか道のない彼らを哀れんで引き受けたのがフォルトだった。

いずれ娘にも歳の近い従者が必要になる。それよりも外見の特殊さと出自の高貴さから極少数しか友人のいない娘のために、歳の近い遊び相手が必要だと考えた親心でもあった。

もちろん面談もした。しかしそのときは彼らが無駄に高い才能で猫を被っていたせいで、その本性に気づけなかった。まさか、まだ十歳以下の子どもがそんな邪《よこしま》な想いを抱いているなど、善人である彼は疑うことさえできなかったのだ。

娘と引き合わせる頃にはなんとなく彼らがダメなことにも気づき始めていたが、そこは分家とはいえ王族としての娘の成長に期待して、不安だが心を鬼にして彼らを託すことにした。

しかしまさか、妻に聞くまでそこまで酷いとは思いもよらず、娘に託した手前、彼らの処遇をどうするか本気で悩んでいるうちに、当の娘が解決してしまったらしい。

良かった。本当に良かった。さすがは我が娘だと安堵の息を漏らしてその様子を窺《うかが》っていたフォルトの肩に、そっと手で触れる者がいた。

「あなた」

「リアステア……」

愛する妻の姿にフォルトが微笑みかけた瞬間、リアステアが〝ニコリ〟としながら口を開く。

「少し、お話があります」

「はい……」

愛する妻の笑顔の圧力に、フォルトはお説教される子どものように素直に頷《うなず》くことしかできず、引きずられるように城の奥へと消えていった。

あとがき

皆様、初めましての方は初めまして！　そしてお待ちくださった方はお久しぶりでございます、春の日びよりです。

お待たせしました、『悪魔公女』第三巻「獣の花嫁」をお届けいたします。

この巻では一部の方に人気なニャンコ野郎こと〝彼〟が登場しました！　いやぁあ、長かったですね！　Ｗｅｂ版で出したときはそこまで反響があるとは思っていなかったのですが、当時も彼の再登場を願う声は多かったですね。

やはり一途と言いますか、束縛してまで求めてくるのがぐっとくるのでしょうか？

逆に少年二人はどうなのでしょう？　少々テコ入れはしていますが、これからの展開に乞うご期待といった感じです。

一巻と二巻では元のものからストーリーを変えずに大幅加筆調整してお届けしましたが、今回の三巻は、加筆調整してさらに展開も少し変えました。

元のストーリーが六年前に書いていた物なので、勢いだけの部分もあり、読者のニーズも分からず書いておりました。そこが気に入っていただいているのもあるのでしょうが、この六年でキャラに対するイメージも若干変わっています。

やはり時間が経《た》つと、こうすれば良かったかな？　ここの展開は不自然かな？　とか考えるようになりますし、ご感想をいただくと、ああなるほど！　と思うこともありまして、ここは思い切って展開を変えてみました。

ぶっちゃけるとユルは性格がアレなので、〝彼〟との関係性がゆるかったんですよね。相手の熱量に対してユルの熱量が足りない。ユルもちゃんと返してはいるのですが、悪魔らしい感じが弱かったので、二人の関係性に燃料を追加した感じです。

あとがきから読んでいる方は少ないとは思いますが、是非、中身をごらんください。感想もいただけたら作者は喜びます。

作者としての熱量も下がっていませんよ！　この後の展開もどう調整しようか楽しみですし、第二部も書くのが今から楽しみです。

第二部と言えばコミカライズ。士貴智志《しきさとし》先生のコミカライズは読んでいただけたでしょうか？　わたくし原作者でございますが、まだ書籍化の調整をしていない内容で、第一部を読まなくても愉しんでいただけるよう編集担当様と士貴先生がストーリーを調整しているので、私も毎月どんな展開になるのか楽しみにしております。皆様も興味があれば読んでくださいね！

そして今回も海鶏《うみう》げそ先生が美麗なイラストを描いてくださりました！　これだけで買う価値がありますね！

この本を出すにあたって、読んでくださる読者様と、置いてくださる書店様と、関わったすべてのご関係者様に最大限の感謝を！

それでは、また次巻でお会いいたしましょう。

Kラノベブックス

悪魔公女《あくまこうじょ》3

春《はる》の日《ひ》びより

2023年9月28日第1刷発行

発行者　森田浩章
発行所　株式会社 講談社
〒112-8001　東京都文京区音羽2-12-21
電　話　出版　(03)5395-3715
販売　(03)5395-3605
業務　(03)5395-3603
デザイン　浜崎正隆（浜デ）
本文データ制作　講談社デジタル製作
印刷所　株式会社KPSプロダクツ
製本所　株式会社フォーネット社

KODANSHA

ISBN978-4-06-533585-7　N.D.C.913　339p　19cm
定価はカバーに表示してあります

ファンレター、
作品のご感想を
お待ちしています。

あて先
〒112-8001　東京都文京区音羽2-12-21
(株) 講談社　ライトノベル出版部 気付
「春の日びより先生」係
「海鵜げそ先生」係

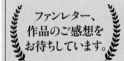